古典詩歌研究彙刊

第十四輯

龔鵬程 主編

第 3 冊

李煜詞接受史（下）

黃思萍 著

國家圖書館出版品預行編目資料

李煜詞接受史（下）／黃思萍 著 — 初版 — 新北市：花木蘭
文化出版社，2013〔民102〕
目 4+226 面；17×24 公分
（古典詩歌研究彙刊 第十四輯；第3冊）
ISBN 978-986-322-446-4（精裝）
1. 五代李煜 2. 唐五代詞 3. 詞論
820.91   102014964

ISBN-978-986-322-446-4

9 789863 224464

古典詩歌研究彙刊
第十四輯　第三冊   ISBN：978-986-322-446-4

李煜詞接受史（下）

作　　者　黃思萍
主　　編　龔鵬程
總 編 輯　杜潔祥
出　　版　花木蘭文化出版社
發 行 所　花木蘭文化出版社
發 行 人　高小娟
聯絡地址　235 新北市中和區中安街七二號十三樓
　　　　　電話：02-2923-1455／傳眞：02-2923-1452
網　　址　http://www.huamulan.tw 信箱 sut81518@gmail.com
印　　刷　普羅文化出版廣告事業
初　　版　2013 年 9 月
定　　價　第十四輯 17 冊（精裝）新台幣 24,000 元

李煜詞接受史（下）

黃思萍　著

目

次

上 冊

第一章 緒 論 …………………………………………… 1

第一節 研究動機與目的 ……………………………… 1

一、研究動機 ………………………………………… 1

二、研究目的 ………………………………………… 3

第二節 前人研究成果概述 …………………………… 4

一、李煜詞研究概況 ………………………………… 4

二、文學接受研究概況 ……………………………… 9

第三節 研究方法 ……………………………………… 15

一、理論述要 ………………………………………… 15

二、文獻取材 ………………………………………… 17

三、研究架構 ………………………………………… 26

第二章 李煜詞宋代接受史 …………………………… 29

第一節 期待視野——時代背景與詞壇風氣 … 29

一、時代背景 ………………………………………… 29

二、詞壇風氣 ………………………………………… 35

第二節 接受之具體呈現——詞話、詞論 … 45

一、對李煜詞本事之探究 …………………………… 45

二、對李煜言行之批評 ……………………………… 52

三、對李煜詞藝術價值之讚賞 …………………… 55

第三節　接受之具體呈現——詞選 …………………… 64

一、選錄情形 ………………………………………… 66

二、分見各本概況 ………………………………… 67

第四節　接受之具體呈現——再創作 ……………… 75

一、和韻 ……………………………………………… 75

二、仿擬 ……………………………………………… 78

三、檃括 ……………………………………………… 79

四、襲用成句 …………………………………… 82

第五節　小　結 …………………………………………… 85

第三章　李煜詞明代接受史 …………………………… 87

第一節　期待視野——時代背景與詞壇風氣 … 87

一、時代背景 ……………………………………… 87

二、詞壇風氣 ……………………………………… 92

第二節　接受之具體呈現——詞話、詞論 …… 106

一、對李煜詞本事之探究 ……………………… 107

二、對李煜詞整體風格與詞史地位之推崇 … 109

三、對李煜詞藝術價值之讚賞 ……………… 113

四、並列比較李煜和他人之言行或作品 … 124

第三節　接受之具體呈現——詞選、詞譜 … 127

一、選錄情形 …………………………………… 127

二、分見各本概況 ……………………………… 128

第四節　接受之具體呈現——再創作 …………… 142

一、和韻 …………………………………………… 142

二、集句 …………………………………………… 145

第五節　小　結 ………………………………………… 146

下　冊

第四章　李煜詞清代接受史 ………………………… 149

第一節　期待視野——時代背景與詞壇風氣 … 149

一、時代背景 …………………………………… 149

　　二、詞壇風氣 ………………………………… 155
　第二節　接受之具體呈現──詞話、詞論 ……… 188
　　一、對李煜詞本事之探究 …………………… 190
　　二、對李煜言行之批判 ……………………… 202
　　三、李煜詞之詞史定位與風格歸屬 ………… 204
　　四、對李煜詞藝術價值之評論 ……………… 212
　　五、並列比較李煜和他人之言行或作品 …… 234
　第三節　接受之具體呈現──詞選、詞譜 ……… 242
　　一、選錄情形 ………………………………… 242
　　二、分見各本概況 …………………………… 243
　第四節　接受之具體呈現──再創作 …………… 271
　　一、和韻 ……………………………………… 271
　　二、仿擬 ……………………………………… 290
　　三、集句 ……………………………………… 292
　第五節　小　結 …………………………………… 298
第五章　結　論 ……………………………………… 301
　　一、歷代「詞話、詞論」之接受 …………… 301
　　二、歷代「詞選、詞譜」之接受 …………… 303
　　三、歷代「再創作」之接受 ………………… 307
參考文獻 ……………………………………………… 309
附　錄
　附錄一：大陸 2006 年～2011 年研究李煜詞
　　　　　之期刊論文 ………………………… 325
　附錄二：李煜詞 38 首 …………………………… 344
　附錄三：李煜詞存疑詞考辨表 ………………… 358
　附錄四：「表 2-1　李煜詞見錄宋代選本統計
　　　　　表」 ……………………………………… 365
　附錄五：「表 3-1　李煜詞見錄明代選本統計
　　　　　表」 ……………………………………… 367
　附錄六：「表 4-1　李煜詞見錄清代選本統計
　　　　　表」 ……………………………………… 368
　附錄七：「表 5-1　李煜詞見錄歷代選本一覽
　　　　　表」 ……………………………………… 369

第四章　李煜詞清代接受史

第一節　期待視野——時代背景與詞壇風氣

一、時代背景

　　在中國歷史上，清代與元代皆為非漢族所統治的朝代，一為女眞族，一為蒙古族，入主中原時，也都激起漢人強烈的反抗。何以宋元之際的詞作熱潮無法延續，以致曲代詞興，而明清之際的詞潮卻能流貫整個清代，使得詞派迭出、詞作繁盛、詞學理論發展卓越呢？這和清代統治者的鎮壓兼懷柔、恩威並施的政策密切相關，種種政策措施，使明末遺民將國仇家恨的悲慨之情，寄於婉曲的詞中；又影響到學術思想方面，考據學嚴謹的治學態度以及理論方法，擴展應用到經學、史學、文學等研究領域，詞壇自然也不例外。茲分「政治社會」與「學術思想」兩個層面，探討塑造詞人期待視野的背景因素。

（一）政治社會

　　清代與元代統治高層極為不同之處，在於他們尊重漢文化，漢化程度也較高。元代對漢人進行的只有武力壓制，並強分人種為四個階級，鄙視漢人，九儒十丐，又廢除科舉，讓文人失去某種生命志趣的寄託和實現抱負的機會，因此漢、蒙間的民族對立始終未曾消解，實

是造成元代國祚短促、暴起暴落的主因之一。清代統治者把握到這個關鍵點，入關前即起用大批漢族官吏，爲其喉舌，並充當監視逆反異端、箝制言論的幫手。雖然滿清入關之初，採取的是游牧民族馬上得天下的殘酷鎮壓手段，血淋淋的揚州十日、嘉定三屠，還有順治朝示威儆人的科場案、奏銷案、通海案等，爲鞏固統治權、掃除反滿異端，不僅屠殺各地武裝反抗份子，也十分留意士子與鄉紳思想上的動亂，尤以江南一帶受到最爲嚴厲的懲飭，藉由打壓菁英輩出、財大勢大的江、浙兩省士紳，來殺雞儆猴。〔註1〕不過，到了康熙朝，統治勢力已然穩固，英明的皇帝體認到僅用殘酷的軍事殺戮與嚴密的思想文網等高壓手段，並不能使國家長治久安，也無法消弭滿漢對立的仇恨情緒，因此展開懷柔政策，試圖讓漢人士子打從內心歸順，如舉薦山林隱逸之明代遺老、開博學鴻儒科，詔舉名望傑出的士人，如朱彝尊、毛奇齡等，以籠絡人心，並令這批士人纂修明史。深懷故國之思的明遺民，修史必當竭盡全力，還會對清王朝的厚愛隆恩感激在心，如此清廷既能消耗士人們的體力和精神，使其無暇再興反叛之心，更可輕鬆達到掌控漢人首腦的目的，可謂一箭雙鵰。乾隆朝欽定編纂《四庫全書》，也有同樣的用意。

從滿清入關到康熙朝，明遺民不管出仕清廷與否，時代動盪之驚懼、家國滅亡之沉痛、忠與不忠之掙扎以及在新朝廷上動輒得咎的悲哀，皆構成士人心靈上普遍的情緒基調，極度需要找到可以宣洩的文字載體，於是詞體的復興機緣到來。詞這種傳統上一直被視爲小道末技，主要用於倚紅偎翠、淺斟低唱的場合，風格多半婉媚香豔的抒情體裁，最適合躲過嚴密的文網監控，讓士人藉著隱曲幽微的表達方式，一吐心中不平之鳴。從目前清代還未有因詞作被牽連入獄的紀錄觀之，〔註2〕對漢文化認識不盡全面、不夠深刻的清廷，關注的顯然

〔註 1〕 嚴迪昌：《清詞史》（南京：江蘇古籍出版社，1999 年 8 月），頁 7～9、145～149。

〔註 2〕 謝桃坊：《中國詞學史》（成都：巴蜀書社，2002 年 12 月），頁 261。

只有詩、文這些傳統上明確用來言志的文體，而不認為詞也具有這方面的功能。漢族士人得以在清廷不諳詞體隱微言志功能的忽略之下，填詞抒發心聲，如曹爾堪、王士祿、宋琬等人主導的江村唱和、紅橋唱和、秋水軒唱和，〔註3〕得到南北眾多文士響應，借題發揮，以澆胸中塊壘，即是利用詞婉曲的特性，不若詩的直露，故能隱微地寄託感慨。清詞之創作便這般興盛起來。

另一方面，由康熙帝親自主持的《御定詞譜》與《歷代詩餘》兩部詞籍鉅著，對詞風的推動之功不容忽視。當中特別的是，身為滿人的康熙帝對詞體並無漢族一貫的小道之見，認為「詩餘之作，蓋自昔樂府之遺音，而後人之審音選調，所由以緣起也。」〔註4〕並將詞之起源與遠古唐虞詩樂教化的傳統聯繫起來，謂「可見唐虞時即有詩，而詩必諧於聲，是近代倚聲之詞，其理固已寓焉」〔註5〕、「詞者，繼響夫詩者也」〔註6〕。君王的認可和提倡，對詞的尊體作用影響甚大。〔註7〕

康熙朝到乾隆朝是清代的巔峰期，太平盛世背後，滿清對漢人的防範並無鬆懈，從其大興文字獄使朝野風聲鶴唳可知。此時以朱彝尊為領袖的浙西詞派很巧妙地適應了清廷的文化政策，標榜南宋姜夔、張炎一派清空的詞風，並提出雅正的宗旨。此派的宗旨讓漢族文人在隱曲地藉由用典、詠物等技巧來表達複雜、深沉的情感之餘，不僅不會對統治者構成威脅，還有助社會禮教，很能符合統治者的喜好，也為自身發展爭取到極為有利的條件，〔註8〕故不若以陳維崧為領袖的

〔註3〕　嚴迪昌：《清詞史》，頁51、127。

〔註4〕　清·清聖祖：〈歷代詩餘序〉，見錄於施蟄存主編：《詞籍序跋萃編》（北京：中國社會科學出版社，1994年12月），卷9，頁758。

〔註5〕　清·清聖祖：〈歷代詩餘序〉，見錄於施蟄存主編：《詞籍序跋萃編》，卷9，頁758。

〔註6〕　清·清聖祖：〈歷代詩餘序〉，見錄於施蟄存主編：《詞籍序跋萃編》，卷9，頁758。

〔註7〕　嚴迪昌：《清詞史》，頁204～207。

〔註8〕　孫克強：《清代詞學》（北京：中國社會科學出版社，2004年7月），

陽羨詞派,雖然稍早於浙西詞派登上詞壇,卻因崇尚蘇軾、辛棄疾一派豪放悲壯之風,不合昇平時宜,聲勢維持沒有多久便消散了。

　　嘉慶朝以降,清王朝由盛轉衰,腐朽的現象日益浮出檯面,兼之內憂外患頻仍,浙派末流的弊端也顯露無遺,過度追求醇雅的外貌、講究形式音律而缺乏真情實感和思想內涵的困境,已然不適合積鬱社會的需求,使其詞壇盟主的地位被以張惠言為領袖的常州詞派所取代。張惠言有今文經學派的背景,於詞中發揮經世致用、微言大義等理論,強調比興寄託,又將對《周易》的研究體會帶入詞中,主張意內言外,周濟進一步提出「詩有史,詞亦有史」〔註9〕,認為詞有紀錄社會現實的功能,「感慨所寄,不過盛衰」〔註10〕無疑是順應時勢的。常州詞派自此籠罩詞壇到清末。晚清四大家王鵬運、鄭文焯、朱祖謀、況周頤皆源出常州詞派,於道光、咸豐間接棒,對常州派理論有所繼承,又各有創新進展,如況周頤贊同比興寄託,卻也革新了寄託之含意,謂「詞貴有寄託,所貴者流露於不自知,觸發於弗克自已。身世之感,通於性靈。即性靈,即寄託,非二物相比附也」〔註11〕、「吾為詞而所寄託者出焉,非因寄託而為是詞也」〔註12〕,強調情感真實即能自然流露,發而為詞,反對為了寄託去刻意造假,這就比張惠言流於牽強附會的寄託說更貼合時況了。面對清末動盪局面、國勢衰頹,列強不斷入侵,中國遭蠶食瓜分,卻無招架之力,任憑宰割,人民水深火熱,四大家感觸尤多。他們和清代多數兼顧治經、史的詞家不同,幾乎投注畢生精力治詞,並以詞作為抒發國仇家難與個人悲

頁 180。

〔註 9〕 清・周濟:《介存齋論詞雜著》,見錄於唐圭璋編:《詞話叢編》(北京:中華書局,1986 年 11 月),冊 2,頁 1630。

〔註10〕 清・周濟:《介存齋論詞雜著》,見錄於唐圭璋編:《詞話叢編》,冊 2,頁 1630。

〔註11〕 清・況周頤:《蕙風詞話》,見錄於唐圭璋編:《詞話叢編》,冊 5,頁 4526。

〔註12〕 清・況周頤:〈詞學講義〉,見錄於龍沐勛編輯:《詞學季刊・創刊號》(上海:民智書局,1933 年 4 月),頁 109。

慣的主要載體，而多所建樹。

（二）學術思想

歷經甲申之變亡國劇痛的明末清初三大家顧炎武、黃宗羲、王
夫之，有鑑於宋明理學空談心性義理、不切實際之弊，尤其是明代中
葉以來陽明心學「心即理」所造成的人心散漫、束書不觀、游談無
根，如黃宗羲云「明人講學，襲語錄之糟粕，不以六經爲根柢，束書
而從事於遊談。故受業者必先窮經，經術所以經世，方不爲迂儒之
學，故兼令讀史。……讀書不多，無以證斯理之變化；多而不求於心，
則爲俗學」〔註13〕，是以他們重申讀書、考察與實證之必要，治學態
度皆尚樸實，熔經、史於一爐，強調經世致用、實事求是的精神，遂
開啓清代考據學無徵不信之務實風氣。三大家省思明朝覆亡之因，博
覽群書，企圖從古往今來的歷史中，歸結出治亂興衰的所以然，顧炎
武曾謂「明學術正人心，撥亂世，以興太平之事」〔註14〕，他們不囿
於孔孟儒學，而是以經學爲主，旁通百家之學，於經學、史學、小
學、音韻、天文曆算、水利、地理、典章制度、金石、校勘、輯佚等
學術領域均有涉獵，獲得不少研究心得，著述豐富，如若僅就顧炎武
畢生著作當中著名者觀之，則有《日知錄》、《天下郡國利病書》、《肇
域志》、《音學五書》等，涵蓋領域已然甚廣。〔註15〕考據學嚴謹的治
學態度與博學致用的務實思想，由三大家紮下基礎，到了康熙朝與
乾隆朝編纂《明史》和《四庫全書》時，更起到推波助瀾之效。不僅

〔註13〕 此段文字出自全祖望〈梨洲先生神道碑文〉，乃全祖望轉述黃宗羲之
　　　語，原文爲：公（指黃宗羲）謂「明人講學，襲語錄之糟粕，不以
　　　六經爲根柢，束書而從事於遊談。故受業者必先窮經，經術所以經
　　　世，方不爲迂儒之學，故兼令讀史。」又謂：「讀書不多，無以證斯
　　　理之變化；多而不求於心，則爲俗學。」見錄於清・全祖望：《鮚埼
　　　亭集》（臺北：華世出版社，1977年3月），上冊，頁136。
〔註14〕 清・顧炎武：《原抄本顧亭林日知錄・初刻日知錄自序》（臺北：文
　　　史哲出版社，1979年4月），頁7。
〔註15〕 林啓彥：《中國學術思想史》（臺北：書林出版有限公司，1994年1
　　　月），頁242～259。

統治者樂見漢族士人致力編修大型史書、叢書，削弱其反叛意念，清代學者也個個博學多識、治學精湛，集經學家、史學家等多方專長於一身。

可以說，清代士人主要的身分是學者，影響到詞壇上，使得詞學理論發展卓越，詞派自我意識清楚，並於蒐羅佚書、編輯詞選、校勘詞籍、考訂音韻等方面，均有深入研究與優秀成果，對清詞的中興裨益良多。

若說清初到康雍乾盛世之間，在統治者箝制思想的環境約束下，學者所發揚的主要是三大家實事求是、無徵不信的治學態度，如清初的浙東學派中，古文經學佔主流地位，注重名物訓詁、考訂史實。在詞壇上則有萬樹的《詞律》，可作爲嚴謹治學態度之代表。那麼，從嘉慶、道光朝開始，因王朝內憂外患接踵而來，三大家經世致用、有補於世的務實思想，逐漸受到重用與實現，今文經學派遂取代古文經學派的地位，直到清末。若論將經世致用的思想運用於詞壇者，則張惠言的微言大義、比興寄託是最明顯的例子。常州詞派與常州學派淵源甚深，而常州學派的主流是今文經學，尤其是公羊派經學，強調治經是爲現實政治服務，在治學方法上以微言大義來解經。〔註16〕張惠言原爲古文經學家，卻也因應時代社會需要以及學術思潮演變，由治《周易》涉足今文經學領域，其弟子宋翔鳳、劉逢祿皆爲今文經學家，常州詞派後起之秀譚獻、莊棫亦精通經學，注重微言大義。他們評論詞句、解析詞意都運用鍾幽鑿險之法來探求微言大義，如宋翔鳳評述張惠言治詞之法：「先生（指張惠言）於學皆有源流，至於填詞，自得宗旨。其於古人之詞，必鍾幽鑿險，求義理之所安，若討河源於積石之上，若推經度於辰極之表。其自爲詞也，必窮比興之體類，宅章句於性情，蓋聖於詞者也。」〔註17〕張惠言運用此套思路，以比興寄

〔註16〕嚴迪昌：《清詞史》，頁467。
〔註17〕清‧宋翔鳳：〈香草詞自序〉，見錄於施蟄存主編：《詞籍序跋萃編》，卷7，頁578。

託解詞，常割裂詞句，強作附會，如對溫庭筠詞重新評價，稱揚「溫庭筠最高，其言深美閎約」〔註18〕，更謂其〈菩薩蠻〉（小山重疊金明滅）當中的「照花」四句有「離騷初服之意」，〔註19〕以溫庭筠比屈原，可謂前所未有的驚世駭俗之見。後來陳廷焯《白雨齋詞話》亦承張惠言之見，認為「飛卿詞全祖《離騷》，所以獨絕千古」〔註20〕。而周濟與譚獻對比興寄託說有所推展，分別提出「仁者見仁，知者見知」〔註21〕、「作者之用心未必然，而讀者之用心何必不然」〔註22〕，竟與現代的讀者接受理論可相參合，這真是以經學之義理方法治詞學，所始料未及的發展了。

綜上觀之，影響清代詞人期待視野的最大因素是政治社會的變遷，學術思想則是因應不同階段政治社會環境，所衍生出來的第二層關鍵。時代的風雲際會與詞人各自的性情遭遇交互作用，正如各階段時代背景所呈現出的分明的環境需求，詞壇風氣從清初到清末，亦可用詞學流派各自的主張特色、盛衰情況統攝之。

二、詞壇風氣

種種因緣際會，使詞體於清代受到前所未有的重視與發揮，更和各時期政治社會的治亂盛衰息息相關。從清初到清末，各個詞派以其鮮明的理論宗旨和審美觀點來樹立旗幟，達到號召詞壇、獨領風騷的效果，且其聲勢、影響力幾乎是一波緊連著一波、無中斷的此派消散

〔註18〕 清‧張惠言：〈詞選序〉，見錄於施蟄存主編：《詞籍序跋萃編》，卷9，頁796。

〔註19〕 清‧張惠言：《詞選》，見錄於唐圭璋編：《詞話叢編》，冊2，頁1609。

〔註20〕 清‧陳廷焯：《白雨齋詞話》，見錄於唐圭璋編：《詞話叢編》，冊4，頁3777。

〔註21〕 清‧周濟：《介存齋論詞雜著》，見錄於唐圭璋編：《詞話叢編》，冊2，頁1630。

〔註22〕 清‧譚獻：《復堂詞話》，見錄於唐圭璋編：《詞話叢編》，冊4，頁3987。

則彼派繼起。正如孫克強《清代詞學》一書所說：

> 清代的詞學流派貫穿於整個清朝始終，可以說清代的詞學
> 史即是一部流派史。〔註23〕

清代詞學自始至終和時代脈動關係密不可分，清代的詞學史即是一部流派史，故要知曉清代詞壇風氣，對李煜詞的清代讀者論世知人一番，非得由詞學流派入手不可。以下就清初至清末的五大詞派，依序探討之。

（一）雲間詞派

此派的地域中心在雲間（江蘇松江），其領袖爲明末之陳子龍，他與李雯、宋徵輿並稱「雲間三子」。代表詞集爲《幽蘭草》，乃三子詞作之合編。此派爲由明入清的關鍵，承先啓後，影響力大且深遠。陳子龍的對詞的審美觀點，乃崇尚南唐、北宋的婉麗流暢、元音高渾，如其〈幽蘭草詞序〉云：「自金陵二主以至靖康，代有作者，或穠纖婉麗，極哀豔之情；或流暢澹逸，窮盼倩之趣。然皆境緣情生，辭隨意啓，天機偶發，元音自成。繁促之中，尚存高渾，斯爲最盛也。南渡以還，此聲逐渺。寄慨者亢率而近於傖武；諧俗者鄙淺而入於優伶，以視周、李諸君，即有鄜都人士之嘆。」〔註24〕這也是陳子龍有鑑於明代一味崇拜花、草之風，而使詞格委靡、詞風低俗日下，所提出的振興宗旨。爲補救花、草弊病，強調回歸南唐北宋「繁促之中，尚存高渾」的氣象格局，「高渾」乃其對詞的最高理想。所舉出的南唐二主以及北宋周邦彥、李清照，無疑是他心目中詞家的典範。值得注意的是，陳子龍對靖康之難後的南宋詞，一律持否定態度，「南渡以還，此聲逐渺」認爲南宋詞不是「亢率近於傖武」，就是「鄙淺而入於優伶」，無可取者。這是其詞學觀較爲偏頗侷限之處。陳子龍獨尊南唐北宋，以矯正明代詞風衰頹之論，對清代詞壇造成的影響

〔註23〕孫克強：《清代詞學》，頁21。

〔註24〕明・陳子龍：《安雅堂稿》（臺北：偉文圖書出版社，1977年9月），卷5，頁3。

有二：一是激發陽羨詞派與浙西詞派對明詞纖弱、俗濫積習的反動，轉而各尚蘇、辛的雄壯悲涼與姜、張的清空醇雅。二是確立詞派的自我意識，編選具代表意義的詞集、詞選本，有較爲清晰一致的審美主張與審美傾向，不僅使雲間支流四派明確地用同邑、聲氣相投作號召，更對後來領導詞壇百餘年的浙西、常州詞派起到絕佳的模範作用。〔註25〕

　　接著，簡述雲間詞派在清初所衍生出來的支流——西泠、柳洲、毗陵、廣陵四詞派。此四派的詞學觀點，雖仍多受明詞主流審美觀與陳子龍的影響，卻也同中求異，有所革新：

1. 西泠詞派（又稱西陵詞派）

　　此派的地域中心在西泠（浙江杭州），主要詞人有毛先舒、沈謙、丁澎、陸圻、柴紹炳、吳百朋、陳廷會、孫治、張綱孫、虞黃昊，號稱「西泠十子」，代表詞集爲《西陵詞選》。此派的詞學觀點深受陳子龍影響，如沈謙《塡詞雜說》謂：「男中李後主，女中李易安，極是當行本色」〔註26〕，又云：「白描不可近俗，修飾不得太文，生香眞色，在離即之間」〔註27〕，皆可見其與陳子龍「推崇金陵二主以及北宋周邦彥、李清照等人，欲以南唐北宋高渾之氣格，來調整明代俗弱缺失」的觀點相一致。另外，從沈謙和毛先舒兩人間頻繁往還的書信內容裡，亦可得知此派理念，如沈謙〈答毛稚黃論塡詞書〉云：

> 至於塡詞，……僕意旨所好，不外周、柳、秦、黃、南唐李主、易安、同叔，俱所願學，……六朝君臣，廣色頌酒，朝雲龍笛，玉樹後庭，厥惟濫觴，流風不泯。迨後三唐繼作，此調爲多。飛卿新製，號約《金荃》；崇祚《花間》，

〔註25〕孫克強：《清代詞學》，頁 125～126。

〔註26〕清・沈謙：《塡詞雜說》，見錄於唐圭璋編：《詞話叢編》，冊 1，頁 631。

〔註27〕清・沈謙：《塡詞雜說》，見錄於唐圭璋編：《詞話叢編》，冊 1，頁 629。

大都情語。豔體之尚，由來已久。奚俟成都、太倉，始分
上次。及夫盛宋，美成就官考譜，七郎奉旨填詞，逕闢岐
分，不無闌入。甚至燔柴鳳駕，慶年頌治，下及退閒高咏，
登眺狂歌，無不尋聲按字，雜然交作。此爲詞之變調，非
詞之正宗也。至夫蘇、辛壯采，吞跨一世，何得非佳？然
方之周、柳諸君，不無傖父。而大江一詞，當時已有關西
之諷，後山又云：「正如教坊雷大使舞，雖極天下之工，要
非本色。」小史不諱於面譏，本朝早定其月旦。秦七雅
詞，多屬婉媚，即東坡亦推爲「今之詞手」。他如子野「秋
千」、子京「紅杏」，一時傳誦，豈皆激厲爲工，奧博稱絕
哉。〔註28〕

「六朝君臣，膚色頌酒」、「厥惟濫觴，流風不泯」點出詞體起源於六
朝，此其風格綺麗之歷史淵源。沈謙承襲明代觀念，認爲溫庭筠、周
邦彥、柳永、秦觀、張先、宋祁一類婉媚之作，方屬詞之正宗本色。
對於蘇、辛壯采之作，視爲變調，並非不佳，只是比之周、柳諸君，
不無傖父。因此，沈謙心目中仍以婉麗爲宗尙。

　　然而毛先舒對沈謙之說並不贊同，其〈與沈去矜論填詞書〉云：
詞句參差，本便猗旎。然雄放磊落，亦屬偉觀。成都、太
倉稍臚上次，而足下持厥成言，又益增峻。遂使〈大江東
去〉，竟爲逋客；三逕初成，沒齒長竄。揆之通方，酷未昭
晰。借云詞本卑格，調宜冶唱，則等是以降，更有時曲。
今南北九宮，猶多鏗鏗之音。況古創茲體，原無定畫。何
必抑彼南轅，同還北轍，抽兒女之狎衷，頓壯士之憤薄
哉。〔註29〕

這段言論展現了毛先舒宏通的風格取向。雖然猗旎爲長短句原本擅長
之韻味，但是「雄放磊落，亦屬偉觀」，肯定豪放詞的價值，爲之辯

〔註28〕 清・沈謙：《東江集鈔・答毛稚黃論填詞書》（臺南：莊嚴文化出版
　　　　公司《四庫全書存目叢書》本，1997年6月），集部，冊195，頁244
　　　　～245。
〔註29〕 清・毛先舒：〈與沈去矜論填詞書〉，此則爲清・王又華：《古今詞論》
　　　　引，見錄於唐圭璋編：《詞話叢編》，冊1，頁610。

護。毛先舒批評了沈謙延續明詞審美觀的狹隘之處，認為其「持厥成言，又益增峻」，排斥豪邁磊落之大江東去與清新澹逸之三徑初成。毛先舒指出「古創茲體，原無定畫」來駁斥沈謙固守的「豔體之尚，由來已久」，強調不應該「抽兒女之狎衷，頓壯士之憤薄」，誠屬有力的見解。〔註30〕

　　此派的柴紹炳、丁澎等人也都不專尚婉約風格，丁澎甚至對辛棄疾激賞不已，審美取向與毛先舒相近。〔註31〕從沈、毛二人在詞體風格取向上，有著較大差異來看，同一詞派中，雖然基本觀念一致，卻也依詞家個人思想不同，而有異議存在。不過，有異議存在是個好現象，詞人間相互爭論、探討關於詞的各種議題，方有助於詞學觀念的進步與理論建構的開展。

2. 柳洲詞派

　　此派的地域中心在柳洲（浙江嘉善），主要詞人有曹爾堪、錢繼章、魏學渠、王士祿、宋琬等，代表詞集為《柳洲詞選》。此派既屬雲間支派，原以《花間》為所尚者，如王士祿云：「詞固以豔麗為工，尤須蘊藉，始號當行。」〔註32〕然明亡之後，風氣漸變，強調詞作重點在自鳴其志，如魏學渠〈青城詞自序〉云：「迨申（1644）、酉，江左鼎沸，屢遭兵燹，生平詩文雜稿俱不可問矣。亥（1647）、子、丑、寅間，家居寓感嘆之音，出門紀憑弔之什，片紙寸帙，間有存者。迨庚子（1660），入蜀。凡耳目之所睹記，山川之所登涉，半以長短句述之。至於浮湛金馬，贈答為多，憔悴荆湘，諷詠雜見，皆如候蟲時鳥，自鳴其志，不問工拙，亦不欲以工拙問人耳。」〔註33〕明亡

〔註30〕孫克強：《清代詞學》，頁153～154。

〔註31〕孫克強：《清代詞學》，頁155。

〔註32〕此段文字為汪懋麟《錦瑟詞話》引，見錄於清・汪懋麟：《錦瑟詞・詞話》（上海：上海古籍出版社《續修四庫全書》本，2002年3月），冊1725，頁255。

〔註33〕清・魏學渠：〈青城詞自序〉，見錄於張宏生編：《清詞珍本叢刊》（南京：鳳凰出版社，2007年12月），冊3，頁42～43。

後，魏學渠「生平詩文雜稿俱不可問」。入蜀，將所見所聞所感，半
以長短句述之，反映了在清初文字獄大興的環境下，漢族士人驚惶
不安、淒苦鬱悶的感慨，唯有以清廷不加關注監視的長短句出之。因
此，詞體取代詩、文等傳統慣用的言志體裁，承載了士人的心酸血
淚。所謂「自鳴其志，不問工拙」即表現士人最真摯的心聲與自然流
露的情緒，不應有額外虛假的雕琢塗飾。〔註34〕另一位詞人曹爾堪的
作品，則有蘇軾、陸游的氣象，如尤侗為曹爾堪詞集《南溪詞》所作
的序言：

> 近日詞家，烘寫閨襜，易流狎昵；蹈揚湖海，動涉叫囂，
> 二者交病。顧庵（指曹爾堪）獨以深長之思，發大雅之
> 音，……第其品格，應在眉山、渭南之間，會須呵周、柳
> 為小兒，嗤辛、劉為傖父。〔註35〕

曹爾堪入清後，詞作風格傾向清勁爽利，柔中帶剛，逸中存雄，大抵
如尤侗所評。〔註36〕可見其得時勢磨難所助，使詞作品格轉變、提
升，不再拘於婉麗習尚。

3. 毗陵詞派（又稱蘭陵詞派、常州詞派）

此派的地域中心在毗陵（江蘇常州），主要詞人有鄒祗謨、董以
寧、陳維崧、黃永，號稱「四才子」。此派本亦雲間餘緒，如鄒、董
二人早年皆以豔詞小令聞名，鄒氏之《麗農詞》與董氏之《蓉渡詞》，
均多《花間》遺意之香豔作品，足見明末遺風未泯。〔註37〕然時勢所
趨，詞風漸變，由倩麗側豔轉為鬱勃峭拔者，所在多有，甚而如陳維
崧，後開陽羨詞派，崇尚蘇、辛之雄壯。此派理念超越陳子龍之處，
當屬鄒祗謨對南宋詞、尤其是長調技法的肯定態度：

〔註34〕 李康化：《明清之際江南詞學思想研究》（成都：巴蜀書社，2001 年
11 月），頁 178。

〔註35〕 清·尤侗：〈南溪詞序〉，見錄於張宏生編：《清詞珍本叢刊》，冊 2，
頁 461～462。

〔註36〕 嚴迪昌：《清詞史》，頁 49。

〔註37〕 嚴迪昌：《清詞史》，頁 65、71。

　　　　長調惟南宋諸家，才情踸躞，盡態極妍。〔註38〕

又云：

　　　　南宋諸家，凡以偏師取勝者，無不以此見長。而梅溪、白
　　　　石、夢窗諸家，麗情密藻，盡態極妍。要其瑰琢處，無不
　　　　有蛇灰蚓線之妙，則所云一氣流貫也。〔註39〕

　　　　小調不學《花間》，則當學歐、晏、秦、黃。……至姜、史、
　　　　高、吳，而融篇、煉句、琢字之法，無一不備。〔註40〕

鄒氏認為小令應學《花間》、北宋，而長調應學南宋詞的「一氣流貫」，
指出「盡態極妍」乃南宋詞雅化之最高境界，高度肯定了姜夔、史達
祖、吳文英諸家架構篇章、用字遣詞之講究，無一不備，可謂真知灼
見。鄒氏並於〈倚聲初集序〉詳細稱揚南宋詞家的各具特色：

　　　　至於南宋諸家，蔣、史、姜、吳，警邁瑰奇，窮姿攝彩，
　　　　而辛、劉、陳、陸諸家，乘間代禪，鯨吭鰲擲，逸懷壯氣，
　　　　超乎有高望遠舉之思。譬諸篆籀變為行草，寫生變為皴劈，
　　　　而雲書穗跡，點睛益頹之風鬚焉不復。〔註41〕

鄒祗謨慧眼識詞家，將南宋諸詞人的優點、特色描述得淋漓盡致。又
引書法、繪畫上「篆籀變為行草，寫生變為皴劈」的狀況，來譬喻詞
體的發展演進，很有見地。其眼界之開闊，在風格、流變的認識上，
較之陳子龍獨尊南唐北宋，顯然更勝一籌。

4. 廣陵詞派

　　此派的地域中心在廣陵（江蘇揚州），主要詞人有王士禛〔註42〕、

〔註38〕清·鄒祗謨：《遠志齋詞衷》，見錄於唐圭璋編：《詞話叢編》，冊1，
　　　　頁 659。

〔註39〕清·鄒祗謨：《遠志齋詞衷》，見錄於唐圭璋編：《詞話叢編》，冊1，
　　　　頁 650。

〔註40〕清·鄒祗謨：《遠志齋詞衷》，見錄於唐圭璋編：《詞話叢編》，冊1，
　　　　頁 651。

〔註41〕清·鄒祗謨：〈倚聲初集序〉，見錄於《續修四庫全書》（上海：上海
　　　　古籍出版社，2002 年 3 月），冊 1729，頁 166。

〔註42〕王士禛之「禛」字，不少文獻作「禎」，蓋其曾因避諱而作「士禎」
　　　　之故。

彭孫遹、吳綺等。較前面三個支派特殊的是，此派乃王士禎（原籍山東新城，非揚州本地人）任該府推官時，凝聚興起的。揚州本籍詞人如吳綺、汪懋麟、范荃、宗元鼎等，均受王士禎號召而來。〔註43〕此派所偏好的，仍是婉麗淺近之詞，如王士禎將其論詞著作命名爲「花草蒙拾」，即可見其未脫花、草習氣。不過，此派已對陳子龍獨尊南唐北宋、貶黜南宋的狹隘觀點進行修正，如王士禎《花草蒙拾》云：「雲間數公論詩拘格律、崇神韻，然拘於方幅，泥於時代，不免爲識者所少。其於詞，亦不欲涉南宋一筆，佳處在此，短處亦在此。」〔註44〕指出「不涉南宋一筆」乃陳子龍拘泥之短處。王士禎不固守陳子龍觀點，還爲南宋詞說話：「宋南渡後，梅溪、白石、竹屋、夢窗諸子，極妍盡態，反有秦、李未到者。雖神韻天然處或減，要自令人有觀止之嘆。正如唐絕句，至晚唐劉賓客、杜京兆，妙處反進青蓮、龍標一塵。」〔註45〕南宋詞「極妍盡態」之處，殆指姜夔、吳文英等人在遣詞用字、講究音律等方面所下的工夫，達到雅致精美的成就，此論與鄒祗謨相呼應。王士禎又以唐詩的發展來比喻南宋詞如晚唐詩，有其勝過盛唐的所在，故南宋詞仍有其長處，且令人嘆爲觀止。王士禎又突破明代主流審美觀所認爲的詞以婉約爲本色、豪放爲非本色之見。明代張綖區分詞爲婉約、豪放兩種風格，以婉約者爲詞之本色，並於其《詩餘圖譜‧凡例》強調「所錄爲式者，必是婉約，庶得詞體」〔註46〕可見張綖認爲只有婉約之作才是詞體本色、才是優秀的，值得錄爲譜式供人效法。對此，王士禎不但將張綖分婉、豪二「體」，進一步強化爲二「派」，並認爲實不應有優劣

〔註43〕 李康化：《明清之際江南詞學思想研究》，頁 184～187。
〔註44〕 清‧王士禎：《花草蒙拾》，見錄於唐圭璋編：《詞話叢編》，冊1，頁685。
〔註45〕 清‧王士禎：《花草蒙拾》，見錄於唐圭璋編：《詞話叢編》，冊1，頁682。
〔註46〕 明‧張綖：《詩餘圖譜》（上海：上海古籍出版社《續修四庫全書》本，2002 年 3 月），冊 1735，頁 473。

之別：

> 張南湖論詞派有二：一曰婉約，一曰豪放。僕謂婉約以易
> 安為宗，豪放惟幼安稱首，皆吾濟南人，難乎為繼矣。
> 〔註47〕

> 詞家綺麗、豪放二派，往往分左右袒。予謂：「第當分正
> 變，不當分優劣。」〔註48〕

由「體」到「派」，理論性意味明顯提高，反映清初詞派逐漸走向有
自我宗旨歸屬的途徑，且王士禛本身為山東新城人，舉出易安、幼安
為婉、豪二派之首，也具有認同二安俱屬山東人的地域性標誌。王士
禛的「分正變」是從風格著眼，而不以本色與非本色作價值上的褒
貶。明代王世貞雖已將詞區分出正宗和變體，卻認為變體乃正宗之
次，〔註49〕王士禛的正變觀固然受明人影響，卻高度肯定了豪放詞存
在的意義，強調「不當分優劣」，此其進步之處。

此四個雲間支派之間，並非壁壘分明的。雖然以郡邑細分，畢竟
同屬江南地區，活動地域和生存年代都相近，詞人往來熱絡，如鄒祇
謨乃毗陵、廣陵詞派間互相溝通的中介人物，往來淮揚一帶，交流兩
地詞人，又曾與王士禛合力編著大型詞選本《倚聲初集》，〔註50〕彼
此的詞學觀念也有相通呼應之處。又如曹爾堪曾主導過清初三大唱和
活動──江村、紅橋、秋水軒唱和，其中江村、紅橋這兩次唱和的地
點，分別在杭州（屬西泠詞派地域）、揚州（屬廣陵詞派地域），卻都
引起廣大迴響，可見詞人間友好聯繫的情況。此外，清初士人遭受嚴

〔註47〕 清・王士禛：《花草蒙拾》，見錄於唐圭璋編：《詞話叢編》，冊1，頁
　　　　685。
〔註48〕 清・王士禛：《香祖筆記》，見錄於廣陵書社編：《筆記小說大觀》（揚
　　　　州：廣陵書社，2007年12月），冊8，頁5882。
〔註49〕 明・王世貞《藝苑卮言》：「言其業，李氏、晏氏父子、耆卿、子野、
　　　　美成、少游、易安至矣，詞之正宗也。溫、韋艷而促；黃九精而險；
　　　　長公麗而壯；幼安辨而奇，又其次也，詞之變體也。」此則見錄於
　　　　唐圭璋編：《詞話叢編》，冊1，頁387。
〔註50〕 嚴迪昌：《清詞史》，頁65。

酷的文網監控、株連摧殘,各種巧立名目的詩案、史案、文案等文字
上涉及反滿思想之案例,不計其數。恐怖氛圍使人心惶惶,在詩、文
等言志的體裁不敢用的情況下,轉而以清廷較易忽略的詞作直抒胸
臆,互相唱和慰藉、避免文字獄風險的現實需求大增。詞派中有不少
試圖衝破明代主流審美觀的異議出現,如欣賞蘇、辛之悲壯而不再專
尚婉麗者,代表清初詞壇雖基本上承襲明代風氣,卻因應時勢變化,
使詞人自身觀點有所開放、革新,是個好現象。另一方面,又如王煜
〈清十一家詞選自序〉所言:

> 至於清,異族多猜,迭興文獄,才人學士……斂形遠害,
> 群遁於樸實艱僻之途,是以考據箋疏,至茲特大。詞本倚
> 聲,較難馳騁,幽微要眇,可託孤憤。國初諸賢致力於此
> 者,蓋欲消磨豪邁,自忘天下,故不徒寄感興亡之際也。

〔註51〕

歸結清初詞壇與政治、學術的關係,實為簡要精闢之見。雲間派的影
響力由明末直至清初康熙朝左右,兼之清初三大家的學術思想流風所
及,使得清初士人為了避禍,固然投身考據研究,並以幽微要眇的詞
體來承載孤憤之感、寄託興亡之慨,具有深刻政治意涵,卻也多有
「欲消磨豪邁,自忘天下」的消極逃避心態,呈現衝突而矛盾的複雜
心理。因此,沿襲明代花、草風氣、描寫豔情、吟詠景物的詞作,仍
佔有相當的份量。特別是當清王朝統治權已然鞏固,反清復明回天乏
術的時候,更是如此。這與浙西詞派興起之後,日益鑽入雕琢形式的
牛角尖,是有莫大關連性的,或可視為士人消極心態以及無力、無奈
感的一種深化。

(二)陽羨詞派

　　此派形成於康熙五年（1666）,然最遲至康熙三十四年（1695）,

〔註51〕王煜:〈清十一家詞選自序〉,此段文字見錄於劉慶雲編著、王偉勇
　　　　編審:《詞話十論》(臺北:祺齡出版社,1995年1月),頁362～363。
　　　　又「清十一家詞選」應作「清十一家詞鈔」。

便已消散。〔註52〕時間維持約三十年，較之稍晚興起之浙西詞派以及嘉慶以降的常州詞派，可謂甚短。陽羨派的地域中心在陽羨（江蘇荊溪），領袖爲陳維崧，主要詞人有曹亮武、蔣景祁、萬樹、史惟圓、任繩隗、徐喈鳳、董儒龍等。陳維崧早年屬蘭陵詞人，亦參與廣陵詞壇，和這兩個詞派的王士禛、鄒祇謨皆友好，〔註53〕此時詞風哀豔纏綿，多婉麗之作，如王士禛云：「友人中，陳其年（指陳維崧）工哀豔之辭」〔註54〕、鄒祇謨也說：「同里諸子，好工小詞，如文友之儇豔，其年（指陳維崧）之矯麗，……今則陳（指陳維崧）、董愈加綿渺，二黃益屬深妍。」〔註55〕陳維崧中年之後詞風轉變，與他功名事業失意、生活窮愁潦倒密切相關。陳廷焯謂：「其年年四十餘，尚爲諸生，故學業最富，其一種潦倒名場，抑鬱不平之氣，胥於詩詞發之。」〔註56〕仕途的坎坷、不得志，使陳維崧轉向蘇、辛雄渾蒼茫的豪放路線，遂開陽羨一派。然而陳維崧的這種轉變，也恰恰符合當時詞壇所需，用豪放剛健之氣，滌除明末以來婉麗柔靡之積習，一新時人耳目。陳維崧本人的詞作，正是最佳實踐，如《烏絲詞》和《迦陵詞》中，多慷慨悲憤之作。陽羨派的詞學思想集中反映在陳維崧主編之選本《今詞苑》〔註57〕，其他重要詞集、著作則有蔣景祁的《瑤華集》和萬樹的《詞律》。

　　就陳維崧〈今詞苑序〉，歸納其理念有二：一是尊詞體，所謂「要之穴幽出險以厲其思，海涵地負以博其氣，窮神知化以觀其變，

〔註52〕李康化：《明清之際江南詞學思想研究》，頁 227。

〔註53〕孫克強：《清代詞學》，頁 162。

〔註54〕清・王士禛：《花草蒙拾》，見錄於唐圭璋編：《詞話叢編》，冊 1，頁 685。

〔註55〕清・鄒祇謨：《遠志齋詞衷》，見錄於唐圭璋編：《詞話叢編》，冊 1，頁 659～660。

〔註56〕清・陳廷焯：《詞壇叢話》，見錄於唐圭璋編：《詞話叢編》，冊 4，頁 3731。

〔註57〕又名《今詞選》、《詞選》，爲免和常州詞派張惠言的《詞選》相混，本論文乃用《今詞苑》稱之。

竭才渺慮以會其通，爲經爲史，曰詩曰詞，閉門造車，諒無異轍也」
〔註58〕、「選詞所以存詞，其即所以存經存史也夫」〔註59〕，將詞提
升至等同經、史的地位，也具有經、史的社會功能，以矯正作詩者認
爲有損詩格，而薄詞不爲的偏見，積極挑戰了詞爲小道末技的傳統觀
念。二是不偏廢豪放詞，並肯定豪放詞的價值，展現對多元詞風的兼
容心態，謂「而東坡、稼軒諸長調，又駸駸乎如杜甫之歌行與西京之
樂府也。蓋天之生才不盡，文章之體格亦不盡」〔註60〕、「今之不屑
爲詞者固亡論，其學爲詞者，又復極意《花間》，學步《蘭畹》，矜香
弱爲當家，以清眞爲本色。神瞽審聲，斥爲鄭衛。甚或鑿弄俚詞，閨
襜冶習，音如濕鼓，色若死灰。此則謔詠隱廋，恐爲詞曲之濫觴；所
慮杜夔左輗，將爲師涓所不道。輾轉流失，長此安窮。勝國詞流，即
伯溫、用修、元美、徵仲諸家，未離斯弊，餘可識矣。」〔註61〕抨擊
時人一味極意《花間》、學步《蘭畹》，指出明代如楊愼、王世貞等人
均未離「矜香弱爲當行」的弊端，強調「天之生才不盡，文章之體格
亦不盡」，不應拘於一格，並稱揚蘇、辛詞的雄渾豪壯如杜甫歌行與
西京樂府，可謂眼界開闊，氣象宏大。〈今詞苑序〉當中尊詞體，將
它提高至可與經史同觀，視詞人各自性情決定詞風，並崇尙蘇、辛雄
放格調的綱領，成爲陽羨一派的宗旨。追隨陳維崧多年的蔣景祁，發
揚陳氏對詞不拘一格、多元並蓄的理念：

> 磊砢抑塞之意，一發之於詞。諸生平所誦習經史百家、古
> 文奇字，一一於詞見之。……讀先生之詞，以爲蘇、辛

〔註58〕 清・陳維崧著，陳振鵬標點，李學穎校補：《陳維崧集・今詞苑序》
（上海：上海古籍出版社，2010 年 12 月），上冊，頁 54。又此書〈今
詞苑序〉作〈詞選序〉。

〔註59〕 清・陳維崧著，陳振鵬標點，李學穎校補：《陳維崧集・今詞苑序》，
上冊，頁 55。

〔註60〕 清・陳維崧著，陳振鵬標點，李學穎校補：《陳維崧集・今詞苑序》，
上冊，頁 54。

〔註61〕 清・陳維崧著，陳振鵬標點，李學穎校補：《陳維崧集・今詞苑序》，
上冊，頁 54～55。

可；以爲周、秦可；以爲溫、韋可；以爲左、國、史、漢、
唐、宋諸家之文亦可。蓋既具什佰眾人之才，而又篤志好
古，取裁非一體，造就非一詣，豪情豔趨，觸緒紛起，而
要皆含咀醞釀而後出。……向使先生於詞墨守專家，沉雄
蕩激，則目爲傖父；柔聲曼節，或鄙爲婦人。即極力爲幽
情妙緒，昔人已有至之者，其能開疆闢遠、曠古絕今，一
至此也耶？〔註62〕

蔣景祁對陳維崧推崇備至，認爲陳詞讀來之所以能「以爲蘇、辛可；
以爲周、秦可；以爲溫、韋可；以爲左、國、史、漢、唐、宋、諸家
之文亦可」，關鍵在於「平所誦習經史百家、古文奇字，一一於詞見
之」、「取材非一體，造就非一詣，豪情豔趣，觸緒紛起，而要皆含咀
醞釀而後出」，必須有豐厚的學養，並且不墨守一家，更重要的是有
眞情實感，醞釀噴發而出，方屬至文。

　　陽羨一派風流雲散甚快，其主詞壇盛時，不過十餘年。當中主
因，自與清廷嚴密之文網監控有關。以蘇、辛豪宕悲壯之風爲詞，
免不了對家國恨痛多所寄寓，易惹猜忌或招致殺身之禍，故與尚姜、
張清空醇雅之浙西詞派的延續百餘年相比，其消散緣由，再明顯不
過。然而此派對後世的影響不容小覷，如其尊詞體的觀念，爲常州詞
派周濟所繼承，並提出「詩有史，詞亦有史」〔註63〕，加強實現了詞
體紀錄社會現況的功能。另外，根據嚴迪昌《清詞史》所述，陽羨一
派雖於康熙中葉便沈寂下來，到了雍正、乾隆朝，卻仍有蔣士銓、鄭
燮、黃景仁等著名士人私淑其風、不時振起，屬於陽羨邑外之餘響
者。〔註64〕

〔註62〕　清・蔣景祁：〈陳檢討詞鈔序〉，見錄於清・陳維崧著，陳振鵬標點，
　　　　李學穎校補：《陳維崧集》，下冊，頁1832。
〔註63〕　清・周濟：《介存齋論詞雜著》，見錄於唐圭璋編：《詞話叢編》，冊2，
　　　　頁1630。
〔註64〕　嚴迪昌：《清詞史》，頁371。然這些詞人的歸屬仍有爭議，如蔣士銓
　　　　或認爲是浙派，而黃景仁或認爲是常派。

（三）浙西詞派

「浙西」之名，起於詞集《浙西六家詞》，乃朱彝尊、李良年、李符、沈岸登、沈皞日、龔翔麟此六位詞人的詞作選本。六人之中，除了龔翔麟爲浙江仁和人，餘者皆浙江嘉興人，故稱「浙西六家」。（筆者後面行文時，或簡稱「浙西詞派」爲「浙派」）此派崛起於康熙十八年（1679），稍晚於陽羨詞派，卻因有自身傳統，又接納了雲間派及其支派的柳洲、西泠詞派，使其淵源長、輻射範圍廣，〔註65〕聲勢壯大，得以獨領康熙朝至乾隆朝詞壇風騷，綿延百餘年之久，成爲清代前中期的代表詞派。此派前期領袖爲朱彝尊，主要詞人有汪森、李良年、李符、沈岸登、沈皞日、龔翔麟等。朱彝尊和汪森編有闡發理念之詞選本《詞綜》；中期盟主爲厲鶚，主要詞人有陸培、徐逢吉、江昱、王昶等；後期殿軍爲郭麐、吳錫麒等人。分析此派初創、發展之政治社會契機，可知此派因應康熙朝統治權穩固之需，提倡清空雅趣和章法韻律，正符合清王朝大一統的教化思想，也是懷藏故國之思與滿漢情結的複雜心緒的士人，在新的時勢背景下，不得不與清廷達成某種微妙妥協的結果。〔註66〕

康熙朝的懷柔政策起到的效果的確不小，使得作爲此派領袖的朱彝尊的詞學思想與創作傾向就此轉變。朱彝尊前期詞集之代表有《靜志居琴趣》、《江湖載酒集》等，而以《江湖載酒集》最能呈現他潦倒悽惶生活中，優秀的情見乎詞之作。〔註67〕到了康熙十八年，朱彝尊中博學鴻儒科，聲名大噪，就此成爲清王朝的臣子，後期詞集《茶煙閣體物集》遂多用典詠物、粉飾太平之作，並倡雅正清空之說，詞風走向鏤空鑿虛，著力在章句形式以及文字技巧的雕琢上。〔註68〕這種明顯的轉變，有前後期的詞序爲證，如寫於康熙十年左右的〈紅鹽詞

〔註65〕 李康化：《明清之際江南詞學思想研究》，頁 262。

〔註66〕 嚴迪昌：《清詞史》，頁 243。

〔註67〕 嚴迪昌：《清詞史》，頁 263。

〔註68〕 嚴迪昌：《清詞史》，頁 271～274。

序〉云：

> 詞雖小技，昔之通儒巨公往往爲之。蓋有詩所難言者，委
> 曲倚之於聲，其辭愈微而其旨益遠。善言詞者，假閨房兒
> 女子之言，通之於離騷變雅之意。此尤不得志於時者所宜
> 寄情焉耳。〔註69〕

所謂「假閨房兒女之言，通之於離騷變雅之意」，即強調詞體幽微的
特性，適合婉曲地表意述志，而具有離騷變雅之內涵，乃不得志於時
者寄情之絕佳載體。再看寫於康熙二十五年左右的〈紫雲詞序〉：

> 詞者詩之餘，然其流既分，不可復合。……昌黎子曰：「歡
> 愉之言難工，愁苦之言易好。」斯亦善言詩矣。至於詞或
> 不然，大都歡愉之詞工者十九，而言愁苦者十一焉耳。故
> 詩際兵戈俶擾、流離瑣尾而作者愈工，詞則宜於宴嬉逸樂
> 以歌咏太平。此學士大夫並存焉而不廢也。〔註70〕

此序竟謂「大都歡愉之詞工者十九，而言愁苦者十一」、「詞則宜於宴
嬉逸樂以歌詠太平」，這和中博學鴻儒科之前，〈紅鹽詞序〉所謂的詞
乃「尤不得志於時者所宜寄情」之論調，簡直判若兩人、極度矛盾！
從另一個角度來說，朱彝尊的轉變不啻是歸爲清朝官員的漢族士子所
呈現的無奈、悲哀。不過，雖然朱彝尊和陳維崧一樣，皆因一己人生
遭遇方導致詞學思想有所轉變，但朱彝尊推崇姜、張的清空詞風，也
對革除明詞淫俗的流弊有所貢獻。

　　接著，簡述浙派重要之詞學思想：

1. 尊詞體。汪森〈詞綜序〉謂：

> 自有詩，而長短句即寓焉。〈南風〉之操、〈五子〉之歌是
> 已。周之〈頌〉三十一篇，長短句居十八；漢〈郊祀歌〉
> 十九篇，長短句居其五；至於〈短簫鐃歌〉十八篇，篇篇
> 長短句，謂非詞之起源乎？

〔註69〕　清・朱彝尊：《曝書亭集・陳緯雲紅鹽詞序》（北京：商務印書館《文
　　　　津閣四庫全書》本，2005 年），冊 440，頁 87。
〔註70〕　清・朱彝尊：《曝書亭集・紫雲詞序》（北京：商務印書館《文津閣
　　　　四庫全書》本，2005 年），冊 440，頁 87。

迄於六代，〈江南〉、〈採蓮〉諸曲，去倚聲不遠，其不即變
爲詞者，四聲猶未諧暢也。自古詩變爲近體，而五七言絕
句傳於伶官樂部，長短句無所倚，則不得不更爲詞。當開
元盛日，王之渙、高適、王昌齡詩句流播旗亭，而李白〈菩
薩蠻〉等詞亦被之歌曲。古詩之於樂府，近體之於詞，分
鑣並騁，非有先後，謂詩降爲詞，以詞爲詩之餘，殆非通
論矣。〔註71〕

和陳維崧將詞抬高至等同經史地位的尊體方式不同，汪森試圖打破歷
來視詞爲「詩餘」小道之說，故從「詞非詩之餘」此觀點下手。分別
由長短句的形式和倚聲的音律兩方面，提出《詩經》、漢樂府當中即
有長短句，乃詞之遠祖；迄六朝樂府，已具詞體大概，只因四聲仍未
協調，才沒有馬上演化成詞，卻也很接近了，乃詞之近宗。而唐朝的
聲詩，則是演進到詞的前一個階段了，所謂「五七言絕句傳於伶官樂
部，長短句無所倚，則不得不更爲詞」，就是這個意思。因此，汪森
的結論是「古詩之於樂府，近體之於詞，分鑣並騁，非有先後」，詩
詞同出一源，不該視詞爲詩之餘。

　　必須澄清的是，首先，汪森忽略了先秦雅樂、六朝清商樂和隋唐
燕樂系統，是三大很不一樣的音樂體系。因爲從明朝以降，詞之無法
合樂歌唱成爲事實，填詞須以圖譜代之曲譜。到汪森的時代，詞已然
格律化甚久，他忽略音樂層面的問題，也是情有可原。其次，汪森還
忽略聲詩是先有文字內容再配樂，而詞是先有曲調再填文字內容，兩
者雖有其演化階段的某種共通之處與混合之處，卻不應視爲直線的因
果關係。姑且不論上面兩處失誤，這裡值得關注的是，汪森努力輔助
朱彝尊編選《詞綜》，來掃除《草堂詩餘》流弊所造成的詞格卑俗的
決心，即使汪森的理論基礎不牢固，卻也在受限於歷史條件的情況
下，有其獨到見解。

〔註71〕清・汪森：〈詞綜序〉，此二段文字皆見錄於施蜇存主編：《詞籍序跋
　　　　萃編》，卷9，頁748。

2. 推尊南宋詞，尤其是姜夔、張炎「醇雅」的詞風，一掃《草堂詩餘》俗濫之弊。朱彝尊《詞綜·發凡》謂：

> 世人言詞，必稱北宋。然詞至南宋，始極其工，至宋季而始極其變。姜堯章氏最為傑出，……〔註72〕

> 古詞選本若《家宴集》、《謫仙集》、《蘭畹集》、……及草窗周氏選，皆軼不傳，獨《草堂詩餘》所收最下、最傳。三百年來，學者守為兔園冊，無惑乎詞之不振。〔註73〕

> 言情之作，易流於穢。此宋人選詞多以雅為目。……填詞最雅，無過石帚，《草堂詩餘》不登其隻字，見胡浩〈立春〉、〈吉席〉之作、蜜殊〈詠桂〉之章，亟收卷中，可謂無目者也。〔註74〕

此等見解，突破雲間詞派的成見，將視線投注到南宋詞的範圍來，認為姜夔的高雅，足以挽救《草堂詩餘》所收最下最傳、穢俗而使詞格不振的流弊，並革新詞壇風氣，故謂「詞至南宋，始極其工，至宋季而始極其變。姜堯章氏最為傑出」。另於〈群雅集序〉強調「雅正」乃昔賢論詞之旨：

> 蓋昔賢論詞，必出於雅正。是故曾慥錄《雅詞》，銅陽居士輯《復雅》也。〔註75〕

汪森〈詞綜序〉亦針對時弊，補充南宋詞姜、張詞人群「醇雅」之功，並將南宋詞提升至極高的地位：

> 西蜀、南唐而後，作者日盛。宣和君臣，轉相矜尚，曲調愈多，流派因之亦別。短長互見，言情者或失之俚，使事者或失之伉。鄱陽姜夔出，句琢字煉，歸於醇雅。於是史

〔註72〕清·朱彝尊：《詞綜·發凡》，見錄於施蟄存主編：《詞籍序跋萃編》，卷9，頁753。

〔註73〕清·朱彝尊：《詞綜·發凡》，見錄於施蟄存主編：《詞籍序跋萃編》，卷9，頁753。

〔註74〕清·朱彝尊：《詞綜·發凡》，見錄於施蟄存主編：《詞籍序跋萃編》，卷9，頁756。

〔註75〕清·朱彝尊：《曝書亭集·群雅集序》（北京：商務印書館《文津閣四庫全書》本，2005年），冊440，頁88。

達祖、高觀國羽翼之。張輯、吳文英師之於前，趙以夫、
蔣捷、周密、陳允衡、王沂孫、張炎、張翥效之於後。譬
之於樂，舞箭至於九變，而詞之能事畢矣。〔註76〕

時人或循明末遺風而流於俚俗，或學陽羨豪放而流於粗疏，汪森欲
以南宋詞「句琢字煉，歸於醇雅」的清流，滌除當前詞壇「言情者
或失之俚，使事者或失之伉」的缺失，遂同朱彝尊舉出心目中最雅
之姜夔，作爲遵循之典範。總之，明代《草堂詩餘》所收最下最傳，
是激起朱、汪兩人倡導復雅的最大動機。此番復雅理想對於清初詞
壇而言，有其積極意義，強調「雅正」，也巧妙迎合統治者教化的需
求。

　　3. 於南宋詞獨尊姜、張，並加入北宋周邦彥，貶斥蘇、辛。這
是浙派中期盟主厲鶚，對朱彝尊倡南宋詞的進一步發展。厲鶚云：
「豪邁者失之於粗厲，香豔者失之於纖褻，惟有宋姜白石、張玉田
諸君，清眞雅正，爲詞律之極則。」〔註77〕強化了前期浙派主將推
尊南宋詞、標舉姜夔的理念，把清雅一派獨立出來，成爲明代分婉
麗、豪放二體之外的第三勢力，更讓時人普遍接受、效法。〔註78〕發
揚前期浙派理念的同時，厲鶚提出新的見解，他將周邦彥納入清雅
的系統，視周爲姜、張詞人群體在北宋的先聲，謂「兩宋詞派，推吾
鄉清眞，婉約深秀，律呂諧協，爲倚聲家所宗」〔註79〕，又以畫派之

〔註76〕清・汪森：〈詞綜序〉，見錄於施蟄存主編：《詞籍序跋萃編》，卷9，
　　　　頁748～749。

〔註77〕此段文字爲清・汪沆《槐塘文稿・籽香堂詞序》引，見錄於清代詩
　　　　文集彙編編纂委員會編：《清代詩文集彙編》（上海：上海古籍出版
　　　　社，2010年），冊301，頁452。汪沆此序原文爲：「竊聞子師樊榭先
　　　　生論詞之緒餘有年矣。謂詞權輿於唐，盛於宋，沿流於元、明以及
　　　　於今，門戶各別，好尚異趣。然豪邁者失之於粗厲，香豔者失之於
　　　　纖褻，惟有宋姜白石、張玉田諸君，清眞雅正，爲詞律之極則。」
　　　　可知此段文字乃厲鶚所嘗云者。

〔註78〕孫克強：《清代詞學》，頁207。

〔註79〕清・厲鶚：〈吳尺鳧玲瓏簾詞序〉，見錄於施蟄存主編：《詞籍序跋萃
　　　　編》，卷7，頁555。

南宗比喻之：「嘗以詞譬之畫，畫家以南宗勝北宗。稼軒、後村諸人，詞之北宗也。清眞、白石諸人，詞之南宗也。」〔註80〕因爲周邦彥極爲注重詞的音律，更使詞風趨向典雅，姜夔、吳文英等人受到啓發不少，可以算是沿著周邦彥的路線走來。由於厲鶚身處康熙末到乾隆初，社會環境與士人心態又有所轉變，歌詠太平的需求，遠超出故國之悲慨，因此，厲鶚的崇尚周邦彥以及貶斥蘇、辛，等於是摒棄了詞具有針砭政治現實、抒發眞情意志的內涵意義，走向純粹形式之雅的極致。〔註81〕

　　厲鶚的觀點，雖使浙派宗旨更加鮮明統一，凝聚力更強大，影響力更廣泛，「雍正、乾隆間，詞學奉樊榭爲赤幟，家白石而戶梅溪」〔註82〕，盛況空前。然其獨尊周邦彥、姜夔、張炎等寥寥數人，縮小、狹隘了習詞的視野，又過度追求清空雅致，忽視內容上的思想情感，到了浙派末流，變得極端偏頗，滿紙精美之堆砌，卻徒然裝腔作勢、情淺空虛。不少批評者看出此弊，中肯地說：「緣情綺靡，詩體尚然，何況乎詞？彼學姜、史者，輒摒棄秦、柳諸家，一掃綺靡之習，品則超矣，或者不足於情。」〔註83〕一語道破浙派欲革除明詞弊病，卻矯枉過正，鑽入另一個牛角尖。作爲浙派殿軍的郭麐，對自家癥結也了然於心，嚴厲批判：

> 倚聲家以姜、張爲宗，是矣。然必得其胸中所欲言之意，與其不能盡言之意，而後纏綿委折，如往而復，皆有一唱三嘆之致。近人莫不宗法雅詞，厭棄浮豔，然多爲可解不可解之語。借面裝頭，口吟舌言，令人求其意惝不得，此何爲者耶？昔人以鼠空鳥，即爲詩妖，若此者，亦詞妖

〔註80〕　清・厲鶚：〈張今涪紅螺詞序〉，見錄於施蟄存主編：《詞籍序跋萃編》，卷7，頁556。
〔註81〕　孫克強：《清代詞學》，頁209。
〔註82〕　清・謝章鋌：《賭棋山莊詞話》，見錄於唐圭璋編：《詞話叢編》，冊4，頁3458。
〔註83〕　清・杜詔：〈彈指詞序〉，見錄於楊家駱主編：《清詞別集百三十四種》（臺北：鼎文書局，1975年8月），冊4，頁2195。

也。〔註84〕

郭氏痛心浙派末流竟成詞妖，一針見血地指出宗雅詞卻「爲可解不可解之語」、「借面裝頭，口吟舌言，令人求其意旨不得」，實是因爲沒有眞情實感，無胸中所欲言之意，才會只學到片面追求清雅，卻淪爲詞妖，盡寫不可解之詞。

郭麐不迴避浙派弊病，還進行反省，更自知「倚聲之學，今莫盛於浙西，亦始衰於浙西」〔註85〕，面臨嘉慶、道光朝政治社會內憂外患的危機屢現，浙派末流還在雕琢文字格律，缺乏思想內涵，對現實環境視若無睹，已然不合時宜，無法再號召人心，故其詞壇盟主的地位，也就被常州詞派所取代了。

（四）常州詞派

「常州」指江蘇常州府，下隸有武進、荊溪等縣邑。此派領袖張惠言（江蘇武進人），生活於乾隆中葉至嘉慶初年，與其弟張琦編有《詞選》〔註86〕，乃兩人於經學家金榜家中擔任西席時，所編之授課教材。選唐宋詞四十四家，共一百一十六首，後附同邑友人黃景仁、左輔、錢季重等七家詞。其詞學理論僅見於〈詞選序〉，後成爲常州詞派的宗旨。然而張惠言生前，此派尚未昌盛，充其量爲宛陵詞人群體，算是個小詞派而已。直到嘉慶朝的周濟（江蘇荊溪人）大張旗鼓，推溯張惠言爲領袖，才流傳開來，籠罩詞壇，影響力從道光朝直到清末，延續上百年，成爲清代中後期的代表詞派，晚清臨桂詞派四大家之思路亦源出於此。（筆者後面行文時，或簡稱「常州詞派」爲「常派」）此派主要詞人有周濟、董士錫、宋翔鳳等，代表詞集兼詞選本爲《詞選》；後勁有譚獻、莊棫、謝章鋌、陳廷焯、馮煦等人，各有

〔註84〕清·郭麐：《靈芬館詞話》，見錄於唐圭璋編：《詞話叢編》，冊2，頁1524。

〔註85〕清·郭麐：《靈芬館雜著續編·梅邊笛譜序》，見錄於清代詩文集彙編編纂委員會編：《清代詩文集彙編》，冊485，頁456。

〔註86〕後人因《詞選》屬通名，爲示區別，又稱《茗柯詞選》、《宛陵詞選》、《張氏詞選》。

其理論上的創新建樹。分析此派初創、發展之政治社會契機，可知此派因應嘉慶、道光朝由盛轉衰之需，將治經史之方式跨入治詞當中，提倡意內言外和比興寄託，乃至周濟的以詞爲史，正符合抒寫社會現實哀音之需，讓詞體眞正具有紀錄時事的功能，實踐發揚了清初三大家經世致用的理念。就詞壇而言，則是針對浙派末流弊病所作的振衰反動。

簡述此派重要詞學觀點如次：

1. 尊詞體，倡意內言外、比興寄託，奉溫庭筠爲典範。張惠言〈詞選序〉：

> 今第錄此篇，都爲二卷，意有幽隱，並爲指發，幾以塞其下流，導其淵源，無使風雅之士，懲於鄙俗之音，不敢與詩賦之流同類而風誦之也。〔註87〕

由「無使風雅之士，懲於鄙俗之音，不敢與詩賦之流同類而風誦之」，可知張惠言有意推尊詞體，讓當時鄙薄詞者，能夠因爲他對於詞的新見解而改觀。那麼，張惠言又以何種新見解來闡明詞的「意有幽隱」，並且「塞其下流，導其淵源」呢？試看其〈詞選序〉所言：

> 詞者，蓋出於唐之詩人，采樂府之音，以制新律，因繫其詞，故曰「詞」。傳曰：「意內而言外，謂之詞。」其緣情造端，興於微言，以相感動，極命風謠里巷男女哀樂，以道賢人君子幽約怨悱不能自言之情。低徊要眇，以喻其致。蓋詩之比興，變風之義，騷人之歌，則近之矣。然以其文小，其聲哀，放者爲之，或跌蕩靡麗，雜以昌狂俳優。然要其至者，莫不惻隱盱愉，感物而發，觸類條鬯，各有所歸，非苟爲雕琢曼辭而已。〔註88〕

張惠言本身是古文經學家，後因應時勢，研究《周易》而涉足今文經學領域。他借東漢許愼《說文解字》所轉引的西漢孟喜《周易章句·

〔註87〕清·張惠言：〈詞選序〉，見錄於施蟄存主編：《詞籍序跋萃編》，卷9，頁796。

〔註88〕清·張惠言：〈詞選序〉，見錄於施蟄存主編：《詞籍序跋萃編》，卷9，頁795～796。

繫辭上傳》中「意內而言外謂之詞」〔註89〕一語爲據，強調詞之首要者，爲內心之「意」，發之於外之文字，方爲「言」，非苟爲雕琢曼辭而已。這就針砭到浙派末流的弊端了。接著，以解經之方式來解詞之意，因爲《詞選》乃張惠言兄弟任教經學家金榜家中所編之教材，故此序流露儒家詩教的意味相當濃厚。他說「緣情造端，興於微言，以相感動，極命風謠里巷男女哀樂，以道賢人君子幽約怨悱不能自言之情」，即認爲詞中「極命風謠里巷男女哀樂」乃因「賢人君子幽約怨悱之情」不能自言，故「興於微言，以相感動」，通過詞含蓄蘊藉的表達方式，娓娓道出，婉轉動人。這已然涉及溫柔敦厚的詩教傳統，將初民社會純樸的男歡女愛、相思離愁，全解釋爲后妃之德、美刺之諫、孤臣孽子之思等，張惠言此處正是將比興寄託引入詮釋詞句意涵，脫離了作者與作品間知人論世的關連性，也不管詞本事，幾乎全憑一己主觀，支解詞句，例如將溫庭筠〈菩薩蠻〉（小山重疊金明滅）當中的「照花前後鏡。花面交相映。新貼繡羅襦。雙雙金鷓鴣」四句，看作具有「離騷初服之意」〔註90〕，符合其「低徊要眇，以喻其致。蓋詩之比興，變風之義，騷人之歌，則近之矣」的標準，進而讚譽溫庭筠「最高，其言深美閎約」〔註91〕，將它當作典範。此即張惠言從「意內言外」到「比興寄託」，再到「豎立溫庭筠作典範」的理論架構。在重視詞作內容必先出自內心之意這一點上，具有積極意義，卻在詞句意義上，以經解詞，此論固然發前人所未發，卻也太過牽強附會，難以令人信服，引來不少爭議。

〔註89〕《漢書藝文志》著錄有〈易章句孟氏〉二篇，或即孟喜〈周易孟氏章句〉，今已佚。此段文字乃轉引許慎《說文解字》卷九上司部「詞」字之解說，原文謂「意內而言外也」。漢・許慎：《說文解字》（北京：商務印書館《文津閣四庫全書》本，2005 年），冊 76，頁 590。

〔註90〕清・張惠言：《詞選》，見錄於唐圭璋編：《詞話叢編》，冊 2，頁 1609。

〔註91〕清・張惠言：〈詞選序〉，見錄於施蟄存主編：《詞籍序跋萃編》，卷 9，頁 796。

2. 闡揚詞亦有史、寄託出入。周濟的詞學歷程有三個階段，
〔註92〕「詞亦有史」、「寄託出入」分別爲其第二和第三階段之見解。
《介存齋論詞雜著》云：

> 感慨所寄，不過盛衰。或綢繆未雨，或太息厝薪，或已溺
> 己飢，或獨清獨醒，隨其人之性情學問境地，莫不有由衷
> 之言。見事多，識理透，可爲後人論世之資。詩有史，詞
> 亦有史，庶乎自樹一幟矣。若乃離別懷思，感士不遇，陳
> 陳相因，唾瀋互拾，便思高揖溫、韋，不亦恥乎！〔註93〕

「感慨所寄，不過盛衰」點出作詞的動機，乃發自心中感慨，而感慨
則和時勢盛衰密切相關，這是人和外在環境的互動。「隨其人之性情
學問境地，莫不有由衷之音」說明感慨屬由衷之音，會隨者人的內在
因素，如性情、學問等個別修養狀態而異。周濟由外緣、內因兩層面

〔註92〕據周濟晚期的著作〈宋四家詞選目錄序論〉：「余少嗜此，中更三變。
年逾五十，始識康莊。」可知他的詞學思想經過三個階段——第一
階段乃早年崇尚浙派，「服膺白石，而以稼軒爲外道」。第二階段自
結識董士錫開始，轉而邁入常派。董士錫爲張惠言之外甥兼弟子，
故周濟間接受到張惠言影響甚深，此時期之代表作爲《詞辨》和《介
存齋論詞雜著》。詞學觀點大致以張惠言爲基礎，略有新見。於《介
存齋論詞雜著》謂「飛卿醞釀最深，故其言不怒不懾，備剛柔之氣」、
「花間極有渾厚氣象，如飛卿則神理超越，不復可以跡象求矣」。又
於《詞辨》定選詞宗旨爲正、變二大體系，列入正體者，以溫庭筠
爲首，另有韋莊、歐陽脩、秦觀、周邦彥、周密、吳文英、王沂孫、
張炎等人，皆「蘊藉深厚」；列入變體者，起南唐後主李煜，另有范
仲淹、蘇軾、辛棄疾、姜夔等人，皆「駿快馳騖，豪宕感激稍漓」，
屬正聲之次。第三階段是周濟建立自己獨到的詞學理論的時期，代
表作爲《宋四家詞選》和〈宋四家詞選目錄序論〉。由浙派入常派的
周濟，清楚浙派之弊病，又融合常派之見解，標舉四家，歸結出「問
途碧山，歷夢窗、稼軒，以還清眞之渾化」的習詞最高準則。摒棄
正、變的區別，代之以簡明扼要的「渾化」，則剛柔兼備矣。這和「非
寄託不入，專寄託不出」，即從王沂孫的「有寄託」入，到周邦彥的
「無寄託」出，交相闡發。有關周濟詞學三階段，參孫克強：《清代
詞學》，頁 258～266。
〔註93〕清·周濟：《介存齋論詞雜著》，見錄於唐圭璋編：《詞話叢編》，冊 2，
頁 1630。

的交錯，導出「詩有史，詞亦有史」的意旨，正反映從清初文字獄的壓迫，而讓詞代替了詩言志的功能，被賦予了寄託的重任。種種離別懷思之淒苦、感士不遇之悲憤，都藉詞來抒發。又經過前面陽羨、浙西等派的不斷尊詞體，詞體到了此時，儼然具有等同於詩的社會紀實作用，「詞亦有史」的概念，就是這樣來的。這是周濟上承張惠言「意內言外」的觀點、因應現實環境需要，進一步對尊詞體理念的發揮貫徹。值得注意的是，周濟並沒有如張惠言一樣斷章取義、強作比附，而是著眼於時代和個人這兩層外緣內因，方使人有所感慨，欲以詞出之，這就回到論世知人的角度了。

「寄託出入」則是對張惠言「比興寄託」的深化。周濟〈宋四家詞選目錄序論〉云：

> 夫詞，非寄託不入，專寄託不出。一物一事，引而伸之，觸類多通，驅心若游絲之罥飛英，含毫如郢斤之斫蠅翼，以無厚入有間。既習已，意感偶生，假類畢達，閱載千百，謦欬弗違，斯入矣。賦情獨深，逐境必寤，醞釀日久，冥發妄中，雖鋪敍平淡，摹繢淺近，而萬感橫集，五中無主。讀其篇者，臨淵窺魚，意為魴鯉，中宵驚電，罔識東西。赤子隨母笑啼，鄉人緣句喜怒，亦可謂能出矣。問途碧山，歷夢窗、稼軒，以還清真之渾化。余所望於世之為詞人者，蓋如此。〔註94〕

對照張惠言偏重在賢人君子幽約怨悱的窮達之情，周濟寄託說的格局已然放大。承前感慨所寄，可知其欲託之於詞者，有社會國家時勢的外在環境，有個人性情志向的內在觸動，皆為詞文內容之基礎，所謂「一物一事，引而伸之，觸類多通」，內涵、範圍更加深廣。另外，對於詞境的藝術程度也有所提高。習詞之初，虛心地「以無厚入有間」，要多觀察多體會，使主體之我，能融入於客體之外界。若可「意感偶生，假類畢達，閱載千百，謦欬弗違」，即達「入」的標準。接

〔註94〕清・周濟：〈宋四家詞選目錄序論〉，見錄於施蟄存主編：《詞籍序跋萃編》，卷9，頁802。

著，進取「醞釀日久，冥發妄中，雖鋪敘平淡，摹繪淺近，而萬感橫集，五中無主」的渾化境地，此境地有如「赤子隨母笑啼，鄉人緣句喜怒」那般自然、不見雕琢斧鑿之跡，方可謂以無寄託出之。而「入」與「出」的歷程，周濟標舉王沂孫、吳文英、辛棄疾、周邦彥四家爲楷模，以示學詞最佳途徑。這條途徑實乃周濟體認到浙派倡清空之弊，造成內容空洞虛浮，而做出的調整革新，又兼容常派寄託之創見，期使習詞、填詞者能在思想內容與表達形式的虛實、有無之間，取得巧妙的平衡。〔註95〕

　　浙派後期的重要詞家譚獻承接周濟此路線，他論詞最著名的觀點是「作者之用心未必然，而讀者之用心何必不然」〔註96〕，這是對周濟「有寄託入，無寄託出」的一個發展，且是從批評角度的發展。譚氏說自己讀詞「喜尋其惝於人事，論作者之世，思作者之人」〔註97〕，即從詞中去知人論世。「讀者之用心何必不然」就是這種再創造過程。若避免掉隨意性或牽強附會的索隱之弊，這就是對傳統「以意逆志」的深化，並賦予了更強的理論色彩。〔註98〕值得注意的是，所謂作者未必然，讀者何必不然，並不是隨意的，譚獻經驗性地以「旁通其情、觸類以感、充類以盡」言接受法，是側重在「由內到外」地解讀詞作。〔註99〕

　　3. 主張沉鬱頓挫之審美觀。陳廷焯的詞學思想可分前後兩期，〔註100〕「沉鬱頓挫」乃後期之核心理念。繼承張惠言比興寄託強調

〔註95〕　孫克強：《清代詞學》，頁 287～296。
〔註96〕　清・譚獻：《復堂詞話》，見錄於唐圭璋編：《詞話叢編》，冊 4，頁 3987。
〔註97〕　清・譚獻：《復堂詞話》，見錄於唐圭璋編：《詞話叢編》，冊 4，頁 3987。
〔註98〕　嚴迪昌：《清詞史》，頁 562。
〔註99〕　鄧喬彬：《唐宋詞美學》（濟南：齊魯書社，1993 年 12 月），頁 246。
〔註100〕　陳廷焯同周濟一樣，皆是由浙派轉入常派的詞家。他早年的代表作《雲韶集》和《詞壇叢話》，乃詞學觀點建立之初，受浙派影響頗大。後來《詞則》和《白雨齋詞話》完成的時候，已然轉向常派，

溫柔敦厚、含蓄蘊藉的儒家詩教之餘，陳廷焯顯然不受制於張惠言牽強附會的以經解詞方式，他革新了比興的意涵：

> 或問比與興之別。余曰：宋德祐太學生〈百字令〉、〈祝英臺近〉兩篇，字字譬喻，然不得不謂之比也。以詞太淺露，未合風人之旨。如王碧山詠螢、詠蟬諸篇，低回深婉，託諷於有意無意之間，可謂精於比義。若興則難言之矣。託喻不深，樹義不厚，不足以言興。深矣厚矣，而喻可專指，義可強附，亦不足以言興。所謂興者，意在筆先，神餘言外，極虛極活，極沉極鬱，若遠若近，可喻不可喻，反覆纏綿，都歸忠厚。〔註101〕

在政治寓意方面，陳廷焯並不反對張惠言「含蓄、合風人之旨」的標準，如他批評德祐太學生之作「太淺露，未合風人之旨」，顯然不能算是「比」，因為沒有歸於「忠厚」。可見「忠厚」乃陳廷焯繼承張惠言溫柔敦厚的詩教意旨。故而真正的「比」，應如王沂孫詠螢、詠蟬之作「低回深婉，託諷於有意無意之間」。然而，陳廷焯認為「比興」的真意所在，必須是個人主體意識先有深沉的感受，與性情融會之後，自然地以含蓄之筆出之，故要求「意在筆先，神餘言外，極虛極活，極沉極鬱」，方能「若遠若近，可喻不可喻，反覆纏綿，都歸忠厚」。如果真實感受不夠深厚，即「託喻不深，樹義不厚」，則「不足以言興」。強調「喻可專指，義可強附，亦不足以言興」，牽強附會是不足以言「興」的，這是對張惠言的修正。

接著，看陳廷焯針對「沉鬱」所作的一番闡釋：

> 所謂沉鬱者，意在筆先，神餘言外，寫怨夫思婦之懷，寓孽子孤臣之感。凡交情之冷淡，身世之飄零，皆可於一草一木發之。而發之又必若隱若現，欲露不露，反覆纏綿，

理論架構趨於成熟。參謝桃坊：《中國詞學史》（成都：巴蜀書社，2002 年 12 月），頁 356。

〔註101〕 清・陳廷焯：《白雨齋詞話》，見錄於唐圭璋編：《詞話叢編》，冊 4，頁 3917。

終不許一語道破，匪獨體格之高，亦見情性之厚。〔註102〕
陳廷焯「沉鬱」之情感特徵，乃「寫怨夫思婦之懷，寓孽子孤臣之感。
凡交情之冷淡，身世之飄零，皆可於一草一木發之」，與前述周濟的
「一物一事，引而伸之，觸類多通」有其共通之處，皆是主體情性感
於外物的自然流露。縱然是承張惠言「要其至者，莫不惻隱盱愉，感
物而發，觸類條鬯，各有所歸」〔註103〕而來，卻都擴大了張惠言比
興寄託原初的範圍，並以回歸個人眞情實感爲尙。「沉鬱」比較強調
的是內心那份鬱結難言的感觸，可視爲對個人生命繫之國家社會的憂
患意識，〔註104〕也是自我內心深處不平之鳴的翻騰。陳廷焯認爲沉
鬱包括了意在筆先之「意」，與不許一語道破的「表達方式」，故說「發
之又必若隱若現，欲露不露，反復纏綿，終不許一語道破」，如有意
而發之未能含蓄中節，則不符合其「沉鬱」必須兼具含蓄蘊藉的要求，
即未歸忠厚也。

最後，陳廷焯認爲「沉鬱」之意之感，必須配合「頓挫」之法，
方是詞中最上乘：

入門之始，先辨雅俗。雅俗既分，歸諸忠厚。既得忠厚，
再求沉鬱。沉鬱之中，運以頓挫，方是詞中最上乘。〔註105〕

一步步展現習詞過程：分雅俗、歸忠厚、求沉鬱、運頓挫，經過累積
並純熟化用，才能達到上乘之境。步驟之間雖有次序，概念卻是渾融
一體的。如此，在創作構思上與理論架構上，均相吻合，創作即是理
論的實踐。

4. 對南北宋詞各有短長優劣的客觀體認、整合並重。如陳廷焯
中肯地分析南北宋詞的特色：

〔註102〕清‧陳廷焯：《白雨齋詞話》，見錄於唐圭璋編：《詞話叢編》，冊4，
頁3777。
〔註103〕清‧張惠言：〈詞選序〉，見錄於施蟄存主編：《詞籍序跋萃編》，卷
9，頁796。
〔註104〕謝桃坊：《中國詞學史》，頁366。
〔註105〕清‧陳廷焯：《白雨齋詞話》，見錄於唐圭璋編：《詞話叢編》，冊4，
頁3943。

平心而論，風格之高，斷推北宋，且要言不煩，以少勝多，
南宋諸家，或未之聞焉。南宋非不尚風格，然不免有生硬
處，且太著力，終不若北宋之自然也。北宋間有俚詞，間
有冗語；南宋則一歸純正，此北宋不及南宋處。北宋詞，
詩中之風也；南宋詞，詩中之雅也。不可偏廢，世人亦何
必妄為軒輊。〔註106〕

又云：

詞家好分南宋、北宋，國初諸老，幾至各立門戶。竊謂論
詞只宜辨別是非，南宋、北宋不必分也。若以小令之風華
點染，指為北宋；而以長調之平正迂緩，雅而不豔，豔而
不幽者，目為南宋。匪獨重誣北宋，抑且誣南宋也。〔註107〕

此二段文字分別從「風格」和「小令、長調」兩方面，指出北宋、南
宋各有長處，環肥燕瘦，不應武斷地加以軒輊或抑彼揚此。北宋以
小令見長，天然渾成，餘韻無窮；南宋以長調取勝，典雅精緻，極
妍盡態。不受派別門戶的偏見所囿，純以客觀理性的態度來看待南北
宋詞，極為可取，正是清代詞學走向實事求是的積極之處。常派後勁
認清了南北宋的優缺利弊之後，更鼓勵學詞應當兼重南北宋，如謝章
鋌說：

詞至南宋，奧窔盡闢，亦其氣運使然，但名貴之氣頗乏，
文工而情淺，理舉而趣少。善學者，於北宋導其源，南宋
博其流，當兼善，不當孤詣。〔註108〕

根據詞史發展由自然而人工的路線，必然會有不同階段的得失之處，
不應偏執。善學詞者「於北宋導其源，南宋博其流」，則可兼善之。
陳廷焯與謝章鋌的真知灼見，不但破解了雲間詞派與浙西詞派長久以

〔註106〕 清・陳廷焯：《詞壇叢話》，見錄於唐圭璋編：《詞話叢編》，冊4，
頁3720。

〔註107〕 清・陳廷焯：《白雨齋詞話》，見錄於唐圭璋編：《詞話叢編》，冊4，
頁3963。

〔註108〕 清・謝章鋌：《賭棋山莊詞話》，見錄於唐圭璋編：《詞話叢編》，冊
4，頁3470。

來的南北宋之爭，更爲後人指出一條康莊大道，不再侷限一方。

（五）臨桂詞派

　　「臨桂」乃廣西臨桂，此派當中的王鵬運、況周頤皆爲臨桂人，
又王鵬運爲朱祖謀、況周頤二人之師，況周頤也曾師事朱祖謀，而
王、朱、況三人更曾學詞於端木埰，關係緊密異常，故以臨桂詞派稱
之。此三人加上鄭文焯，並稱「晚清四大家」或「清季四大詞人」。
〔註109〕四大家詞學基本上皆承常州詞派而來，如蔡嵩雲《柯亭詞論》
所評：

> 本張皋文意內言外之旨，參以凌次仲、戈順卿審音持律之
> 說，而益發揮光大之。此派最晚出，以立意爲體，故詞格
> 頗高；以守律爲用，故詞法頗嚴。〔註110〕

「以立意爲體，以守律爲用」道出桂派治詞首重思想內容，又持律甚
嚴，可謂集浙派與常派長處之大成。這也反映出桂派面臨晚清之國
勢危亂，相較清初更甚。滿清雖非漢族，彼此文化、習俗落差均大，
卻至少是黑頭髮、黃皮膚的相同人種，而晚清時入侵、瓜分中國的

〔註109〕　關於晚清四大家的組合，有兩種説法：最先是趙尊嶽（況周頤弟子）
　　　　　在《蕙風詞史》中，根據晚清時人的説法，謂「王鵬運、朱祖謀、
　　　　　鄭文焯、況周頤」四人合之稱爲「清季四大詞人」。接著，龍沐勛
　　　　　（朱祖謀弟子）〈清季四大詞人〉一文將「王鵬運、文廷式、鄭文
　　　　　焯、況周頤」四人並列。然其時朱祖謀尚在世，故龍氏未將之列入。
　　　　　到了蔡嵩雲《柯亭詞論》，則將龍氏所列四人中的文廷式易爲朱祖
　　　　　謀，四大家復爲「王鵬運、朱祖謀、鄭文焯、況周頤」。且「桂派」
　　　　　之稱，亦爲蔡嵩雲所確定：「第三期詞派，創自王半塘，葉退庵戲
　　　　　呼爲桂派，予亦姑以桂派名之。和之者有鄭叔問、況蕙風、朱彊邨
　　　　　等，本張皋文意內言外之旨，參以凌次仲、戈順卿審音持律之説，
　　　　　而益發揮光大之。此派最晚出，以立意爲體，故詞格頗高；以守律
　　　　　爲用，故詞法頗嚴。今世詞學正宗，惟有此派，餘皆少所樹立，不
　　　　　能成派。」本文對此派四大家的認定，採用趙尊嶽並蔡嵩雲之説。
　　　　　又桂派之名稱，亦從蔡嵩雲之説。參孫克強：《清代詞學》，頁 322
　　　　　～323；蔡嵩雲：《柯亭詞論》，見錄於唐圭璋編：《詞話叢編》，冊 5，
　　　　　頁 4908。
〔註110〕　蔡嵩雲：《柯亭詞論》，見錄於唐圭璋編：《詞話叢編》，冊 5，頁
　　　　　4908。

列強，則幾乎是金髮碧眼的不同人種。何況連日本這個過去一直臣服於中國的夷邦，也欺負到頭上來，眞是喪權辱國，顏面盡失！百姓生活困苦焦慮，人心之慌亂、憂患、悲戚、委屈、憤恨，莫有甚於此際！晚清四大家的「立意爲體、守律爲用」，不啻是將清初三大家經世致用的理念與嚴謹治學的態度，同時於詞壇實現、發揮了。四大家也窮畢生精力爲詞，讓詞作爲記錄社會現實、抒發個人感慨的重要載體。

　　王、朱、鄭、況四人的詞學思想，多有共通之處，均對常派比興寄託之旨有所發揚，又極度推崇吳文英。〔註 111〕四家亦各有所長，如朱祖謀精於校勘、編輯，《彊邨叢書》爲其代表鉅作。鄭文焯擅於考訂詞律、詞樂，《詞源斠律》爲其心血結晶。〔註 112〕四家之中，況周頤對詞的鑑賞、創作之見解，影響最大，又曾師從王鵬運，故其理論思想，可作爲四家之總括。《蕙風詞話》呈現其核心思想，特別是其「重、拙、大」的論調，可謂對常派「比興寄託」的一番歸結：

> 重者，沉著之謂。在氣格，不在字句。於夢窗詞庶幾見之。即其芬菲鏗麗之作，中間儁句豔字，莫不有沉摯之思，灝瀚之氣。挾之以流轉，令人玩索不能盡，則其中之所存者厚。沉著者，厚之發現乎外者也。欲學夢窗之致密，先學夢窗之沉著。即致密，即沉著。非出乎致密之外，超乎致密之上，別有沉著之一境也。夢窗與蘇、辛二公，實疏流而同源。其所爲不同，則夢窗緻密其外耳。〔註 113〕

> 拙不可及，融重與大於拙中，鬱勃久之，有不得已者出乎其中，而不自知，乃至不可解，其殆庶幾乎！猶有一言蔽之，若赤子之啼笑然，看似至易，而實至難者也。〔註 114〕

〔註 111〕　孫克強：《清代詞學》，頁 375～386。
〔註 112〕　謝桃坊：《中國詞學史》，頁 372～395。
〔註 113〕　清・況周頤：《蕙風詞話》，見錄於唐圭璋編：《詞話叢編》，冊 5，頁 4447。
〔註 114〕　清・況周頤：《蕙風詞話》，見錄於唐圭璋編：《詞話叢編》，冊 5，

詞有穆之一境，靜而兼厚、重、大也。淡而穆不易，濃而
穆更難。知此，可以讀《花間集》。〔註 115〕

從上面況周頤談到「重、拙、大」的含意來看，這三個字眼並非各自
獨立的點，他們具有不可切割的統一性，是相互關聯、三位一體的美
學效應。〔註 116〕「重」乃氣格之沉著、之厚實，融「大」與「重」
於「拙」中，鬱勃久之，有不得已者出乎其中，而不自知之際，即展
現「重、拙、大」三位一體的最高境界，或可謂之「穆」的境界。況
周頤關注的是「氣格」，是內心情感的鬱積，到不得已時，必然眞誠
流露，乃至渾融不自知的境界。這種境界，其實承自周濟「渾化」、「赤
子隨母笑啼，鄉人緣句喜怒」等「以有寄託入，無寄託出」的概念。
而「沉摯之思，灝瀚之氣。挾之以流轉，令人玩索不能盡，則其中之
所存者厚」，則有陳廷焯「沉鬱頓挫，歸之忠厚」的意味。「重、拙、
大」是況周頤對詞體所易有的「輕、巧、纖」的弊病的積極反動，與
清代詞壇一直努力矯治淫詞、鄙詞、游詞的主張一致，也是尊詞體意
識的另一種表現。〔註 117〕而對於寄託的主體，即詞的思想內容，是
「以立意爲體，詞格頗高」的四大家最爲注重的，且看況周頤如何針
對這部分作細緻的闡述：

詞貴有寄託。所貴者流露於不自知，觸發於弗克自已。身
世之感，通於性靈，即性靈，即寄託，非二物相比附也。
〔註 118〕

吾聽風雨，吾覽江山，常覺風雨江山外有萬不得已者在。
此萬不得已者，即詞心也。而能以吾言寫吾心，即吾詞也。
此萬不得已者，由吾心醞釀而出，即吾詞之眞也。非可強

頁 4527。
〔註 115〕 清・況周頤：《蕙風詞話》，見錄於唐圭璋編：《詞話叢編》，冊 5，
　　　　　頁 4423。
〔註 116〕 謝桃坊：《中國詞學史》，頁 402。
〔註 117〕 謝桃坊：《中國詞學史》，頁 403。
〔註 118〕 清・況周頤：《蕙風詞話》，見錄於唐圭璋編：《詞話叢編》，冊 5，
　　　　　頁 4526。

爲，亦無庸強求，視吾心之醞釀如何耳。〔註119〕

兩宋人詞，宜多讀多看，潛心體會。某家某某等處，或當學，或不當學，默識吾心目中，尤必印證於良師友，庶收取精用閎之益。……善變化者，非墨守一家之言。思游乎其中，精騖乎其外，得其助而不爲所囿，斯爲得之。……吾有吾之性情，吾有吾之襟抱，與夫聰明才力。欲得人之似，先失己之眞。得其似矣，則已落斯人後，吾詞格不稍降乎。〔註120〕

四大家均極重視寄託的自然抒發，所謂性靈即是寄託，寄託「觸發於弗克自已」，強調必須由個人思想情感、身世經歷和家國世變出之，反對刻意虛假的寄託。況周頤又提出「詞心」來喻指主體性靈受外界激盪，醞釀萬不得已之感慨而出之，即是眞摯的詞。詞之「眞」，絕對不可以強求，也不需要強求，全憑個人詞心自然之醞釀，便能達成。這些理念可上溯自周濟的「感慨所寄，不過盛衰」、「詩有史，詞亦有史」等觀點。此外，況周頤完全破除了南北宋詞的壁壘，強調學詞最好多讀、多看、多體會，多和良師益友討論切磋，不受門戶所囿，不墨守一家之言，更不應該爲了模仿他人，卻失掉自己之眞。因爲各人有各人之性情、襟抱，也是詞心最可貴的眞實之處。若勉強自己削足適履，無疑是降低了詞格。這些見解深入淺出、格局宏大，正是晚清四大家對清代詞壇的得失利弊去蕪存菁之後，總結出來的精髓所在。

綜上所述，歸納清代詞壇共有之特色及趨勢如下：

（一）各詞派初起之時，地緣色彩均相當濃厚。如雲間派三子均爲雲間人，常州派張惠言、董士錫、周濟均爲常州人，陽羨、浙西詞派詞人也大抵如此。當詞派後來佔詞壇主導地位，理論宗旨向外擴

〔註119〕 清・況周頤：《蕙風詞話》，見錄於唐圭璋編：《詞話叢編》，冊5，頁4417。
〔註120〕 清・況周頤：《蕙風詞話》，見錄於唐圭璋編：《詞話叢編》，冊5，頁4417。

展，受到普遍認同、效法時，後起之秀方不一定有地緣關係。同一地區領域的水土風俗、歷史文化背景與現實環境必然近似，容易讓生活在這個地域範圍的人，有共同的觀念，團結爲詞人群體，進而凝聚形成詞派的核心價值觀與審美觀。故各詞派會以出身地區命名之道理在此。

（二）有詞選本以及認同之典範詞人。如浙派有選本《詞綜》，推崇姜夔、張炎、周邦彥；常派有《詞選》，推崇溫庭筠等，均有助強化詞派的主張，推廣理念，進而領導詞壇。

（三）尊詞體。如陳維崧的「選詞所以存詞，其即所以存經存史」、汪森的「古詩之於樂府，近體之於詞，分鑣並騁，非有先後，謂詩降爲詞，以詞爲詩之餘，殆非通論矣」，以及張惠言的「塞其下流，導其淵源，無使風雅之士，懲於鄙俗之音，不敢與詩賦之流同類而風誦之」等，皆從不同角度尊詞體，讓詞跳脫小道末技的範疇。

（四）同一詞派內部的主張思想，受時勢所趨而作出修正、調整與革新。最明顯的是常派後勁對張惠言「比興寄託」的不斷修正，保留比興寄託記錄政治社會現實的功能，摒棄割裂詞句、強作比附的觀點。再如浙派各時期領袖不同，崇尚的典範有所差異：前期的朱彝尊、汪森最推崇姜夔，對南宋的其他詞家，並無排斥。到了中期的厲鶚，卻最崇尚周邦彥，且對於蘇、辛持貶斥態度。這固然和時代推移有關，卻也狹隘了格局，種下日後浙派衰微之因。

（五）同一詞人的詞學思想與歸屬派別前後不一，甚至一波三折。如陳維崧原屬毗陵詞派，又參與廣陵詞派，後開陽羨詞派；周濟和陳廷焯原受浙派影響頗大，後來轉向常派。可見詞人的性情、遭遇和時勢環境的變遷等因素，一直是動態的，詞人的思路也會跟著不同。作爲李煜詞清代的讀者、接受者，像這類詞學理論有轉折的詞人，應予特別注意，才不會將同一詞人不同時期的論述混爲一談，而誤以爲是前言不對後語。

（六）詞派意識從清初開始漸趨清晰，壁壘也愈見分明，然而愈

到晚清卻又逐漸消除隔閡，摒棄偏見，擴大視野和格局。如由雲間詞
派所開啓的南北宋之爭，從雲間派尙南唐北宋，到浙派崇南宋，終於
常派後勁對南北宋優缺點的客觀體認、整合並重，表面上看來是詞派
對南北宋不同的審美偏好，深一層的意義，卻是各詞派針對現實流弊
所下的針砭，如孫克強《清代詞學批評史論》所言：

> 浙西詞派推南宋，尊姜張，倡典雅，實乃針對清初的詞壇
> 沿襲明代以來的頹靡詞風，意欲提高詞的品味。而到了嘉
> 道時期，浙派末流又流於餖飣瑣屑和空疏浮游，即浙派郭
> 麐所說的「詞妖」和金應珪所說的「游詞」。爲革此弊端，
> 常州詞派提出「意內言外」和「比興寄託」，意在提高詞的
> 意格，充實詞的內容，使詞與詩一樣具有感發人心、作用
> 於社會的功能。正是因爲有了如此鮮明的現實針對性，方
> 使新興的流派具有強大的號召力，所謂登臺一呼，應者如
> 雲，詞壇風氣爲之改觀。〔註121〕

各詞派不斷因應時勢、針砭時弊並作革新的良好態度，無疑是清初由
顧炎武、黃宗羲、王夫之三大家所紮根的經世致用的理念，在詞壇上
的發揮實踐。整個清代學術思想的與時俱進，亦於詞壇清楚呈現。

第二節　接受之具體呈現——詞話、詞論

　　前面提過，清代詞人本身爲通曉經、史等眾多領域的學者，並
將治經治史的嚴謹態度運用到治詞中來，故其詞話、詞論條理分明、
思路清晰，出現眾多優秀的鉅著，如馮金伯《詞苑萃編》、吳衡照《蓮
子居詞話》等。即使是對詞的評點，也有不少是直接發揮其詞派理
論於詞作批評上的，如郭麐《靈芬館詞話》、陳廷焯《白雨齋詞話》
等，這方面較之明代出於感性主觀的評點，顯然有著長足進步，清人
理性應用詞派宗旨，對個別詞句的好惡原因，較有脈絡可循。另一方

〔註121〕 孫克強：《清代詞學批評史論》（上海：上海古籍出版社，2008 年
　　　　　11 月），頁 237。

面，清代記錄、談論李煜詞本事的情況大增，幾乎宋代所探討過的
本事內容，均再次成爲茶餘飯後的熱門話題，最甚者，當屬大、小周
后的風流軼聞。可見清代詞話、詞論中，關於李煜詞的論述，種類繁
富多樣，乃集宋代與明代之大成。此外，即使以詩的形式或以長短
句的形式論詞，可上溯至宋代，甚至更早之唐代，〔註122〕然而詞話、
詞論中出現以論詞絕句和論詞長短句評述李煜詞，乃清代所獨有，宋
代至明代未見。論詞絕句，顧名思義，即以絕句之形式來論詞，大
多爲七言絕句，亦見少數六言絕句；而論詞長短句則是以長短句
（即「詞」）的形式來論詞。對詞之接受史來說，此二類詞學資料
的價值不容忽視，誠如王師偉勇〈清代論詞絕句之整理、研究及其價
值〉云：

> 清代論詞絕句之價值凡四：一曰擴大詞學批評之視野；二
> 曰廣泛反映詞人之接受；三曰輔助建構論詞之觀點；四曰
> 指出詞壇爭議之論題。〔註123〕

又〈兩宋「論詞詩」及「論詞長短句」之價值〉一文指出三大面向：

> 其一，擴大詞學批評之視野，……。其二，提供輯佚考辨
> 之線索，……。其三，輔助建構論詞之觀點，……。〔註124〕

其中「擴大詞學批評之視野」和「輔助建構論詞之觀點」概念一致，
如將唐宋時期的此類材料視爲萌芽階段，則演進至清代，對詞人之
接受意識，已然清晰明確、蔚爲大觀，可見論詞長短句的價值、功
用同於論詞絕句，若能搭配其他詞集序跋、評點、史傳、筆記等一般
常見之詞話、詞論，互相輔助印證、對照融會，當更能豐富並完善詞

〔註122〕　趙福勇：《清代「論詞絕句」論北宋詞人及其作品研究》（彰化：彰
化師範大學博士論文，2011年1月），頁39～41。

〔註123〕　王偉勇：〈清代論詞絕句之整理、研究及其價值〉，原爲世新大學中
文系主辦「第二屆兩岸韻文學學術研討會」會議論文，臺北：2009
年5月。見錄於王偉勇：《清代論詞絕句初編》（臺北：里仁書局，
2010年9月），頁42。

〔註124〕　王偉勇：〈兩宋「論詞詩」及「論詞長短句」之價值〉，嘉義大學中
文系主辦「第三屆宋代學術國際研討會」會議論文，嘉義：2011年
6月，頁18。

的接受史面貌。論詞絕句和論詞長短句雖亦屬清代詞話、詞論的一部份，卻又具有再創作的特色，當中借鑑不少李煜詞原文，或化用、或檃括、或集句等，雖是論詞，卻儼然兼含再創作的價值了，自然有別於普通的詞話、詞論。然其評論的用意還是勝過再創作的表現，因此，筆者將它歸於詞話、詞論此節探討。關於論詞絕句的部分，王師偉勇已有〈清代「論詞絕句」論李煜及其作品探析〉〔註 125〕一文專門探究，題材完整，歸納明確，見解精闢，徵引翔實，故筆者取其中各類型一、二首作代表，和其他詞話、詞論相互闡發之，不再一一剖析。值得注意的是，根據王師偉勇統計，清代論詞絕句論及南唐詞人者，以李煜 20 首居冠，〔註 126〕可見李煜詞受清人重視程度甚高，視為南唐詞集大成之代表詞家。論詞長短句的部分，筆者所得共 4 首，則將全數併入詞話、詞論，搭配會通。茲將清代詞話、詞論歸類分析如次：

一、對李煜詞本事之探究

（一）記〈玉樓春〉（晚妝初了明肌雪）之與大周后的韻事

1. 吳任臣《十國春秋》卷十八：

　　昭惠國后周氏，小字娥皇，司徒宗之女。十九歲歸皇宮，

〔註 125〕 王偉勇、林宏達：〈清代「論詞絕句」論李煜及其作品探析〉，原為國立中山大學中國文學系主辦「清代第五屆國際暨第十屆全國學術研討會」會議論文，高雄：2009 年 6 月，頁 141～161。後見錄於王偉勇：《清代論詞絕句初編》，頁 339～389。又此篇文章共錄論詞絕句 20 首，均為孫克強《清代詞學批評史論》所著錄之知見詩作，另吳熊和〈詞話叢編讀後〉錄有郭書俊〈題南唐後主詞後〉5 首，雖亦明顯論及李煜，卻仍不得見，故 20 首詩內不包括郭作。此文將 20 首論詞絕句歸為四類：「論李煜身世與詞境」、「論李煜詞風」、「與李璟、南唐群臣並論」以及「與其他才子帝王並論」，舉相關史料、詞籍序跋、詞話、筆記等搭配、融會探析，已然相當精練，筆者無法出其右，故不另作贅論。

〔註 126〕 王偉勇、林宏達：〈清代「論詞絕句」論李煜及其作品探析〉，見錄於王偉勇：《清代論詞絕句初編》，頁 342。

通書史、善歌舞，尤工琵琶。嘗爲壽元宗前，元宗嘆其工，以燒槽琵琶賜之，蓋元宗寶惜之器也。后於采戲、弈棋，靡不妙絕。元宗幸南都，詔音存問，以令婦稱。後主嗣位，冊立爲國后，寵嬖專房。創爲高髻纖裳及首翹鬢朵之妝，人皆效之。常雪夜酣燕，舉杯請後主起舞。後主曰：「汝能創爲新聲，則可矣。」后即命箋綴譜，喉無滯音，筆無停思，俄頃譜成，所謂〈邀醉舞破〉也。又有〈恨來遲破〉，亦后所製。故唐盛時，〈霓裳羽衣〉最爲大曲，亂離之後，絕不復傳。后得殘譜，以琵琶奏之，於是開元、天寶之遺音，復傳於世。內史舍人徐鉉聞之於國工曹生，鉉亦知音，問曰：「法曲終則緩，此聲乃反急，何也？」曹生曰：「舊譜實緩，宮中有人易之，非吉徵也。」後主以后好音律，因亦耽嗜，廢政事。監察御史張憲切諫，賜帛三千尺，以旌敢言，然不爲報也。〔註127〕

2. 張德瀛《詞徵》卷五：

南唐李後主留意聲色，先納周宗女爲后。后通書善音律，〈霓裳羽衣曲〉久絕不傳，后按殘譜，盡得其聲調。徐游等從旁稱美，有狎客風。后有妹，姿容絕麗，以姻戚往來宮中，得幸於唐主。唐主制小令豔詞，頗傳於外。后卒，竟冊立之，被寵逾於故后。詞即〈菩薩蠻〉「花明月暗」一闋，後人亦載諸《壽域詞》而更易其數字焉。按陸游《南唐書》後主周后傳，后卒於瑤光殿，年二十九，葬懿陵。後主哀甚，自制誄，刻之石，與后所愛金屑檀槽琵琶同葬。

〔註127〕　清・吳任臣撰，徐敏霞、周瑩點校：《十國春秋》（北京：中華書局，1983 年 12 月），冊 1，頁 264～265。又此則詞話和明代陳霆《唐餘紀傳》所載幾乎如出一轍，僅異數字，如易「中主」爲「元宗」，易「賜帛三十疋」爲「賜帛三千尺」，以及少數文句略加更動而已，抄襲跡象甚爲明顯。（見明・陳霆：《唐餘紀傳》，上海：上海古籍出版社《續修四庫全書》本，2002 年 3 月，冊 333，頁 614）。後面張德瀛《詞徵》所載亦極度雷同於宋代史書、筆記等記敘關於大小周后之情事，而將之濃縮一番矣。由此可見，這類情事自宋代以降，一直是人們關注李煜詞本事的焦點所在。

又作書牓之與決，自稱「鰥夫煜」，其辭數千言，皆極酸楚。〔註128〕

吳任臣是清初之人，而張德瀛是清末之人，可見關於大小周后的韻事，從清初到清末，一直是人們關注的焦點話題。雖然這些詞話幾乎是從宋代以來的正史傳記和野史筆記中節錄並縮合而來，重複性很高，卻也反映出清人一如前面的宋人、明人，或說人們的心理基本上都一樣，儘管朝代不同，豔情都是最常被談論的小道消息，且提到大周后就很難不提小周后，這對姊妹花乃是李煜生命中最重要的兩個女人，又都花容月貌、風華絕代，卻先後成為李煜的愛人，彼此產生微妙心結，三角戀情更讓後人津津樂道了。談到大周后的多是〈霓裳羽衣曲〉殘譜的修訂、燒槽琵琶、雪夜邀舞、她對李煜和妹妹的私會怨怒傷心，以及李煜為她寫淒美動人之誄文等情事。

（二）記〈菩薩蠻〉（花明月暗籠輕霧）之與小周后的幽會

1. 吳任臣《十國春秋》卷十八：

后少以戚里，間入宮掖，聖尊后絕憐愛之。後主製樂府，豔其事，有「衩襪金縷鞋」之句，辭甚狎昵，頗傳於外。至納后，乃成禮而已。翼日，大燕群臣，韓熙載以下皆作詩諷焉，而後主不之譴也。〔註129〕

2. 張宗橚《詞林紀事》卷二：

海昌馬衎齋先生曾令畫工周兼寫〈南唐小周后提鞋圖〉，一時題詠甚眾。〔註130〕

3. 吳衡照《蓮子居詞話》卷三：

婦人纏足，南唐後主時窅娘外，別無聞焉。吾鄉周斌侯善畫仕女，嘗寫〈小周后提鞋圖〉，於指尖掛雙紅作纖纖狀，

〔註128〕清・張德瀛：《詞微》，見錄於唐圭璋編：《詞話叢編》，冊5，頁4149。

〔註129〕清・吳任臣撰，徐敏霞、周瑩點校：《十國春秋》，冊1，頁267。

〔註130〕清・張宗橚編，楊寶霖補正：《詞林紀事 詞林紀事補正 合編》（上海：上海古籍出版社，1998年11月），上冊，頁71。

頗屬杜撰。圖爲賞鑑家所重，當時如初白、樊榭，前後題
詠，俱載本集。許萬盧詩云：「弱骨豐肌別樣姿，雙鬟初綰
髮齊眉。畫堂南畔驚相見，正是盈盈十五時」、「多少情悰
眼色傳，今宵剗襪向郎邊。莫愁月黑簾櫳暗，自有明珠徹
夜懸」、「正位還當開寶初，玉環舊恨問何如。任教搴慢工
相妒，博得鰥夫一紙書」、「一首新詞出禁中。爭傳纖指掛
雙弓。不然誰曉深宮事，盡取春情付畫工」。張寒坪詩云：
「教得君王恣意憐，香階微步髮垂肩。保儀玉貌流珠慧，
輸爾承恩最少年」、「別恨瑤光付玉環，誄詞酸楚自稱鰥。
豈知剗襪提鞋句，早唱新聲菩薩蠻」、「花明月暗是良媒，
誰遣深宮侍疾來。驚問可憐人返臥，心知未解避嫌猜」、「北
征他日記匆匆，無復珠翹鬢朵工。一自宮門隨例入，爲渠
宛轉避房櫳」。按元人又有〈太宗逼幸小周后圖〉，惜斌侯
未之仿也。〔註131〕

張宗橚提到寫〈南唐小周后提鞋圖〉的周兼，即吳衡照所提之周斌侯，
張氏、吳氏二人約生活於浙派興盛的康、雍、乾時代，而張氏稍早於
吳氏。從兩人的記載中，可知李煜〈菩薩蠻〉一詞不僅受畫家重視，
選爲題材作畫，更令文人爭相題詠，且所提之詩句均其來有自，宋代
正史、野史、筆記當中一切跟小周后相關之軼聞全被寫出來，毫無遺
漏。所寫的不外乎最浪漫的私會情節，以及最悲慘的遭宋太宗逼幸之
事。〔註132〕從吳衡照說「按元人又有〈太宗逼幸小周后圖〉，惜斌侯

〔註131〕 清‧吳衡照：《蓮子居詞話》，見錄於唐圭璋編：《詞話叢編》，冊3，
頁 2460。

〔註132〕 小周后隨李煜歸宋後的悲慘遭遇，陸游《避暑漫鈔》已載：李煜歸
朝後，鬱鬱不樂，見於詞語。在賜第七夕，命故妓作樂，聞於外，
太宗怒，又傳「小樓昨夜又東風」，併坐之，遂被禍。龍袞《江南
錄》云：「李國主小周后隨後主歸朝，封鄭國夫人。例隨命婦入宮，
每一入，輒數日出，必大泣，罵後主，聲聞於外，後主多宛轉避之。」
又韓玉汝家有李國主歸朝後與金陵舊宮人書云：「此終日夕只以眼
淚洗面。」（見鄧子勉編：《宋金元詞話全編》，南京：鳳凰出版社，
2008 年 12 月，中冊，頁 827）然而清代詞話除了如宋代一般關注
李煜詞的詞本事之外，更將它與詞文作結合，不僅繪有〈小周后提

未之仿也」一句，可見文人品味輕豔下流之處，對此極其慘痛難堪之
場面，不但無半點不忍、憐憫之心，竟還爲周兼未曾仿作而覺得可惜！
時值浙派盛行之際，由此圖和這些題畫詩，詞壇風氣之另一面，可窺
一斑。浙派崇尙南宋詞，推尊姜夔、張炎、周邦彥等，打著清空雅正
的旗號，然而背地裡此類浮豔的題材所在多有，當屬劉過詠「美人指
甲、美人足」一類的癖好，〔註133〕連浙派創派領袖朱彝尊編《詞綜》
時也選了〈菩薩蠻〉此詞，就不意外浙派後繼詞人爭相題詠之舉了。
又，寫到小周后，就不能不提大周后的心碎，「驚問可憐人返臥，心
知未解避嫌猜」、「博得鰥夫一紙書」等，都是大周后在三角戀情中被
傷害的無奈心聲與控訴。這方面細微的感傷，可謂體會得很透徹。另
外，筆者所得，尚有兩闋題畫詞，均爲〈眉嫵〉，就詞牌而言，很貼
切內容所述：

1. 吳焯〔註134〕〈眉嫵〉，詞題云「小周后提鞋圖」：

　　趁微雲來去，若癡苔花，生怕露珠透。聽說瑤光殿，彤雲

鞋圖〉，諸家題詠之詩也整引、化用不少李煜詞句，不再只偏重於
　　　　詞本事而已，故就接受的深刻程度而言，這是清代詞話超越宋代之
　　　　處。
〔註133〕劉過詞中明顯具有此類癖好者，有二闋：一爲〈沁園春‧美人指甲〉：
　　　　「銷薄春冰，碾輕寒玉，漸長漸彎。見鳳鞋泥污，偎人強別，龍涎
　　　　香斷，撥火輕翻。學撫瑤琴，時時欲翦，更掬水魚鱗波底寒。纖柔
　　　　處，試摘花香滿，鏤棗成班。　　時將粉淚偷彈。記縐玉曾教柳傅
　　　　看。算恩情相著，搔便玉體，歸期暗數，畫遍闌干。每到相思，沈
　　　　吟靜處，斜倚朱脣皓齒間。風流甚，把仙郎暗掐，莫放春閒。」二
　　　　爲〈沁園春‧美人足〉：「洛浦凌波，爲誰微步，輕塵暗生。記踏花
　　　　芳徑，亂紅不損，步苔幽砌，嫩綠無痕。襯玉羅慳，銷金樣窄，載
　　　　不起、盈盈一段春。嬉遊倦，笑教人款捻，微褪些跟。　　有時自
　　　　歌聲。悄不覺、微尖點拍頻。憶金蓮移換，文駕得侶，繡茵催袞，
　　　　舞鳳輕分。懊恨深遮，牽情半露，出沒風前煙縷裙。知何似，似一
　　　　鉤新月，淺碧籠雲。」（此二詞見唐圭璋編：《全宋詞》，冊3，頁
　　　　2145～2146）二詞題材與技巧，應頗爲偏好南宋詞之浙派詞人所效
　　　　法。
〔註134〕吳焯（1676～1733），字尺鳧，號繡谷，別號蟬花居士。浙江錢塘
　　　　（今杭州）人。吳嘉枚猶子。著有《玲瓏簾詞》。

地，銀釘排壓方繡。妹來未久。怪脫除、珠靸潛走。想因向、萬樹香梅底，小亭夜私就。　旋覺春雲鬆髭。只繡絲幾縷，深淺花鈿。更把檀荳解，輕掂看，平量蓮瓣還瘦。緊持在手。莫放他、風揭裙皺。倘私卜團圓，缺月兩牙自扣。（《南唐書》：後主宮中帷幕，俱用白銀釘。又後主於宮中建小亭，極雕巧，傍列梅花萬本。亭只容二座，與小周后燕飲其中。）〔註135〕

2. 吳錫麒〔註136〕〈眉嫵〉，詞題云「小周后提鞋圖」：
趁微雲遮閃，踏過香街，依約踐苔印。聞道柔儀殿，娘來唱，容華桃李爭勝。襪塵隱隱。只褰幃、防有人問。算須待、亭子紅羅護，合歡夢縈穩。　翻念昭陽私幸。甚人閒樂府，傳唱偏盛。天水碧潛催，流珠去、何堪故苑人盡。畫圖試省。歎前游、空記龍袞。便重念家山，怕已墨雲凍凝。〔註137〕

清代題畫詞的意涵乃延續明代而來，不同於明代之前的詞、畫二分，各有想像空間，詞多少帶有寄託意義，與畫的相容性不高。明代題畫詞是詞人面對一幅畫，充分領悟畫的神韻之後，再以詞的方式重新表現畫，故詞與畫是互相依附的整體，而非搭配式、可拆開的個體。題畫詞除了詠園林、山水景物之外，也出現許多人物題畫詞，尤以女性居多，因為女性先天上的優勢，即具柔美纖弱的體態韻味，符合自《花間集》以來，傳統所認知的那種豔科香弱的情調。〔註138〕如此，清人以「小周后提鞋」為題旨作畫，再經文人題詞，而使詞畫相輔相成，

〔註135〕南京大學中國語言文學系《全清詞》編纂研究室編：《全清詞・順康卷》（北京：中華書局，2002 年 5 月），冊 20，頁 11650。
〔註136〕吳錫麒（1746～1818），字聖徵，號穀人。浙江錢塘人。乾隆四十年進士。詩詞為浙派後勁。駢體試律，尤能獨開生面，名重海內。有《有正味齋集》。
〔註137〕清・吳錫麒：《有正味齋詞》，見錄於楊家駱主編：《清詞別集百三十四種》（臺北：鼎文書局，1956 年 6 月），冊 6，頁 3357。
〔註138〕余意：《明代詞學之建構》（上海：上海古籍出版社，2009 年 7 月），頁 47～53。

風靡一時，完全是其來有自的。吳焯和吳錫麒均爲浙派詞人，吳焯生當與浙派中期盟主厲鶚同時，厲鶚有〈吳尺鳧玲瓏簾詞序〉，即爲吳焯《玲瓏簾詞》而作。吳焯此闋題畫詞也印證了前面吳衡照所說「圖爲賞鑑家所重，當時如初白、樊榭，前後題詠，俱載本集。」之題畫作品盛況。吳錫麒則爲乾隆至嘉慶年間之人，乃浙派後勁。從兩人題畫詞可知，浙派講究的精美雅致，到後來已和浮華靡麗脫不開關係，尤其從厲鶚推崇周邦彥之後，這類作品大量隱伏在雅正的背後，康雍乾盛世造就出浙派的獨領風騷，固然有功於詞壇，卻也不能忽略這類品味的詞作所代表的意義。不過，值得肯定的是，吳焯、吳錫麒這兩闋詞，題豔情之畫而無露骨之句，意味含蓄，呈現出浙派欲掃明詞淫俗之取向。

兩闋〈眉嫵〉詞，均將李煜原作的場景鋪敘一番，「趁微雲來去，若罥苔花」、「趁微雲遮閃，踏過香街，依約踐苔印」、「怪脫除、珠靸潛走」等句，顯然是「花明月暗籠輕霧。今朝好向郎邊去。剗襪步香階。手提金縷鞋」的翻版，「微雲來去」、「微雲遮閃」，都是「月暗籠輕霧」之意；「踏過香街，依約踐苔印」、「怪脫除、珠靸潛走」、「襪塵隱隱」均指「剗襪步香階。手提金縷鞋」。而瑤光殿、柔儀殿，皆周后居所，因此必須閃避。「容華桃李爭勝」，透露出姊妹二人的尷尬情況。然而私會的地點從畫堂南畔變成「小亭夜私就」、「亭子紅羅護」，再接後續發展的「旋覺春雲鬆驟。只繡絲幾縷，深淺花鈿。更把檀葅解，輕掂看，平量蓮瓣還瘦」、「合歡夢縐穩」等，一如李煜原詞「一向偎人顫。奴爲出來難。教君恣意憐」等句意。較之吳焯，吳錫麒的那闋詞，內容豐富些，不單寫幽會情節，更延伸至「甚人閒樂府，傳唱偏盛」，豔詞廣傳，時人皆知，以及「歎前游、空記龍衰。便重念家山，怕已墨雲凍凝」，南唐滅亡後的嘆息感慨，不堪回首。同此慨嘆，項廷紀〔註139〕有一首論詞長短句〈浪淘沙〉，詞題云「題

〔註139〕 項廷紀（1798～1835），原名鴻祚，字蓮生。浙江錢塘人。道光十
　　　　二年舉人。喜填詞，以花間爲宗。嘗語人曰，予詞可與時賢角一日

李後主詞後」：

> 樓上五更寒。風雨無端。愁多不奈一生閒。莫問畫堂南畔
> 事，如此江山。　　鉛淚洗朱顏。歌舞闌珊。心頭滋味只
> 餘酸。唱到宮中新樂府，杜宇啼殘。〔註140〕

李煜共有兩首〈浪淘沙〉詞，均爲亡國後所作，項廷紀用這個詞調來論其詞，也是別有用心。項氏此作乃依韻李煜〈浪淘沙〉（簾外雨潺潺），押第七部平聲韻，韻腳用字卻不同。詞中將李煜入宋前後作一對比，化用不少李煜詞句，如首二句即化自〈浪淘沙〉（簾外雨潺潺）的「簾外雨潺潺。春意將闌。羅衾不暖五更寒。」上片第三句「愁多不奈一生閒」和下片第二句「歌舞闌珊」，化自〈阮郎歸〉（東風吹水日銜山）的「春來長是閒。落花狼籍酒闌珊。笙歌醉夢間」和「珮聲悄，晚妝殘。憑誰整翠鬟」當中那種極欲「留連光景」，卻無能爲力的落寞。第四句化自〈菩薩蠻〉（花明月暗籠輕霧）的「畫堂南畔見」，卻指和小周后幽會的整個過程，第五句化自「獨自莫憑欄，無限關山」，暗含「別時容易見時難」的意味。下片首句化自〈虞美人〉（春花秋月何時了）的「只是朱顏改」，又融合「此中日夕只以眼淚洗面」的淒涼事實。「心頭滋味只餘酸」一句，則化自〈烏夜啼〉（無言獨上西樓）的「別是一番滋味在心頭」，並設身處地判斷此滋味只會是酸澀的。「唱到宮中新樂府」一句，化自〈菩薩蠻〉（銅簧韻脆鏘寒竹）的「新聲慢奏移纖玉」，末句則化自〈臨江仙〉（櫻桃落盡春歸去）的「子歸啼月小樓西」。其實，不能單單只看化用的某句，項廷紀化用之句包含的是李煜整闋詞給人的感受，而項廷紀的這整闋詞則涵蓋了李煜前後期詞作在生活和心情上的巨大落差。不過，即使整體而言，此詞可放大到李煜宮廷逸樂的全貌，仔細觀之，項廷紀仍有特別著眼的點，就是李煜和小周后愛情的歡愉，並以之對比亡國後的蕭瑟、悲

之名。其自信如此。著有《憶雲詞甲乙丙丁稿》。
〔註140〕　清・項廷紀：《憶雲詞》，見錄於楊家駱主編：《清詞別集百三十四種》，冊9，頁5163。

哀、悵恨。

綜上可知，李煜與大小周后的風流韻事，於宋代即是詞話、詞論關注的焦點之一，到清代越演越烈，雖然大多仍不出宋代以記事爲主、詞作爲輔的情況，但〈菩薩蠻〉一詞已然超越對事不對詞的框架，清人不僅緣詞作畫，此畫影響亦大，令當時名家爭相題詠，樂此不疲。從詞到畫，已是從文字轉換到具體形象的再創作，而題畫的詩詞則又結合了畫與原詞之內涵，乃屬更高階層之再創作了，〔註 141〕是以李煜〈菩薩蠻〉此詞的接受程度特高。

（三）記絕命詞〈虞美人〉（春花秋月何時了）之招殺身禍端

王士禛《五代詩話》卷一引《稗史彙編》：

> 宋邵伯溫曰：「南唐李煜以太平興國三年七月七日卒，吳越王錢俶以雍熙四年八月二十四日卒。二君歸宋，奉朝請於京師，其卒之日，俱其始生之辰。太宗於是日遣中使賜以器幣，與之燕飲，皆飲畢卒，蓋太宗殺之也。」余按野史，李後主以七夕誕辰，命故妓於賜第作樂侑飲，聲聞於外，太宗聞之大怒。又傳其小詞「小樓昨夜又東風，故國不堪回首夢魂中」之句，由是怒不可解。是李之禍，詞語促之也。〔註 142〕

王士禛乃清初之人，離明末家國之痛不遠，因此記載此類本事，有其深意。末句特別強調「是李之禍，詞語促之也」，可見詞語招禍，不但是宋代以來對李煜之死的一種共識，〈虞美人〉一詞遂被冠以「李

〔註 141〕 「題畫詞」的部分，原本應放在後面「再創作」一節探討，然爲論述之完整起見，故挪至此處一併探討。

〔註 142〕 清・王士禛原編，鄭方坤補編：《五代詩話》（臺北：廣文書局，1970年1月），上冊，頁 144。鄭方坤的補編幾乎網羅了宋代以來各種關於李煜詞本事的詞話，然多所重複，故不再贅述。這和吳任臣撰《十國春秋》以《唐餘紀傳》等前朝史書、筆記爲底本的狀況一樣，均可見清代文人博學多聞的特質，這也顯示李煜詞自宋至清的效果史接受程度都甚佳。

煜絕命詞」的稱號，又反映出清初文字獄的慘酷，有其雙關之意。並且王士禛此時的處境和李煜接近，均是被滅國的一方，又受文網監控，多少有些心有戚戚焉之慨。此外，關於〈虞美人〉的本事描述，且將李煜和錢俶並舉等情況，是延續宋代的史傳、筆記而來，亦可視爲後人對李煜此詞之接受，由宋至清，皆爲焦點之一。另外，吳鎭〔註143〕有論詞長短句〈虞美人〉一首，題云「書李後主詞後」：

> 汴雲遮斷江南路。悽惋成佳句。小樓憐爾又東風。何似愁
> 多愁少任愁空。　　此間無復歸朝樂。但有牽機藥。好還
> 天道故遲遲。卻在燕山亭上杏花時。〔註144〕

自宋至清，〈虞美人〉（春花秋月何時了）乃李煜絕命詞、代表作，可謂眾所周知，吳鎭特別選用這個詞調來論李煜詞，可見其用心。首二句肯定李煜亡國後詞作悽惋動人，接著關注〈虞美人〉之內容與詞本事，對於李煜在汴京的被軟禁，哀唱「小樓昨夜又東風」，以及被宋太宗賜牽機藥毒殺一事，吳鎭完全站在同情、憐憫、惋惜的角度，並認爲後來宋徽宗遭金人俘虜、北行之際作〈燕山亭〉懷念家國是「天道好還」，是宋太宗的狠毒報應在其後代子孫身上，這種看法雖然對宋徽宗有些殘忍，卻可見吳鎭愛惜李煜其人其詞之深切，爲之抱不平至極。

（四）提及〈臨江仙〉（櫻桃落盡春歸去）乃金陵城破時所作

孫兆溎《片玉山房詞話》：

> 南唐後主於圍城中尚作長短句，未終闋而城破。詞云：「櫻
> 桃落盡春歸去，蝶翻金粉雙飛。子規啼月小樓西。曲欄金

〔註143〕 吳鎭（1721～1797），字信辰，一字士安，號松崖，別號松花道人，甘肅狄道人。乾隆十五年舉人。著有《松花庵詩餘》。

〔註144〕 清·吳鎭：《松花庵集·松花道人逸草·詩餘》，見錄於清代詩文集彙編編纂委員會編：《清代詩文集彙編》，冊349，頁100。此詞《全清詞·順康卷》、《全清詞·順康卷補編》、《清詞別集百三十四種》皆未收。

箔，惆悵捲金泥。　　門巷寂寥人去後，望殘陽煙草低迷。」
藝祖曰：「李煜若以作詞手去治國事，豈爲吾虜？」又，徽
宗亦工長短句，方北去，在舟中作小詞云：「孟婆孟婆，你
做些方便，吹個船兒倒轉。」或曰：「徽宗即李煜後身。」
其然乎，其然乎。〔註145〕

此內容幾乎全抄自宋代《西清詩話》記載，拾人牙慧。唯將宋徽宗
視作李煜後身，可反映南宋以來時人的看法。不過，以宋徽宗和李
煜對照者，通常是引述其〈燕山亭〉一詞，如佚名撰《朝野遺記》
載：

徽廟在韓州，會虜傳至書。一小使始至，見上登屋，自正
茇舍，急下，故笑曰：「姚舜茅茨不翦，方取縅眂。」又有
感懷小詞，末云：「天遙地闊，萬水千山，知他故宮何
處？⋯⋯無據。和夢也、有時不作。」眞似李主「別時容
易見時難」聲調也。後顯仁歸鑾，云此爲絕筆。〔註146〕

至若「孟婆孟婆」以及「徽宗即李煜後身」等句，則譚瑩論詞絕句亦
云：「孟婆風緊太郎當，誰憶君王更斷腸。說到故宮無夢去，三生端
是李重光。」〔註147〕將宋徽宗比附爲李煜轉生，可見南宋以來，民
間此類謠傳甚多，流布甚廣，均因二位帝王的遭遇實在太相似，巧合
之極，故梁啓超論宋徽宗〈燕山亭〉說：「昔人言宋徽宗爲李後主後

〔註145〕　清・孫兆溎：《片玉山房詞話》，見錄於唐圭璋編：《詞話叢編》，冊
　　　　　2，頁 1663～1664。
〔註146〕　宋・佚名：《朝野遺記》，見錄於鄧子勉編：《宋金元詞話全編》，下
　　　　　冊，頁 1777。又宋徽宗〈燕山亭〉全詞爲：「裁翦冰綃，打疊數重，
　　　　　冷淡燕脂勻注。新樣靚妝，豔溢香融，羞殺蕊珠宮女。易得凋零，
　　　　　更多少、無情風雨。愁苦。閒院落淒涼，幾番春暮。　　憑寄離恨
　　　　　重重，這雙燕，何曾會人言語。天遙地遠，萬水千山，知他故宮何
　　　　　處。怎不思量，除夢裡、有時曾去。無據。和夢也、有時不做。」
　　　　　見唐圭璋編：《全宋詞》（臺北：文光出版社，1983 年 1 月），冊 2，
　　　　　頁 898。
〔註147〕　見錄於孫克強：《清代詞學批評史論》（上海：上海古籍出版社，
　　　　　2008 年 11 月），頁 439。本論文所引清人之論詞絕句均自此出，爲
　　　　　避繁瑣，後僅附上頁碼，不另加註。

身，此詞感均頑豔，亦不減『簾外雨潺潺』諸作。」〔註148〕另外，述及〈臨江仙〉此詞者，有余光耿〔註149〕論詞長短句〈臨江仙〉一闋，詞題云「書李後主詞後」：

> 繁華六代銷磨盡，朱門燕又爭飛。簫聲不管日沉西。鏤金歌袖，雙向月中垂。　　婉麗新詞填未就，一城烽舉烟迷。東風面洗淚珠兒。粉殘香斷，亡國恨依依。〔註150〕

選〈臨江仙〉爲詞調，觀其韻腳，「飛、西、垂、迷、兒、依」乃次韻李煜原作，可見余光耿之用心。全詞主要融合〈臨江仙〉詞本事和李煜詞句，卻又包括李煜亡國前後的情狀，有總結之意。首句「繁華六代銷磨盡」，點出南唐國都金陵城，乃六朝以來繁華勝地，有深厚的歷史淵源，故以六代繁華的銷磨盡，來借喻南唐亡國。「朱門燕又爭飛」化用劉禹錫〈烏衣巷〉詩的「舊時王謝堂前燕，飛入尋常百姓家」〔註151〕，象徵朝代興衰更迭的歷史滄桑，六朝如此，南唐也如此。「簫聲不管日沉西。鏤金歌袖，雙向月中垂」則意謂南唐國勢傾頹之際，李煜還在恣情享樂，「日沉西」代表南唐的衰落，「簫聲不管」代表李煜不但不警醒，還逕自過著「笙簫吹斷水雲間，重按霓裳歌遍徹」（〈玉樓春〉）、「銅簧韻脆鏘寒竹。新聲慢奏移纖玉」（〈菩薩蠻〉）的逸樂生活。「鏤金歌袖，雙向月中垂」是宮娥們身著精緻華麗的舞衣，舞姿曼妙翩翩，在動聽的歌聲樂聲中，映著明月，一個水袖翻揚，好似垂入月中。這些場景，在李煜〈一斛珠〉（曉妝初過）、〈玉樓春〉（晚妝初了明肌雪）等人們耳熟能詳的詞作中，比比皆是。下片進入金陵城破的瞬間，呼應詞話所述，在「一城烽舉烟迷」當中，李煜「婉

〔註148〕梁啓超：《飲冰室評詞》，見錄於唐圭璋編：《詞話叢編》，冊5，頁4305。

〔註149〕余光耿（1651～1705），字介遵，一字觀文。安徽婺源（今屬江西）人。有《蓼花詞》。

〔註150〕南京大學中國語言文學系《全清詞》編纂研究室編：《全清詞·順康卷》，冊16，頁9167。

〔註151〕唐·劉禹錫：〈金陵五題·烏衣巷〉，見錄於清·清聖祖御定：《全唐詩》（北京：中華書局，1960年4月），冊11，卷365，頁4117。

麗新詞塡未就」，旋被強擄至汴京，軟禁起來，過著「此中日夕只以
眼淚洗面」的悲慘日子，故「東風面洗淚珠兒」是融合此事與「小樓
昨夜又東風」一句而來。末句「粉殘香斷，亡國恨依依」則濃縮了「望
殘煙草低迷。爐香閒裊鳳凰兒。空持羅帶，回首恨依依」，亡國後，
李煜人生的一切美好都幻滅了，只剩愁恨與悵惘，卻無可奈何。余光
耿此詞以李煜〈臨江仙〉爲亡國前後交界點，不但有紀錄「城破時，
詞未就」本事的功能，輔助其他詞話，也將李煜一生作了概括描述，
洵爲優秀之作。

　　由上述諸例，可見清詞興盛帶動一切詞話、詞論的發展，使得這
些資料全被翻過復述，廣爲流傳，效果史層面的接受程度甚佳。

二、對李煜言行之批判

　　對於〈破陣子〉（四十年來家國）中「最是倉皇辭廟日，教坊猶
奏離別歌。垂淚對宮娥」，清人遙承宋代「第一讀者」蘇軾的論點，
而又各自發揮了不同之解讀與觀感，茲列如下：

　　（一）毛先舒《南唐拾遺記》：

> 按此詞或是追賦，倘煜是時猶作詞，則全無心肝矣。至若
> 揮淚聽歌，特詞人偶然語，且據煜詞，則揮淚本爲哭廟，
> 而離歌乃伶人見煜辭廟而自奏耳。〔註152〕

　　（二）尤侗《西堂雜組》卷下：

> 東坡謂後主既爲樊若水所賣，舉國與人，故當慟哭於九廟
> 之外，謝其民而後行。何乃揮淚對宮娥，聽教坊離曲？然
> 不獨後主然也。安祿山之亂，明皇將遷幸，復登花萼樓置
> 酒，四顧悽愴，乃命進玉環琵琶彈之。時美人善歌從者三
> 人，使一人歌水調。奏畢，上將去，復眷眷，因視樓下，
> 問「有樂工歌水調者乎？」……當是時，漁陽鼙鼓驚破霓
> 裳，天子下殿走矣，猶戀戀於梨園一曲，何異揮淚對宮娥

〔註152〕　清‧毛先舒：《南唐拾遺記》（北京：中華書局《叢書集成初編》本，
　　　　　陸游《南唐書》冊2後附，1985年），頁13。

乎？後主嘗寄舊宮人書云：「此中日夕只以眼淚洗面。」而舊宮人入掖庭者，手寫佛經爲李郎貲冥福，此稱情況，自是可憐。乃太宗以「小樓昨夜又東風」置之死地，不猶煬帝以「空梁落燕泥」殺薛道衡乎？〔註 153〕

（三）沈道寬〈論詞絕句四十二首〉之七：

> 國勝身危賦小詞，無愁天子寫愁時。倚聲本是相思調，除卻宮娥欲對誰。（詩後自註云：「此時不應作小詞，宋人譏其對宮娥之非，可謂不揣其本。」）（頁 409）

（四）梁紹壬《兩般秋雨庵隨筆》卷二：

> 譏之者曰倉皇辭廟，不揮淚於宗社而揮淚於宮娥，其失業也宜矣。不知以爲君之道責後主，責當責之於垂淚之日，不當責之於亡國之時。若以填詞之法繩後主，則此淚對宮娥揮爲有情，對宗社揮爲乏味也。此與宋蓉塘譏白香山詩，謂憶妓多於憶民，同一腐論。〔註 154〕

毛先舒和尤侗都是清初之人，毛先舒稍早於尤侗，然而兩人對此詞的看法，卻甚有出入。毛先舒認爲此詞乃追賦，身爲一國之君的李煜，不可能於辭廟時還聽離曲、揮淚宮娥，這種論調比較接近宋代袁文的觀點，〔註 155〕若李煜眞是如此，則全無心肝，有失國君以家國社稷爲重之身分。不過，毛先舒雖是站在較爲保守的立場，卻未直接批評

〔註 153〕 清・尤侗：《尤西堂雜組》（臺北：河洛圖書出版，1978 年 5 月），頁 137。

〔註 154〕 清・梁紹壬撰，范春三編譯：《兩般秋雨庵隨筆》（烏魯木齊：新疆人民出版社，1995 年 9 月），上冊，卷 2，頁 148。

〔註 155〕 袁文認爲此詞乃後人附會，毛先舒也認爲李煜當時不可能作這樣的詞，兩人理由雖不同，卻都有意幫李煜撇清，開脫蘇軾的指責。袁文《甕牖閒評》卷五：蘇東坡記李後主去國詞云：「最是倉皇辭廟日，教坊猶奏別離歌，揮淚對宮娥。」以爲後主失國，當慟哭於廟門之外，謝其民而後行，乃對宮娥聽樂，形於詞句。予謂此絕非後主詞也。特後人附會之耳。觀曹彬下江南時，後主豫令宮中積薪誓言：「若社稷失守，當攜血肉以赴火。」其屬志如此，後雖不免歸朝，然當是時更有甚教坊，何暇對宮娥也。宋・袁文：《甕牖閒評》（臺北：臺灣商務印書館《景印文淵閣四庫全書》本，1984 年 8 月），冊 281，卷 5，頁 9。

李煜，還爲之開脫，認爲「揮淚本爲哭廟，而離歌乃伶人見煜辭廟而自奏」。尤侗則是認可李煜這樣的行爲，舉出歷史上還有唐明皇「戀戀於梨園一曲」，又何異於李煜的揮淚對宮娥？對於李煜持同情的心態，並譴責宋太宗以〈虞美人〉一詞毒殺「此中日夕只以眼淚洗面」的李煜，和隋煬帝一樣甚爲殘忍。沈道寬謂「倚聲本是相思調，除卻宮娥欲對誰」，站在詞乃抒發眞情的角度，認同李煜的揮淚宮娥，卻又加註曰「此時不應作小詞，宋人譏其對宮娥之非，可謂不揣其本」，可見其立論有矛盾，雖然能就詞體本身適合李煜作相思調、寫愁緒的眞情流露，另一方面還是跟毛先舒一樣，認爲李煜此時不應該作詞。梁紹壬乃道光間人，他比尤侗和沈道寬更進一步，不但清楚區分李煜政治身分與詞人身分的異處，還認爲「此淚對宮娥揮爲有情，對宗社揮爲乏味」，間接批評歷來針對此事指責李煜者，所述實屬「腐論」。自張惠言標舉「意內言外」以來，常派詞家即非常看重詞的內容是否具有眞情實感，到了晚清四大家的況周頤更提出「眞字是詞骨」，有「詞心」之說，梁氏時代略早於況氏，處於浙派、常派興衰之過渡期，已能見到這條脈絡發展的逐漸強化，他重視李煜詞當下眞情流露的可貴之處，一針見血地指出「此淚對宗社揮爲乏味」，實爲抨擊浙派末流情淺、空虛乏味的有力之語。

三、李煜詞之詞史定位與風格歸屬

（一）清初

1. 王士禎〈倚聲初集序〉：

> 詩餘者，古詩之苗裔也。語其正，則景、煜爲之祖，至漱玉、淮海而極盛，高、史其大成也。語其變，則眉山導其源，至稼軒、放翁而盡變，陳、劉其餘波也。有詩人之詞，唐、蜀、五代諸君子是也；有文人之詞，晏、歐、秦、李諸君子是也；有詞人之詞，柳永、周美成、康與之之屬是也；有英雄之詞，蘇、陸、辛、劉之屬是也。至是，聲

音之道，乃臻極致，而詩之爲功，雖百變而不可以不窮。
〔註156〕

2. 陳維崧〈金天石吳日千詞稿序〉：

詞有千家，業歸二李。斯則綺袖之專門，紅牙之哲匠矣。
若易安之婉變清新，屯田之溫柔倩媚，雖爲風雅之罪人，
實則閨房之作者。〔註157〕

王士禎、陳維崧二人將李煜及其父李璟視爲整體，詞風同屬南唐路線，所謂「詞有千家，業歸二李」、「語其正則南唐二主爲之祖」，均指南唐二李爲詞之正宗始祖，很顯然是沿襲明代以來婉麗爲尚的傳統觀念，「綺袖之專門，紅牙之哲匠」乃爲詞家婉約之正統，而以南唐二主爲尊，可見清初對詞體風格的認同，受雲間派陳子龍影響甚深。清初人即使視野有所開展，能夠接受並欣賞豪放之作，對詞的認同標準不再如明代一面倒向婉約，卻仍是以婉約爲正、豪放爲變，而李煜則是他們心目中正統詞風之鼻祖、最重要之關鍵人物。

（二）浙西詞派

1. 王時翔〈莫荊琰詞序〉：

詞自晚唐溫、韋，主於柔婉；五季之末，李後主以哀豔之辭倡於上，而下皆靡然從之，入宋號爲極盛。然歐陽、秦、黃諸君子且不免相沿襲，周、柳之徒無論已。獨蘇長公能盤硬語與時異，趨而復失之牿；南渡後得辛稼軒寄情於豪宕之中，其所製往往蒼涼悲壯，在古樂府當與魏武垺，斯可語於詩之變雅矣。迨姜白石出，而後蘊藉深遠，前人之作幾可盡廢。〔註158〕

〔註156〕清・王士禎：〈倚聲初集序〉，見錄於《續修四庫全書》，冊1729，頁164。
〔註157〕清・陳維崧：《陳檢討四六・金天石吳日千詞稿序》（北京：商務印書館《文津閣四庫全書》本，2005年），冊441，頁440。
〔註158〕清・王時翔：《小山詩文全稿・文稿・莫荊琰詞序》（臺南：莊嚴文化出版公司《四庫全書存目叢書》本，1997年6月），集部，冊275，頁154～155。

2. 夏秉衡《清綺軒詞選·自序》：

> 唐末五代，李後主、和成績、韋端己輩出，語極工麗而體製未備。至南北宋而作者日盛，如清眞、石帚、竹山、梅溪、玉田諸集，雅正超忽，可謂詞家上乘矣。〔註159〕

王時翔乃康熙至乾隆年間人，其部分見解和王士禛接近，均認爲蘇、辛豪宕英雄之詞乃「詞之變」、「詩之變雅」，但從「迨姜白石出，而後蘊藉深遠，前人之作幾可盡廢」此論觀之，可知其時屬浙派領航詞壇，故崇尙姜夔已達極端，竟謂「前人之作幾可盡廢」！然而和清初有別的是，他將李煜獨立出來，認爲李煜不僅承繼溫、韋柔婉詞風，並「以哀豔之辭倡於上，而下皆靡然從之」，乃開宋詞盛況，就其浙派立場而言，這已是很高的讚譽了。夏秉衡生當雍正至乾隆年間，亦受浙派甚鉅，其《清綺軒詞選·自序》言：「惟朱竹垞《詞綜》一選，最爲醇雅。」〔註160〕《清綺軒詞選·發凡》又言：「是集所選，一以淡雅爲宗。」〔註161〕可知夏氏認同浙派標榜清雅醇正的觀點。故對唐五代之作者，雖讚賞李煜、韋莊等人語極工麗，卻認爲「體製未備」，長調慢詞未曾發展完備，這也是崇尙南宋詞的浙派所注重的面向。由「至南北宋而作者日盛，如清眞、石帚、竹山、梅溪、玉田諸集，雅正超忽，可謂詞家上乘」一段話觀之，所舉詞家上乘之例，多爲南宋人，僅周邦彥爲北宋人，可見夏氏心目中「雅正超忽」的典範人物，集中在南宋，這和浙派宗旨相一致，而受浙派中期盟主屬鶚影響，也把周邦彥加進來。故知浙派當道時，推尊南宋的潮流，已然使得詞家觀點迥異於清初了。

〔註159〕 清·夏秉衡：《清綺軒詞選·自序》，見錄於施蟄存主編：《詞籍序跋萃編》，卷9，頁763。

〔註160〕 清·夏秉衡：《清綺軒詞選·自序》，見錄於施蟄存主編：《詞籍序跋萃編》，卷9，頁763。

〔註161〕 清·夏秉衡：《清綺軒詞選·自序》，見錄於施蟄存主編：《詞籍序跋萃編》，卷9，頁764。

（三）常州詞派

1. 張惠言〈詞選序〉：

自唐之詞人，李白爲首，其後韋應物、王建、韓翃、白居易、劉禹錫、皇甫松、司空圖、韓偓，並有述造，而溫庭筠最高，其言深美閎約。五代之際，孟氏、李氏君臣爲讔，競作新調，詞之雜流，由此起矣。至其工者，往往絕倫，亦如齊梁五言，依託魏晉，近古然也。〔註162〕

2. 周濟〈詞辨序〉：

自溫庭筠、韋莊、歐陽脩、秦觀、周邦彥、周密、吳文英、王沂孫、張炎之流，莫不蘊藉深厚，而才豔思力，各騁一途，以極其致。譬如匡廬、衡嶽，殊體而並勝；南威、西施，別態而同妍矣。……南唐後主以下，雖駿快馳騖，豪宕感激，稍稍漓矣，然猶皆委曲以致其情，未有亢厲剽悍之習，抑亦正聲之次也。〔註163〕

又《介存齋論詞雜著》：

向次《詞辨》十卷：一卷起飛卿爲正；二卷起南唐後主爲變；名篇之稍有疵累者爲三四卷；平妥清通，才及格調者爲五六卷；大體紕繆、精彩間出者爲七八卷；本事詞話爲九卷；庸選惡札迷誤後生、大聲疾呼以昭炯戒爲十卷。

〔註164〕

3. 吳衡照《蓮子居詞話》卷三：

十國時風雅才調，無過於南唐後主，次則蜀兩後主，又次則吳越忠懿王。〔註165〕

〔註162〕　清・張惠言：〈詞選序〉，見錄於施蟄存主編：《詞籍序跋萃編》，卷9，頁796。

〔註163〕　清・周濟：〈詞辨序〉，見錄於施蟄存主編：《詞籍序跋萃編》，卷9，頁781～782。

〔註164〕　清・周濟：《介存齋論詞雜著》，見錄於唐圭璋編：《詞話叢編》，冊2，頁1636。

〔註165〕　清・吳衡照：《蓮子居詞話》，見錄於唐圭璋編：《詞話叢編》，冊3，頁2455。

4. 陳廷焯：

（1）《詞壇叢話》：

> 詞至五代，譬之於詩，兩宋猶三唐，五代猶六朝也。後主
> 小令，冠絕一時，韋端己亦不在其下。終五代之際，當以
> 馮正中為巨擘。〔註166〕

（2）《白雨齋詞話》卷八：

> 唐宋名家，流派不同，本原則一。論其派別，大約溫飛卿
> 為一體（皇甫子奇、南唐二主附之），韋端己為一體（牛松
> 卿附之），馮正中為一體（唐五代諸詞人以暨北宋晏、歐、
> 小山等附之），張子野為一體，秦淮海為一體（柳詞高者附
> 之），蘇東坡為一體，賀方回為一體（毛澤民、晁具茨高者
> 附之），周美成為一體（竹屋、草窗附之），辛稼軒為一體
> （張、陸、劉、蔣、陳、杜合者附之），姜白石為一體，史
> 梅溪為一體，吳夢窗為一體，王碧山為一體（黃公度、陳
> 西麓附之），張玉田為一體。其間唯飛卿、端己、正中、淮
> 海、美成、梅溪、碧山七家殊途同歸，餘則各樹一幟，而
> 皆不失其正，東坡、白石尤為矯矯。〔註167〕

常派詞人以張惠言為首，推尊溫庭筠「深美閎約」，走的是「意內言
外」、「比興寄託」的路線，認定詞必須有賢人君子怨悱之情寓意其中，
並蘊藏屈原香草美人之騷意，方是好的詞作，故詩教溫柔敦厚的傳
統，貫穿常派詞人的審美準則。這和時代背景息息相關，正如鄧喬彬
《唐宋詞美學》所言：

> 清代常州詞派，尤重以比興寄託說來接受唐宋詞，亦與文
> 化時態密切相關。這不僅因為經學到此時已非常發達，經
> 學家以解經法讀詞並不奇怪，而且清代文字獄大興，處於
> 這樣的文化形態和心態下，過於深求微言大義，也是必然

〔註166〕 清・陳廷焯：《詞壇叢話》，見錄於唐圭璋編：《詞話叢編》，冊 4，
頁 3719～3720。

〔註167〕 清・陳廷焯：《白雨齋詞話》，見錄於唐圭璋編：《詞話叢編》，冊 4，
頁 3962。

結果。〔註168〕

以此檢視常派對李煜詞的定位與歸屬，張惠言謂「五代之際，孟氏、李氏君臣爲謔，競作新調，詞之雜流，由此起矣」，表明將李煜視爲「詞之雜流」。張氏後繼者周濟，更明確區分出「正」、「變」脈絡，此處之「正、變」已截然不同於清初之「婉約爲正、豪放爲變」，周濟《詞辨》「一卷起溫庭筠，爲正；二卷起南唐後主，爲變」的觀念是由張惠言援經解詞一路發展深化而來，因爲李煜詞「如生馬駒，不受控捉」〔註169〕，故不太符合常派含蓄、蘊藉、深厚的風人之旨，乃列在變體，屬正聲之次。吳衡照則純就五代作評論，並未牽扯到常派宗旨，然而他肯定「十國時風雅才調，無過於南唐後主」，這和周濟將李煜列爲變體之首，同樣有著極高的讚賞意味。陳廷焯是由浙入常之詞家，由《詞壇叢話》到《白雨齋詞話》，可視爲其詞學思想從過渡期到成熟期的轉變。雖然陳氏後期偏重於常派甚爲明顯，不過，他前、後期思路絕非壁壘分明的，仍有其延續重疊之處。前期以詩譬詞，認爲「五代猶六朝」，而「後主小令，冠絕一時，韋端己亦不在其下。終五代之際，當以馮正中爲巨擘」，此時在陳廷焯心目中，李煜詞是「冠絕一時」的，評價極高，但是若論集大成之巨擘，則非馮延巳莫屬。陳廷焯對馮延巳的鍾愛，完全延續至後期，謂「馮正中爲一體（唐五代諸詞人以暨北宋晏、歐、小山等附之）」，將五代、宋初諸名家歸於馮延巳一體當中，李煜也包括在內。然而陳氏對李煜的觀感已有所改變，「溫飛卿爲一體（皇甫子奇、南唐二主附之）」，將他歸入溫庭筠一體當中，不再獨立。在所舉的十四體裡面，「唯飛卿、端己、正中、淮海、美成、梅溪、碧山七家殊途同歸」，要知陳氏對溫庭筠最爲推崇，這固然是承自張惠言的觀點，然其詞學理念主張「沉鬱頓挫」，便已發展出一己特色。因此，在他眼中，李煜詞中的憂患

〔註168〕　鄧喬彬：《唐宋詞美學》，頁 228～229。

〔註169〕　清・周濟：《介存齋論詞雜著》，見錄於唐圭璋編：《詞話叢編》，冊　　2，頁 1633。

意識、難言之隱、欲吐還吞的意蘊，於五代眾詞人間，雖無法和馮延巳的深邃沉厚相比，卻也不失其正，乃列入溫庭筠一體。這和周濟將李煜列入變體，又有所不同了。筆者以為，這當是陳廷焯讀出李煜入宋後詞作的悽惋愁絕，兼之李煜本身文藝修養造詣高雅，故其詞天生帶有某種含蓄之美，雖和比興寄託關係不大，含意也不同，卻甚低回要眇，讓陳廷焯不得不動容。

（四）晚清

1. 江順詒《詞學集成》卷一：

比詞於詩，原可以初、盛、中、晚論，而不可以時代先後分。如南唐二主似唐之初，秦、柳之瑣屑，周、張之纖靡，已近於晚。〔註170〕

2. 張祥齡《詞論》：

文章風氣，如四序遷移，莫知為而為，故謂之運。左春右秋，冰蟲之見，生今反古，是冬簧夏爐，烏乎能。安序順天，愚者一得。昌黎起八代之衰，亦運使然。南唐二主、馮延巳之屬，固為詞家宗主，然是勾萌，枝葉未備。小山、耆卿，而春矣。清真、白石，而夏矣。夢窗、碧山，已秋矣。至白雲，萬寶告成，無可推徙，元故以曲繼之。此天運之終也。〔註171〕

3. 馮煦《蒿庵論詞》：

詞至南唐，二主作於上，正中和於下，詣微造極，得未曾有。宋初諸家，靡不祖述二主，憲章正中，譬之歐、虞、褚、薛之書，皆出逸少。晏同叔去五代未遠，馨烈所扇，得之最先。故左宮右徵，和婉而明麗，為北宋倚聲家初祖。〔註172〕

〔註170〕 清・江順詒：《詞學集成》，見錄於唐圭璋編：《詞話叢編》，冊4，頁3227。

〔註171〕 清・張祥齡：《詞論》，見錄於唐圭璋編：《詞話叢編》，冊5，頁4212。

〔註172〕 清・馮煦：《蒿庵論詞》，見錄於唐圭璋編：《詞話叢編》，冊4，頁3585。

4. 王鵬運《半塘老人遺著》：

　　蓮峰居士詞超逸絕倫，盧靈在骨。芝蘭空谷，未足比其芳
　　華；笙鶴瑤天，詎能方茲清怨？後起之秀，格調氣韻之間，
　　或月日至得十一於千百，若小晏、若徽廟，其殆庶幾。斷
　　代南渡，嗣音闃然。蓋間氣所鍾，以謂詞中之帝，當之無
　　愧色矣。〔註173〕

5. 況周頤《蕙風詞話續編》卷一：

　　今人之論詞，大概如昔人之論詩。主格者，其歷下之摹古
　　乎。主趣者，其公安之寫意乎。邇者競起而宗晚宋四家，
　　何異牧齋之主香山、眉山、渭南、遺山。要其得失，久而
　　自定。余則以南唐二主當蘇、李，以晏氏父子當三曹，而
　　虛少陵一席，竊比於鍾記室、獨孤常州之云。總讓亦園之
　　不執已，不狥人，不強分時代，令一切矜新立異者之廢然
　　返也。〔註174〕

自常州詞派倡「意內言外」、推尊溫庭筠以來，詞的內容思想、眞情
實感再度受重視，這也是對浙派末流情淺空虛的反動。因此，五代、
北宋之詞，重新爲詞壇發揚，不再偏執南宋，進而有兼容南北宋之勢。
江順詒以唐詩的初、盛、中、晚譬之詞，強調不可以時代先後分，即是
看重詞的內容風格給讀者的感覺，謂「南唐二主似唐之初」，必是看
到二主詞中的生命力。每個朝代初期的文學，雖有沿襲自前一個朝代
之處，卻會發展走出自己的特色來，這是因爲其中飽涵一股旺盛的生
命力之故，詞體的發展也不例外。南唐二主之詞，固然是文人化之詞，
已由民間和伶工氣息邁向士大夫品格，卻仍保有初期的那份自然渾
成，這正是江順詒關注到的可貴之處。張祥齡則以天地四季運行的景
象來譬喻詞的發展，謂「南唐二主、馮延巳之屬，固爲詞家宗主，然
是勾萌，枝葉未備」，以南唐詞作爲詞之宗主起點，可見南唐詞在他心

〔註173〕　清・王鵬運：《半塘老人遺著》，此則見錄於史雙元編：《唐五代詞
　　　　　　紀事會評》（合肥：黃山書社，1995 年 12 月），頁 643。
〔註174〕　清・況周頤：《蕙風詞話續編》，見錄於唐圭璋編：《詞話叢編》，冊
　　　　　　5，頁 4543。

目中的地位極高,「勾萌」爲生機勃發之序曲,意思和江順詒所謂的「初唐之詩」,有些類似。而「枝葉未備」則和前述夏秉衡說的「體製未備」接近。張祥齡將晏幾道、柳永這兩位北宋詞人以春天喻之;將周邦彥、姜夔以夏天喻之;將吳文英、王沂孫以秋天喻之;將張炎以多天萬寶告成喻之,完成詞的演進,並斷定詞之天運終結,無可進益,故元曲代詞而興。對於五代、北宋、南宋詞家,皆列舉到了,可見張祥齡不拘泥一家或一代,又以天運四季喻之,觀念圓融宏通,呈現出常派至晚清以來,兼容南北宋的氣度和格局。馮煦作爲馮延巳後代子孫,極度推崇馮延巳詞,但馮延巳畢竟屬南唐臣子,必須是二主提倡於上,與之君臣相酬唱,方能造就南唐詞的輝煌。因此,馮煦便這樣架構出由南唐至北宋的詞史脈絡,以唐代書法名家皆源出王羲之,譬喻「宋初諸家,靡不祖述二主,憲章正中」,尤其是晏殊最得南唐詞的風韻神髓,「和婉而明麗,爲北宋倚聲家初祖」,可見馮煦讚賞的詞風爲「和婉而明麗」。到了王鵬運,竟給予李煜前所未有的最高評價,推爲「詞中之帝」,認爲李煜詞「超逸絕倫,虛靈在骨」,北宋只有晏幾道和宋徽宗差不多能達到那種境界,南宋已無嗣響。可見李煜在王鵬運心目中至高無上的地位,這算是讀者個人極爲特殊的愛好。況周頤也是以詩家譬喻詞家,不過,和前人不同,他用漢代的蘇武、李陵比之李璟、李煜父子,用曹操、曹丕、曹植比之晏殊、晏幾道父子,蠻有新意的。蘇、李詩風質樸渾厚、壯闊天成,到了三曹,渾厚之味漸減,從曹操到曹丕、曹植尤爲明顯,故況周頤這番體會很是精準,用蒼涼渾成的蘇、李之詩譬況南唐二主詞中的憂患意識與元音渾成的涵養,以及用三曹譬況從晏殊到晏幾道的渾厚韻味的流失,均十分妥貼。

四、對李煜詞藝術價值之評論

(一)整體風格取向

1. 彭孫遹〈曠庵詞序〉:

歷觀古今諸詞,其以景語勝者,必芊綿而溫麗者也;其以

情語勝者，必淫豔而佻巧者也。情景合則婉約而不失之淫，情景離則儇淺而或流於蕩。如溫、韋、二李、少游、美成諸家，率皆以穠至之景寫哀怨之情，稱美一時，流聲千載。〔註175〕

2. 納蘭性德《淥水亭雜識》卷四：
《花間》之詞，如古玉器，貴重而不適用，宋詞適用而少貴重。李後主兼有其美，更饒煙水迷離之致。〔註176〕

3. 周之琦《詞評》：
予謂重光天籟也，恐非人力所及。〔註177〕

4. 程恩澤〈題周稚圭前輩《金梁夢月詞》〉之二：
高才延巳追端己，小令中唐溢晚唐。更用騷心爲樂府，漫天哀豔李重光。（頁427）

5. 譚獻《復堂詞話》：
後主之詞足當太白詩篇，高奇無匹。〔註178〕

6. 陳廷焯《白雨齋詞話》：

（1）卷一：
後主詞思路淒惋，詞場本色，不及飛卿之厚，自勝牛松卿輩。〔註179〕

（2）卷七：
李後主、晏叔原皆非詞中正聲，而其詞則無人不愛，以其情勝也。情不深而爲詞，雖雅不韻，何足感人？〔註180〕

〔註175〕　清・彭孫遹：《松桂堂全集・曠庵詞序》（北京：商務印書館《文津閣四庫全書》本，2005年），冊439，頁739。

〔註176〕　清・納蘭性德：《淥水亭雜識》，見錄於廣陵書社編：《筆記小說大觀》，冊8，頁6224。

〔註177〕　清・周之琦：《詞評》，此則見錄於史雙元編：《唐五代詞紀事會評》（合肥：黃山書社，1995年12月），頁642。

〔註178〕　清・譚獻：《復堂詞話》，見錄於唐圭璋編：《詞話叢編》，冊4，頁3993。

〔註179〕　清・陳廷焯：《白雨齋詞話》，見錄於唐圭璋編：《詞話叢編》，冊4，頁3779。

〔註180〕　清・陳廷焯：《白雨齋詞話》，見錄於唐圭璋編：《詞話叢編》，冊4，

（3）卷八：

詞有表裏俱佳、文質適中者，溫飛卿、秦少游、周美成、黃公度、姜白石、史梅谿、吳夢窗、陳西麓、王碧山、張玉田、莊中白是也，詞中之上乘也。有質過於文者，韋端己、馮正中、張子野、蘇東坡、賀方回、辛稼軒、張皋文是也，亦詞中之上乘也。有文過於質者，李後主、牛松卿、晏元獻、歐陽永叔、晏小山、柳耆卿、陳子高、高竹屋、周草窗、汪叔耕、李易安、張仲舉、曹珂雪、陳其年、朱竹垞、厲太鴻、過湘雲、史位存、趙璞函、蔣鹿潭是也，詞中之次乘也。有有文無質者，劉改之、施浪先、楊升庵、彭羨門、尤西堂、王漁洋、丁飛濤、毛會侯、吳蘭次、徐電發、嚴藕漁、毛西河、董蒼水、錢保菽、汪晉賢、董文友、王小山、王香雪、吳竹嶼、吳穀人諸人是也，詞中之下乘也。有質亡而並無文者，則馬浩瀾、周冰持、蔣心餘、楊荔裳、郭頻伽、袁蘭邨輩是也，並不得謂之詞也。論詞者本此類推，高下自見。〔註181〕

7. 楊希閔《詞軌》卷二：

二主詞讀之使人悄愴失志，亡國之響也。然真意流露，音節淒婉，善學者，宜得意於形跡之外。〔註182〕

8. 李慈銘《越縵堂讀書記》卷八〈文學〉：

余於詞非當家，所作者真詩餘耳。然於此中頗有微悟，蓋必若近若遠，忽去忽來，如蛺蝶穿花，深深款款；又須於無情無緒中，令人十步九迴，如佛言食蜜，中邊皆甜。古來得此旨者，南唐二主、六一、安陸、淮海、小山及李易安《漱玉詞》耳。屯田近俗，稼軒近霸，而兩家佳處，均契淵微。〔註183〕

頁 3952。

〔註181〕 清‧陳廷焯：《白雨齋詞話》，見錄於唐圭璋編：《詞話叢編》，冊 4，頁 3968～3969。

〔註182〕 此則見錄於王兆鵬主編：《唐宋詞匯評‧唐五代卷》（杭州：浙江教育出版社，2004 年 1 月），頁 479。

〔註183〕 清‧李慈銘：《越縵堂讀書記》（臺北：世界書局，1975 年 7 月），

9. 樊增祥〈東溪草堂詞選自敘〉：

五季之世，二李爲工。後主思深理約，致兼風雅。匪唯一
朝之儁，抑亦百世之宗。降而端己《浣花》之篇、正中《陽
春》之錄，因寄所託，歸於忠愛，抑其亞也。〔註184〕

又：

綜而論之，聲音感人，迴腸盪氣，以李重光爲君；演繹和
暢，麗而有則，以周美成爲極；清勁有骨，淡雅居宗，以
姜堯章爲最。至於長短皆宜，高下應節，亦終無過於美成
者。〔註185〕

10. 況周頤：

(1)《蕙風詞話》卷一：

唐五代詞並不易學，五代詞尤不必學，何也？五代詞人丁
運會，遷流至極，燕酣成風，藻麗相尚。其所爲詞，即能
沉至，只在詞中；豔而有骨，只是豔骨。學之能造其域，
未爲斯道增重。矧徒得其似乎？其錚錚佼佼者，如李重光
之性靈、韋端己之風度、馮正中之堂廡，豈操觚之士能方
其萬一？〔註186〕

(2)《歷代詞人考略》卷四：

後主詞無上上乘，一字一珠，勿庸選擇。〔註187〕

下冊，頁 914。

〔註184〕清・樊增祥：《樊山集・東溪草堂詞選自敘》（臺北：文海出版社有
　　　　限公司，1978 年 12 月），頁 690。

〔註185〕清・樊增祥：《樊山集・東溪草堂詞選自敘》，頁 691～692。

〔註186〕清・況周頤：《蕙風詞話》，見錄於唐圭璋編：《詞話叢編》，冊 5，
　　　　頁 4418。

〔註187〕清・況周頤撰，劉承幹輯，全國公共圖書館古籍文獻編委會編：《歷
　　　　代詞人考略》（北京：全國圖書館文獻縮微復制中心出版，2003
　　　　年），上冊，頁 198。然況周頤謂「後主詞無上上乘」，實受王鵬運
　　　　影響而來，《蕙風詞話》卷一載：曩余詞成，於每句下注所用典。
　　　　半塘輒曰：「無庸。」余曰：「奈人不知何。」半塘曰：「儻注矣，
　　　　而人仍不知，又將奈何。矧填詞固以可解不可解，所謂煙水迷離之
　　　　致，爲無上乘耶。」（清・況周頤：《蕙風詞話》，見錄於唐圭璋編：
　　　　《詞話叢編》，冊 5，頁 4413）王鵬運所謂「煙水迷離之致」乃納

清初的彭孫遹承雲間派理念，欲矯正明代花、草卑俗淫蕩之流弊，注意到詞若偏執於情語一端，則必出現「淫豔而佻巧」的濫情問題；若景語勝者，雖可芊綿而溫麗，卻還不是最佳者，因爲若脫離了情，就算景語再好，仍難以避免「僄淺而或流於蕩」，強調唯有「情景合」，才能「婉約而不失之淫」，並標舉溫、韋、二李、少游、美成諸家，皆能「以穠至之景寫哀怨之情」，是「情景合」之高手。可見彭孫遹的審美取向乃爲「婉約而不失之淫」，無疑是對明代一味尙婉約，卻失之淫蕩的針砭與調整。

納蘭性德則舉《花間》和宋詞來襯托李煜詞的「兼有其美」，所謂「貴重」乃意味某種「凝練典麗」的感覺，卻失之不靈活、不流暢；而所謂「適用」則指「流暢清新」的感覺，卻失之不渾融大器，分別點出《花間》與宋詞的長處、缺失，極爲精確，李煜不但集兩者之長，更饒煙水迷離之致，「煙水迷離」意味某種若即若離的飄逸感，也彷彿空山新雨的靈性韻致，和後來王鵬運所謂的「虛靈在骨」可相闡發。可見李煜詞達到納蘭性德心中對詞審美觀的最高標準。

周之琦和譚獻二人，可謂遙繼納蘭性德，給予李煜詞很高的評價。「天籟也，恐非人力所及」、「足當太白詩篇，高奇無匹」，簡直是把李煜詞捧上了天。不過，周之琦對李煜詞的鍾愛其來有自，他是嘉慶、道光間人，詞學思想折衷浙派、接近常派，卻又宗南唐北宋，〔註 188〕因爲他的生日恰巧和李煜同一天，也是七夕，故早期樂府小令也瓣香李煜。中年悼亡，則引納蘭爲同調，多旅途羈愁和山水記述詞，情致眞切。〔註 189〕

程恩澤年代接近周之琦，稱周氏爲前輩，頗有步趨之意。因此，其詞學思想也是折衷浙、常二派，然因處於常派接替興盛之際，故推

蘭性德讚美李煜之評語，王鵬運想必讀過，故連結推論，王鵬運認爲李煜詞乃無上乘，復影響況周頤之見。

〔註 188〕嚴迪昌：《清詞史》，頁 12。

〔註 189〕嚴迪昌：《清詞史》，頁 540～541。

崇李煜即謂「更用騷心爲樂府，漫天哀豔李重光」，指出「哀豔」乃李煜詞最大特色，並用「漫天」凸出其詞感染力之大之強烈；「騷心」則很顯然是常派觀點，本爲屈原窮極而作〈離騷〉之心，李煜和屈原角色雖不同，卻同遭憂患，有苦難言，眞情流露，婉曲出之，故其詞騷心內蘊，可比屈原，〔註190〕這也能印證張惠言《詞選》中所收錄的李煜詞，多爲亡國後悽惋之作的用意所在。

　　陳廷焯本諸常派宗旨，雖肯定李煜詞思路淒惋，乃詞場本色，勝牛松卿（嶠）輩，卻不及飛卿之厚。又說李煜和晏幾道皆非詞中正聲，自然也是從常派強調忠厚與風人之旨的觀點而言，那何以他們的詞無人不愛？是因爲「情勝」，陳廷焯也承認「情不深而爲詞，雖雅不韻，何足感人？」情就是詞最基本、最重要的內涵，有情、情深才能感人，否則「雖雅不韻」，這可視爲由浙入常的陳廷焯對浙派末流追求表面之雅，卻情淺到無法感人的一種反思。不過，陳廷焯畢竟恪守常派「溫柔敦厚」的旨意，故論歷代詞，仍將李煜歸爲「文過於質」者，屬於詞中之次乘。此處的「文」與「質」乃強調形式和內容的完美結合，若未能兼美，則內容必重於形式，有內容之作定然比徒具形式之作要高一等。〔註191〕可見李煜詞在陳廷焯心中是情韻、技巧有餘而溫柔敦厚不足。

　　楊希閔則從「眞意流露，音節淒婉」著眼，反映出詞壇越到晚清越重視詞的眞情實感，楊氏肯定「亡國之響」的淒婉，這與宋代所認同的「亡國之音哀以思」一致，同時卻又提醒「二主詞讀之使人悄愴失志」，因此，「善學者，宜得意於形跡之外」，意味二主詞有其消沉的負面情緒，應該摒除，而把握眞意流露之處。

　　從李慈銘所謂「若近若遠，忽去忽來，如蛺蝶穿花，深深款款；又須於無情無緒中，令人十步九回，如佛言食蜜，中邊皆甜」，可知

〔註190〕王偉勇、林宏達：〈清代「論詞絕句」論李煜及其作品探析〉，見錄於王偉勇：《清代論詞絕句初編》，頁371～372。
〔註191〕劉慶雲編著、王偉勇編審：《詞話十論》，頁414～415。

他應受常派影響不小,認為詞中之意必以含蓄委婉、若隱若現的方式出之,令人咀嚼不盡、餘韻無窮,方得其旨,並舉出「南唐二主、六一、安陸、淮海、小山及李易安《漱玉詞》」為心中認可之典範,而排斥「俗」與「霸」。

樊增祥對李煜詞也推崇備至,「五季之世,二李為工。後主思深理約,致兼風雅。匪惟一朝之雋,抑亦百世之宗」,先將二主並列,認為乃五代最佳者,又凸出李煜的「思深理約,致兼風雅」,冠以「百世之宗」的稱號,實與清初陳維崧、王士禛所說的「詞有千家,業歸二李」、「南唐二主為之祖」同一論調。不過,樊氏也受常派影響,重視詞「因寄所託,歸於忠愛」,方認為韋莊、馮延巳雖無「思深理約,致兼風雅」,卻仍有所寄託,歸於忠愛,故亞於二主。又謂「聲音感人,迴腸盪氣,以李重光為君」,這與楊希閔關注到的「音節淒婉」頗為類似,均認同李煜詞音節淒婉感人,乃此方面之君也。

況周頤曾師從王鵬運,多少受其影響,對李煜詞的讚賞,也幾乎無以復加,認為「李重光之性靈」是學不來的,「丁運會」之說和王鵬運所言「間氣所鍾」同一意思,又讚嘆李煜詞「無上上乘,一字一珠,勿庸選擇」,也和王鵬運說的「超逸絕倫」雷同,均認為李煜詞性靈超逸、登峰造極、字字珠璣。且就前面提及的況周頤的詞學主張「詞貴有寄託。所貴者流露於不自知,……即性靈,即寄託,非二物相比附」而言,他用「性靈」概括李煜詞,即認可李煜詞中寄託之意的自然流露,可謂達到最高標準,無疑是將常派以來寄託說的意涵歸結於李煜。

綜上所述,「深情、淒婉、高渾、性靈、飄逸」,可謂清人對李煜詞審美取向之主流觀感。清代對李煜詞的尊崇由明末陳子龍開端,到納蘭性德、周之琦、譚獻、王鵬運和況周頤,步步高升,而以王鵬運「詞中之帝」的讚譽最耀眼,不僅是一種稱揚,更是對其詞史地位空前絕後的封誥。

（二）個別詞句評點

1. 李漁《窺詞管見》第四則：

> 李後主〈一斛珠〉之結句云：「繡床斜倚嬌無那。爛嚼紅絨，笑向檀郎唾。」此詞亦爲人所競賞。予曰：此娼婦倚門腔、梨園獻醜態也。嚼紅絨以唾郎，與倚市門面大嚼、唾棗核瓜子以調路人者，其間不能以寸。優人演劇，每作此狀，以發笑端，是深知其醜，而故意爲之者也。不料塡詞之家，竟以此事謗美人，而後之讀詞者，又止重情趣，不問妍媸，復相傳爲韻事，謬乎不謬乎？無論情節難堪，即就字句之淺者論之，爛嚼打人諸腔口，幾於俗殺，豈雅人詞內所宜？〔註192〕

李漁此段評論，當是歷來貶黜李煜詞最甚者。李漁無法接受詞中出現爛嚼、唾人的不雅字眼和動作，認爲這個景象與妓女「倚市門面大嚼、唾棗核瓜子以調路人」相去無幾。李漁之所以會有這樣的觀感，和其對詞體特質的認定有關。李漁爲明末清初之人，對明代崇尚花、草風氣，致使詞格卑弱之情況，應甚爲反感痛心，又不少明人以作曲之法作詞，也是造成淺露淫俗之因。李漁有鑑於斯，遂欲區分詩、詞、曲的特質，其《窺詞管見》第二則謂「詩之腔調宜古雅，曲之腔調宜近俗，詞之腔調則在雅俗相和之間。如畏摹腔煉吻之法難，請從字句入手。取曲中常用之字、習見之句，去其甚俗，而存其稍雅，又不數見於詩者，入於諸調之中，則是儼然一詞」〔註193〕，故詞宜調和「詩之雅」和「曲之俗」，恰到好處地介於其間。李漁抨擊〈一斛珠〉「情節難堪，即就字句之淺者論之，爛嚼打人諸腔口，幾於俗殺」，非雅人詞內所宜。然而，《窺詞管見》第八則又謂「作詞之料，不過情、景二字，非對眼前寫景，即據心上說情，說得情出，寫得景明，即是

〔註192〕　清・李漁：《窺詞管見》，見錄於唐圭璋編：《詞話叢編》，冊 1，頁551。

〔註193〕　清・李漁：《窺詞管見》，見錄於唐圭璋編：《詞話叢編》，冊 1，頁549～550。

好詞。情、景都是現在事，舍現在不求，而求諸千里之外，百世之上，是舍易求難，路頭先左，安得復有好詞？」〔註194〕強調即情就景而為詞，方是好詞。再看李煜詞也是就眼前當下之情景而為之，是在閨房內夫妻調情的真實場景，況且唾紅絨的動作何等輕巧，全然不同於吐瓜子殼；又，此詞描寫的場景原先就是私密的，並非明目張膽於公眾場合調情，惹人非議，何以招來李漁強烈指責？筆者認為，李漁據此閨房情趣聯想到娼婦倚門調笑路人，未免太過偏激，且李漁對詩詞曲三種體裁的界定，實在不夠清楚明確，詞居其中，往哪邊多偏一些都不是，也沒有絕對的標準可依循，此乃李漁理論本身較為嚴重的缺陷、矛盾所在。

2. 沈謙《填詞雜說》：

「紅杏枝頭春意鬧」、「雲破月來花弄影」，俱不及「數點雨聲風約住，朦朧淡月雲來去」。予謂李後主拙於治國，在詞中猶不失為南面王。覺張郎中、宋尚書直衙官耳。〔註195〕

沈謙屬雲間支派的西泠詞派，其詞學思想受陳子龍影響甚深，故以金陵二主為尊，對李煜冠以「詞中南面王」之稱號。不過，他也是慧眼獨具，看中李煜〈蝶戀花〉（遙夜亭皋閑信步）中的「數點雨聲風約住，朦朧淡月雲來去」，稱其技巧高妙，較張先和宋祁的名句勝出一籌。筆者認為，無論就景致描寫、場景氛圍烘托，李煜此句的藝術境界的確不同凡響，有收斂、有吞吐，朦朧之美，如水墨暈染效果。

此外，沈謙認為「李後主拙於治國，在詞中猶不失為南面王」，將「政治上的失敗」與「詞壇中的稱王」兩極化的情況對比，論詞絕句當中也有意見類似者，如王僧保〈論詞絕句三十六首〉之三：「落花流水寄嗟欷，如此才情絕世稀。誰遣斯人作天子，江山滿目淚沾衣」

〔註194〕清・李漁：《窺詞管見》，見錄於唐圭璋編：《詞話叢編》，冊1，頁554。

〔註195〕清・沈謙：《填詞雜說》，見錄於唐圭璋編：《詞話叢編》，冊1，頁632～633。

（頁431）、譚瑩〈論詞絕句一百首〉之十一：「傷心秋月與春花，獨自憑欄度歲華。便作詞人秦柳上，如何偏屬帝王家」（頁438），較之沈謙，憐惜、同情的意味更加濃厚，也更偏向於肯定、讚嘆李煜才情的高超。

3. 毛先舒《南唐拾遺記》：

> 詞女紫竹愛綴詞。一日，手書李後主集。其父問曰：「後主詞中何處最佳？」答曰：「問君能有幾多愁，恰似一江春水向東流。」〔註196〕

這和宋代山谷、荊公談論李煜詞何處最佳，異曲同工，僅抽換對話之人爲紫竹與其父。毛先舒特別記錄此則軼聞，可見他心中也認同此句乃最能代表李煜詞的名句。

4. 王士禛《花草蒙拾》：

> 鍾隱入汴後，「春花秋月」諸詞，與「此中日夕，只以眼淚洗面」一帖，同是千古情種，較長城公然是可憐。〔註197〕

王士禛用同情的角度看待李煜入宋後的名作〈虞美人〉（春花秋月何時了），又想著李煜過著「此中日夕只以眼淚洗面」的悲慘生活，種種不堪的情況、待遇，完全無反抗之力，不過作詞排遣愁悶，竟被毒殺，何其可憐！將他與隋軍入城時，還跟張麗華躲在井裡的陳後主相比，〔註198〕同是多情種子，李煜後來的處境更令人不忍。從明

〔註196〕清‧毛先舒：《南唐拾遺記》（北京：中華書局《叢書集成初編》本，陸游《南唐書》冊2後附，1985年），頁10。

〔註197〕清‧王士禛：《花草蒙拾》，見錄於唐圭璋編：《詞話叢編》，冊1，頁677。

〔註198〕唐‧李延壽《南史》（臺北：藝文印書館《二十五史》本，出版年不詳）載有陳後主寵幸美人、貪圖享樂，並和張麗華躲入井中之事：「後主愈驕，不虞外難，荒于酒色，不恤政事，左右嬖佞珥貂者五十人，婦人美貌麗服巧態以從者千餘人。常使張貴妃、孔貴人等八人夾坐，江總、孔範等十人預宴，號曰『狎客』。先令八婦人襞采箋，製五言詩，十客一時繼和，遲則罰酒。君臣酣飲，從夕達旦，以此爲常。而盛修宮室，無時休止」（冊19，卷12，頁143）、「及隋軍剋臺城，貴妃與後主俱入井，隋軍出之，晉王廣命斬之於青溪中。」（冊19，卷12，頁162）唐‧姚思廉《陳書》（臺北：藝文印

代以來，詞論家幾乎從「人」的立場出發，對李煜持同情悲憫之心態，王士禛也是如此，較之宋人多半從「政治身分」出發，顯然進步甚多。

5. 沈雄《古今詞話·詞辨》上卷：

李後主詞「春花秋月何時了……」，當以此闋為最。〔註199〕

又：

李後主用仄韻「紅日已高三丈透……」，固是獨唱。〔註200〕

沈雄也認為〈虞美人〉（春花秋月何時了）乃李煜的代表作，這是從宋代以來的一種共識。又注意到李煜的〈浣溪沙〉（紅日已高三丈透）用的是仄韻，古今也只有李煜這闋〈浣溪沙〉是仄韻，餘皆平韻，所以是「獨唱」，這點和明代徐士俊所注意到的一樣。這也反映出李煜音樂造詣極高，改仄韻也不失詞律，還使存「備體」用意之詞選、詞譜必加以收錄，容第三節探討。

6. 尤侗：

(1)〈延露詞序〉：

詩何以「餘」哉？「小樓昨夜」，〈哀江頭〉之餘也；「水殿風來」，〈清平調〉之餘也；……「大江東去」，鼓角橫吹之餘也。詩以餘亡，亦以餘存。非詩餘之能為存亡，則詩餘

書館《二十五史》本，出版年不詳）亦載：「後主聞兵至，從宮人十餘，出後堂景陽殿，將自投于井，袁憲侍側，苦諫不從，後閣舍人夏侯公韻又以身蔽井，後主與爭久之，方得入焉。及夜，為隋軍所執。」（冊13，卷6，頁59）陳後主和李煜投降後悉藉酒自我麻醉度日，如《南史》載：丙戌，晉王廣入據臺城，送後主于東宮。……監者又言：「叔寶常耽醉，罕有醒時。」隋文帝使節其酒，既而曰：「任其性；不爾，何以過日。」未幾，帝又問監者叔寶所嗜。對曰：「嗜驢肉。」問飲酒多少？對曰：「與其子弟日飲一石。」（冊19，卷12，頁145）這和李煜詞自述的「醉鄉路穩宜頻到，此外不堪行」情境相仿。本論文所引用之《南史》、《陳書》，均為上述版本。

〔註199〕　清·沈雄：《古今詞話》，見錄於唐圭璋編：《詞話叢編》，冊1，頁921。

〔註200〕　清·沈雄：《古今詞話》，見錄於唐圭璋編：《詞話叢編》，冊1，頁901～902。

之人存亡之也。〔註201〕

（2）〈蒼梧詞序〉：

> 每念李後主「小樓昨夜又東風」，輒欲以眼淚洗面；及詠周
> 美成「低鬟蟬影動，私語口脂香」，則淚痕猶在，笑靨自開
> 矣。詞之能感人如此！〔註202〕

尤侗認爲李煜〈虞美人〉（春花秋月何時了）當中的「小樓昨夜」乃
杜甫〈哀江頭〉之餘，同爲國難之哀悼。「少陵野老吞聲哭，春日潛
行曲江曲」〔註203〕，只是杜甫尚能回宮殿附近舊址暗暗悲泣、憑
弔，李煜卻只能被禁錮在汴京，日夕以淚洗面，這裡面對國家的思
念之情，一般無異。尤侗乃明末清初之人，從「小樓昨夜又東風。故
國不堪回首月明中」爲〈哀江頭〉之餘，導出了詩餘之所以「餘」的
另一層深意，後面的例子同此，有著以詞代詩的用意，自然與當時的
文字獄密切相關。另外，尤侗注重詞的感人力量，舉出李煜和周邦彥
的詞句爲例，說李煜詞悽惋到能令他讀之每每落淚，而周邦彥詞則
親暱到能令他破涕爲笑。這是和作者感同身受，故作者之情能移讀者
之情。

7. 許昂霄《詞綜偶評》：

（1）評〈菩薩蠻〉（花明月暗籠輕霧）：

> 〈子夜〉〔註204〕情眞景眞，與空中語自別。〔註205〕

（2）評〈浪淘沙〉（簾外雨潺潺）：

> 〈浪淘沙〉全首語意慘然。〔註206〕

〔註201〕　清・尤侗：〈延露詞序〉，見錄於楊家駱主編：《清詞別集百三十四
　　　　　種》，冊3，頁1513。

〔註202〕　清・尤侗：〈蒼梧詞序〉，見錄於楊家駱主編：《清詞別集百三十四
　　　　　種》，冊4，頁1803。

〔註203〕　唐・杜甫：〈哀江頭〉，見錄於清・清聖祖御定：《全唐詩》（北京：
　　　　　中華書局，1960年4月），冊7，卷216，頁2268。

〔註204〕　按：〈子夜〉即〈菩薩蠻〉，乃同調異名。

〔註205〕　清・許昂霄：《詞綜偶評》，見錄於唐圭璋編：《詞話叢編》，冊2，
　　　　　頁1548。

〔註206〕　清・許昂霄：《詞綜偶評》，見錄於唐圭璋編：《詞話叢編》，冊2，

由「詞綜偶評」顧名思義，可知許昂霄乃浙派之人，雖然浙派重心放在南宋詞，特別標舉姜、張的清雅，不過，朱彝尊《詞綜》竟然也選了〈菩薩蠻〉（花明月暗籠輕霧）一詞，而許昂霄對於此詞的觀感是「情真景真，與空中語自別」，可見朱彝尊編選時，應也為「情真景真」所打動過。另外，〈浪淘沙〉（簾外雨潺潺）寫的是一種幻滅之情，繁華美好之事物，皆如夢裡貪歡、流水落花春歸去一般，令人惆悵、痛惜，卻無可奈何，許昂霄想必也感受到了，故評曰「全首語意慘然」。

　　8. 周之琦〈題《心日齋十六家詞》十六首〉之二：
　　　　玉樓瑤殿枉回頭，天上人間恨未休。不用流珠詢舊譜，一
　　　　江春水足千秋。（頁 423～424）

此詩末句「一江春水足千秋」，和沈雄認為「李後主詞『春花秋月何時了……』，當以此闋為最」觀點一致，均對〈虞美人〉一詞推崇備至。然值得注意的是，周之琦詩中所舉之例，化用的皆是李煜入宋後之作，如首句化自〈浪淘沙〉（往事只堪哀）之「想得玉樓瑤殿影，空照秦淮」，第二句化自〈浪淘沙〉（簾外雨潺潺）之「流水落花歸去也，天上人間」，末句則化自〈虞美人〉（春花秋月何時了）之「問君都有幾多愁。恰似一江春水向東流」，可見周之琦讚賞李煜詞，尤其是亡國後之作，更受其青睞。而一首〈虞美人〉便足以名傳千古，誠為最高評價。〔註207〕

　　9. 郭麐《靈芬館詞話》卷二：
　　　　綿邈飄忽之音，最為感人深至。李後主之「夢裡不知身是
　　　　客，一晌貪歡」所以獨絕也。〔註208〕

郭麐是浙派後勁，和前述許昂霄一樣，對李煜〈浪淘沙〉（簾外雨潺

　　　　頁 1548。
〔註207〕王偉勇、林宏達：〈清代「論詞絕句」論李煜及其作品探析〉，見錄於王偉勇：《清代論詞絕句初編》，頁 359～360。
〔註208〕清・郭麐：《靈芬館詞話》，見錄於唐圭璋編：《詞話叢編》，冊 2，頁 1535。

潺）有所感慨。「夢裡不知身是客，一晌貪歡」這句最令人傷感，因為醒來發現是個夢，往昔的歡樂美好，再也回不去了，這種失落感比什麼都巨大，在現實和夢境之間，李煜寧願維持那一晌的虛幻，也不願醒來後必須承受的巨大落寞、淒涼與悲哀。短短十一個字的詞句中，包含夢境、現實、昔、今、歡樂、失落多種層次的交錯重疊，情感濃烈卻以淡語出之，後作力更強。因此，郭麐說「綿邈飄忽之音，最爲感人深至」，即使是崇尚南宋詞的浙派詞家，也都爲之折服嘆息。

10. 譚獻《復堂詞話》：

(1) 評兩首〈虞美人〉（春花秋月何時了）、（風回小院庭蕪綠）：

　二詞終當以神品目之。〔註209〕

(2) 評〈烏夜啼〉（林花謝了春紅）：

　濡染大筆。〔註210〕

(3) 評〈浪淘沙〉（簾外雨潺潺）：

　雄奇幽怨，乃兼二難。後起稼軒，稍儓父矣。〔註211〕

譚獻爲常派詞家，他特別欣賞李煜詞中的眞情實感與藝術造詣，前面便已提過他認爲李煜詞「足當太白詩篇，高奇無匹」，可知譚獻並未受限常派比興寄託之說，且其詞學理念爲「作者之用心未必然，而讀者之用心何必不然」〔註212〕，故他看重李煜詞如李白詩一樣靈活、格局不凡。由於給予李煜詞整體的評價極高，連評點也以「神品」、「雄奇幽怨，乃兼二難」等嘆服之語，表達內心崇敬之意，藉此可知譚獻個人對李煜詞情有獨鍾的程度，只是對〈浪淘沙〉（簾外雨潺潺）一

〔註209〕　清・譚獻：《復堂詞話》，見錄於唐圭璋編：《詞話叢編》，冊 4，頁 3993。

〔註210〕　清・譚獻：《復堂詞話》，見錄於唐圭璋編：《詞話叢編》，冊 4，頁 3993。

〔註211〕　清・譚獻：《復堂詞話》，見錄於唐圭璋編：《詞話叢編》，冊 4，頁 3993。

〔註212〕　清・譚獻：《復堂詞話》，見錄於唐圭璋編：《詞話叢編》，冊 4，頁 3987。

詞的評價有些過譽了，竟謂稼軒詞比之此詞猶覺「稍傖父」，未免不太中肯。

11. 陳廷焯：

(1)《詞則‧大雅集》卷一評〈烏夜啼〉（林花謝了春紅）：
後主詞悽惋出飛卿之右，而騷意不及。〔註213〕

(2)《詞則‧大雅集》卷一評〈烏夜啼〉（無言獨上西樓）：
哀感頑豔。妙，只說不出。（上冊，頁26）

(3)《詞則‧大雅集》卷一評〈浪淘沙〉（簾外雨潺潺）：
結得怨惋，尤妙在神不外散，而有流動之致。（上冊，頁26）

(4)《詞則‧大雅集》卷一評〈浪淘沙〉（往事只堪哀）：
起五字極淒婉，而來勢妙，極突兀。（上冊，頁27）

(5)《詞則‧閑情集》卷一評〈長相思〉（雲一緺）：
情詞淒婉。（下冊，頁855）

(6)《詞則‧閑情集》卷一評〈菩薩蠻〉（花明月暗籠輕霧）：
荒淫語十分沉至。（下冊，頁855）

(7)《詞則‧閑情集》卷一評〈一斛珠〉（曉妝初過）：
風流秀曼，失人君之度矣。（下冊，頁855）

(8)《詞則‧別調集》卷一評〈虞美人〉（春花秋月何時了）：
哀猿一聲。（下冊，頁557）

(9)《詞則‧別調集》卷一評〈臨江仙〉（櫻桃落盡春歸去）：
低徊留戀，宛轉可憐。傷心語，不忍卒讀。（下冊，頁557）

(10)《詞則‧別調集》卷一評〈望江梅〉（閒夢遠，南國正清秋）：
寥寥數語，括多少景物在內。（下冊，頁556）

(11)《詞則‧別調集》卷一評〈望江南〉（多少淚）：
後主詞一片憂思，當領會於聲調之外。君人而為此詞，欲

〔註213〕清‧陳廷焯：《詞則》（上海：上海古籍出版社，1984年5月），上冊，卷1，頁26。本論文所引《詞則》，皆據此版本。後文引自《詞則》之評點，為避繁瑣，僅附上冊目和頁碼，不另加註。

不亡國也得乎？（下冊，頁 555）

（12）《詞則‧別調集》卷一評〈採桑子〉（亭前春逐紅英盡）：
幽怨。（下冊，頁 556）

較之譚獻，陳廷焯甚爲恪守常派宗旨，他編選《詞則》，分《大雅集》、
《放歌集》、《閑情集》、《別調集》四集，而以《大雅集》統之。由《詞
則‧序》：「余竊不自揣，自唐迄今，擇其尤雅者五百餘闋，匯爲一
集，名曰《大雅》。長吟短諷，覺南闈雅化，湘漢騷音，至今猶在人
間也。顧境以地遷，才有偏至，執是以導源，不能執是以窮變。《大
雅》而外，爰取縱橫排戛、感激豪宕者四百餘闋爲一集，名曰《放
歌》；取盡態極妍、哀戚頑豔者六百餘闋爲一集，名曰《閑情》；其一
切清圓柔脆、爭奇鬥巧者，別錄一集，得六百餘闋，名曰《別調》。
《大雅》爲正，三集副之，而總名之曰《詞則》。求諸《大雅》，固有
餘師，即遁而之他，亦即可於《放歌》、《閑情》、《別調》中求《大雅》，
不至入於岐趨。古樂雖亡，流風未闋。好古之士，庶幾得所宗焉。」
〔註214〕可知陳廷焯對詞的最高標準爲《大雅》，乃「長吟短諷，覺南
闈雅化，湘漢騷音」，合風人之旨、楚騷遺音者。放歌者爲「縱橫排
戛、感激豪宕」、閑情者爲「盡態極妍、哀戚頑豔」、別調者爲「清圓
柔脆、爭奇鬥巧」，均係因爲「境以地遷，才有偏至」，窮變而來。三
集副於《大雅集》一集，這種歸屬法，有些類似周濟《詞辨》一卷爲
正、二卷爲變的用意，然與周濟不同的是，其判定歸屬乃以個別詞作
的特質爲標準，而不以詞人爲標準，故同一詞人之作，可能分別歸入
不同集子；同一集子內則有不同詞人之作。前面提及，陳廷焯《白雨
齋詞話》將李煜歸諸溫庭筠一體，《白雨齋詞話》是和《詞則》相輔
相成，互爲闡發其詞學理念的，故其《大雅集》謂「後主詞悽惋出飛
卿之右，而騷意不及」，即是認爲李煜詞整體而言，不很符合賢人君
子怨悱之情的騷意，這是承張惠言觀點而來。而其建立一己「沉鬱頓
挫」之論詞法則，故特別能讀出李煜詞中「哀感頑豔。妙，只說不出」

〔註214〕清‧陳廷焯：《詞則‧序》，上冊，頁 1～2。

的韻味。又於《閑情集》評「淒婉」、「荒淫語十分沉至」，均出自「沉鬱頓挫」的論調。《別調集》既以「別調」名之，則此集所收爲前面三集所不能約束者，內容較多樣化，故無特定之形容詞可涵蓋，評點之語也較隨興。且《別調集》收錄李煜詞最多，《放歌集》則無，亦可見李煜詞在他心目中的特色與地位，此部分留待後面「詞選、詞譜」一節細述之。

12. 況周頤《蕙風詞話》卷五：

楊用修席芬名閥，涉筆瑰麗。自負見聞賅博，不恤杜撰肆欺。跡其忍俊不住，信有奇思妙語，非尋常才俊所及。嘗云：李後主〈搗練子〉「深院靜」、「雲鬢亂」二闋，曩見一舊本，並是〈鷓鴣天〉：「塘水初澄似玉容。所思猶在別離中。誰知九月初三夜，露似珍珠月似弓。　　深院靜，小庭空。斷續聲隨斷續風。無奈夜長人不寐，數聲和月到簾櫳」、「節候雖佳景漸闌。吳綾已暖越羅寒。朱扉日暮無風掩，一樹藤花獨自看。　　雲鬢亂。晚妝殘。帶恨眉兒遠岫攢。斜托香腮春筍嫩，爲誰和淚倚闌干。」以「塘水初澄」比方玉容，其爲妙肖，匪夷所思。「雲鬢亂」闋前段，尤能以畫家白描法，形容一極貞靜之思婦，綾羅間之暖寒，非深閨弱質，工愁善感者，體會不到。「一樹藤花」確是人家庭院景物，曰「獨自看」，其殆〈白華〉之詩，無營無欲之旨乎？「扉無風而自掩」，境至清寂，無一點塵。如此云云，可知「遠岫眉攢」、「倚闌和淚」皆是至眞至正之情，有合風人之旨。即詞境詞格，亦與之俱高。雖重光復起，宜無間然。或猶譏其向壁虛造，寧非固歟？〔註215〕

前面提過，況周頤對李煜詞是極爲推崇的，因此他認爲〈搗練子〉中的「遠岫眉攢」、「倚闌和淚」皆是至眞至正之情，有合風人之旨。他並不懷疑這兩首〈搗練子〉是否李煜所作，也誤將後人增添〈搗練子〉而成之〈鷓鴣天〉，歸爲楊愼所發現的。其實〈鷓鴣天〉最初見於清

〔註215〕 清・況周頤：《蕙風詞話》，見錄於唐圭璋編：《詞話叢編》，冊5，頁4511。

初賀裳《皺水軒詞筌》，已不知所本為何，後來的徐釚、況周頤均以
訛傳訛，歸給明代楊慎，這部分且容稍後探討。況周頤對李煜詞整體
的觀感乃「性靈」、「無上上乘」，認為「性靈即寄託」，故以「有合風
人之旨」評之。而對這兩首〈鷓鴣天〉竟也是讚賞有加，感到「以畫
家白描法，形容一極貞靜之思婦」、「境至清寂，無一點塵」等等，可
見〈鷓鴣天〉雖是後人增添〈搗練子〉而成，卻由於他對李煜詞印象
絕佳，故〈鷓鴣天〉的詞境詞格，亦與之俱高了。

　　13. 陳銳《袌碧齋詞話》：

　　　　古詩「行行重行行」，尋常白話耳。趙宋人詩亦說白話，能
　　　　有此氣骨否？李後主詞「簾外雨潺潺」，尋常白話耳。金、
　　　　元人詞亦說白話，能有此纏綿否？〔註216〕

陳銳純由李煜詞不雕琢、不過度修飾的特長出發，而讚賞「簾外雨潺
潺」只是尋常白話，其中纏綿之意，卻是金元人無法達到的，就像古
詩十九首的「行行重行行」〔註217〕，語言純樸淺近，意蘊卻深厚不
已，流露溫厚樸拙的光華，不耀目卻耐讀，可宋代人的詩即使白話，
卻愛吊書袋、賣弄學問，再也寫不出那種樸實的韻味來了。陳銳感傷
的是某些文體在其初發展的年代，氣韻是最動人的，後代喪失了那樣
的時代條件，再怎麼寫也達不到前人的境界了。雖說這種見解過於片
面而執著，忽略了不同朝代各自的美感，卻無疑是精闢的。

　　從上面為數眾多的評點來作比較，則知清人與明人最大的不同
之處，在於清人多少受到時代階段或詞派宗旨的影響，使其評點不若
明人那般出自主觀感性，尤其是浙派和常派詞家所言反映出的詞派理
論、意識，可謂顯而易見。

〔註216〕清‧陳銳：《袌碧齋詞話》，見錄於唐圭璋編：《詞話叢編》，冊 5，
　　　　頁 4201。
〔註217〕此詩全文為「行行重行行，與君生別離。相去萬餘里，各在天一涯。
　　　　道路阻且長，會面安可知？胡馬依北風，越鳥巢南枝。相去日已遠，
　　　　衣帶日已緩。浮雲蔽白日，遊子不顧反。思君令人老，歲月忽已晚。
　　　　棄捐勿復道，努力加餐飯。」見隋樹森編著：《古詩十九首集釋》（香
　　　　港：中華書局有限公司，1958 年 12 月），卷 2，頁 1～2。

（三）創作承傳

1. 李煜詞借鑑前人作品

〈菩薩蠻〉（花明月暗籠輕霧）中的「奴爲出來難。教君恣意憐」借鑑前人之處，清代已有人指出，如沈雄《古今詞話・詞品》下卷：

> 孫琮曰：「感郎不羞赧，回身向郎抱」，六朝樂府便有此等豔情，莫訶詞人輕薄。按牛嶠詞：「須作一生拚，盡君今日歡」。李後主詞「奴爲出來難，教君恣意憐」。正見詞家本色，但嫌意態之不文矣。〔註218〕

王士禎《花草蒙拾》「南唐詞襲牛給事（即牛嶠）」亦云：

> 牛給事「須作一生拚，盡君今日歡」，狎昵已極。南唐「奴爲出來難，教君恣意憐」，本此。〔註219〕

沈雄與王士禎都看出李煜詞本於牛嶠詞，豔情的親暱程度相仿，尤其是「盡君今日歡」和「教君恣意憐」之間，句法相似，仿效痕跡非常明顯，〔註220〕僅女子主動和被動有所不同。

2. 後人詩詞借鑑李煜詞

（1）賀裳《皺水軒詞筌》：

> 詞家多翻詩意入詞，雖名流不免。吾常愛李後主〈一斛珠〉末句云：「繡床斜凭嬌無那。爛嚼紅絨，笑向檀郎唾。」楊孟載〈春繡〉絕句云：「閒情正在停針處，笑嚼紅絨唾碧窗。」此卻翻詞入詩，彌子瑕竟效顰於南子。〔註221〕

傳統上，詞常被視爲小道末技，和詩文的地位不能相比。自宋代以

〔註218〕 清・沈雄：《古今詞話》，見錄於唐圭璋編：《詞話叢編》，冊1，頁852。

〔註219〕 清・王士禎：《花草蒙拾》，見錄於唐圭璋編：《詞話叢編》，冊1，頁674。

〔註220〕 謝世涯謂此爲「仿效的點化」，即仿效前人文辭的結構形式或寫作方法，但内容意境皆是新的。參謝世涯：《南唐李後主詞研究》（上海：學林出版社，1994年4月），頁99。

〔註221〕 清・賀裳：《皺水軒詞筌》，見錄於唐圭璋編：《詞話叢編》，冊1，頁696。

來，填詞者化用詩句入詞，甚爲常見，然而翻詞入詩者，卻寥寥無幾。
這是爲何賀裳特別讚賞李煜〈一斛珠〉詞的原因之一，他不但認可李
煜「繡床斜凭嬌無那。爛嚼紅絨，笑向檀郎唾」結句甚妙，還舉出楊
孟載化用此句入詩的例子，說明李煜此詞的魅力之大，竟受楊孟載青
睞到翻入詩句。楊基，字孟載，乃元末明初之詩人、畫家，名列「明
初十才子」、「吳中四傑」。賀裳所舉「笑嚼紅絨唾碧窗」，應作「笑嚼
殘絨唾碧窗」，原出自楊基〈仕女四春圖〉四首詩其三〈春繡〉的末
句，全詩如下：

> 風送楊花滿繡床，飛來紫燕亦雙雙。閒情正在停針處，唉
> （按：同「笑」字）嚼殘絨唾碧窗。〔註222〕

此詩情景，顯然很不同於李煜原詞，楊基寫的是一位女子，在春天楊
花飛舞的時節，於閨房刺繡，看到窗外紫燕雙飛，勾起春心蕩漾，便
笑著停下針來歇息，並將口內殘留的絲線〔註223〕唾向碧窗。雖是翻
詞入詩，女子給人的感覺卻淡雅許多，不像李煜詞中笑唾檀郎的女子
那般嬌媚。而且詩中女子是獨自一人興起閒情逸致，欣賞春天景致，
而詞中女子是在宴會之後還盛裝打扮的情況下，跟情郎調情，客觀來
說，兩種氛圍是不能相提並論的。

　　另外，賀裳用春秋時代衛靈公的男寵彌子瑕效顰於衛靈公夫人南
子這位絕色美人，來比喻楊基〈春繡〉詩句仿效李煜〈一斛珠〉詞句，
似乎不甚妥當。筆者疑惑的是，若賀裳認爲楊基翻詞入詩，卻沒有原
詞韻味佳，所以是效顰之作，可是彌子瑕並未效顰南子，若用東施和
西施爲喻，應該更貼切。又或者有另一種解釋，筆者推敲，是因爲南
子爲女性，而彌子瑕本爲男性，性別不同，就好比詩、詞這兩種文體
所適合的內容風情本就不同，因此，化用描寫閨房情趣的曼妙詞句入

〔註222〕　明・楊基：《眉庵集》（北京：商務印書館《文津閣四庫全書》本，
　　　　　2005年），冊411，頁231。
〔註223〕　對於「紅絨」或「殘絨」，筆者聽過一種說法：古代女子刺繡到一
　　　　　個段落時，會直接用牙齒將線頭咬斷。久之，口內會積聚一些殘碎
　　　　　的線頭，便以唾液混之吐出。

詩，卻失落了詞句內涵應有的柔媚韻味，對於詩句來說，也不夠動人，這又牽涉到賀裳乃明末清初之人，崇尚婉約詞風，故不能滿意以詩句表達跟詞句相同的情調。

（2）賀裳《皺水軒詞筌》論及「古詞別本」：

李重光「深院靜」小令，升庵曰：「詞名〈搗練子〉，即詠搗練也。」復有「雲鬢亂」一篇，其調亦同，眾刻無異。嘗見一舊本，則俱係〈鷓鴣天〉。二詞之前，各有半闋。「節候雖佳景漸闌。吳綾已暖越羅寒。朱扉日暮隨風掩，一樹藤花獨自看。　　雲鬢亂。晚妝殘。帶恨眉兒遠岫攢。斜托香腮春筍嫩，為誰和淚倚闌干。」「塘水初澄似玉容。所思還在別離中。誰知九月初三夜，露似珍珠月似弓。　　深院靜，小庭空。斷續寒砧斷續風。無奈夜長人不寐，數聲和月到簾櫳。」增前四語，覺神采加倍。〔註224〕

「嘗見一舊本」的主詞應是賀裳，因為楊慎僅說李煜詞名〈搗練子〉，內容即詠搗練，是唐代詞調本意，〔註225〕故知是賀裳見過有人在兩首〈搗練子〉之前各增加四句，以成兩首〈鷓鴣天〉，而賀裳認為添加的四句讓李煜原詞神采倍增。筆者以為，這可算是李煜詞啟發了添加四句之人，若無李煜原詞詞境美妙的氛圍、感染力，也無從讓後人觸動靈感，增前四語。稍晚於賀裳的徐釚，也記載了這兩首〈鷓鴣天〉，其《詞苑叢談》卷十五云：

李重光「深院靜」小令一闋，升庵曰：「詞名〈搗練子〉，即詠搗練也。」復有「雲鬢亂」一篇，其詞亦同，眾刻無異。嘗見一舊本，則俱係〈鷓鴣天〉。二詞之前，各有半闋。其「雲鬢亂」一闋云：「節候雖佳景漸闌。吳綾已暖越羅寒。朱扉日暮隨風掩，一樹藤花獨自看。　　雲鬢亂。

〔註224〕　清・賀裳：《皺水軒詞筌》，見錄於唐圭璋編：《詞話叢編》，冊1，頁711。

〔註225〕　查楊慎《詞品》原文，其卷一謂：李後主〈搗練子〉云：「深院靜，……」詞名〈搗練子〉，即詠搗練，乃唐詞本體也。明・楊慎：《詞品》，見錄於唐圭璋編：《詞話叢編》，冊1，頁433。

晚妝殘。帶恨眉兒遠岫攢。斜托香腮春筍嫩，爲誰和淚倚
闌干。」其「深院靜」一闋云：「塘水初澄似玉容。所思還
在別離中。誰知九月初三夜，露似珍珠月似弓。　　深院
靜，小庭空。斷續寒砧斷續風。無奈夜長人不寐，數聲和
月到簾櫳。」〔註226〕

此段文字和賀裳載錄的一模一樣，應是從賀裳書中抄錄而來，但徐釚
沒有對其表示肯定或否定的意見。到了晚清況周頤，則誤解「嘗見一
舊本」的主詞是楊愼，且引錄的字句也略有差異，〔註227〕應是況周
頤未曾核對賀裳或徐釚之書，憑自己印象書之，故出現些許異文。不
過，和賀裳一樣，況周頤對這兩首後人增續之〈鷓鴣天〉也持正面看
法，還讚賞不已，可見「增前四語」確實增得極佳。

　　其實，這兩闋詞還可以視爲對李煜兩首〈搗練子〉的檃括，雖不
知係何人所爲，姑且以無名氏稱之。而此無名氏之生平已不可考，或
爲明代之人，或爲明末清初之人，均未可知，姑且暫歸於清代。其所
增續之內容位於李煜原詞之前，增續的部分爲上片，而李煜原詞爲下
片，這和宋代康與之、劉袤補足李煜〈臨江仙〉（櫻桃落盡春歸去）
之事，有異曲同工之妙，康、劉二人因未見〈臨江仙〉全貌而均改動
原詞末三句之詞意，以及上片第四句之文句，其餘大抵皆從李煜原
詞，二人之作既然屬於檃括類別中的「單篇整括」，那麼此處亦可將
這兩闋〈鷓鴣天〉視爲「單篇整括」，歸入再創作的行列。

　　(3) 張德瀛《詞徵》卷一：
　　　李後主詞「夢裡不知身是客，一晌貪歡」；張蛻巖詞「客裡

〔註226〕 清・徐釚編著，王百里校箋：《詞苑叢談校箋》（臺北：文史哲出版
　　　　　社，1989 年 6 月），頁 609。
〔註227〕 如「所思還在別離中」的「還」字，況周頤作「猶」；「斷續寒砧斷
　　　　　續風」的「寒砧」，況周頤作「聲隨」；「朱扉日暮隨風掩」的「隨」
　　　　　字，況周頤作「無」，共有三處異文。而「斷續寒砧斷續風」乃李
　　　　　煜詞原文如此，「寒砧」是詠搗練的關鍵字，況周頤卻作「斷續聲
　　　　　隨斷續風」，若非看過賀裳或徐釚之書，再憑印象寫出，則不應犯
　　　　　此錯誤。

不知身是夢，只在吳山」，行役之情，見於言外，足以知畦
徑之所自。〔註228〕

元代名詞人張翥著有《蛻巖詞》，故張德瀛以張蛻巖稱之。蛻巖詞
「客裡不知身是夢，只在吳山」〔註229〕，句式、意涵均酷肖李煜詞
句，有今昔對比、虛幻與現實對比、悲涼無奈之感，尤其是將「夢」
和「客」字對調，極為明顯，故張德瀛特別指出「知畦徑之所自」，
張翥乃受李煜詞啓發，並仿效之。

(4) 陳廷焯《詞則‧大雅集》卷一評〈清平樂〉(別來春半)：
永叔「離愁漸遠漸無窮」二語從此 (離恨恰如春草，更行
更遠還生) 脫胎。〔註230〕 (上冊，頁 27)

陳廷焯認為歐陽脩「離愁漸遠漸無窮，迢迢不斷如春水」〔註231〕二
句係脫胎自李煜此詞末二句「離恨恰如春草，更行更遠還生」，見解
精確中肯。歐陽脩將象徵離愁別恨的「春草」抽換為「春水」，易「更
行更遠還生」那種綿綿無盡的意味為「漸遠漸無窮、迢迢不斷」，意
象相異而神韻不變，既可見歐陽脩的別出心裁，又可見他深受李煜啓
發之處。

五、並列比較李煜和他人之言行或作品

(一) 賀裳《皺水軒詞筌》：

〔註228〕 清‧張德瀛：《詞徵》，見錄於唐圭璋編：《詞話叢編》，冊 5，頁
　　　　 4081。

〔註229〕 元‧張翥：〈浪淘沙〉，見錄於唐圭璋編纂：《全金元詞 (二) 元詞》
　　　　 (臺北：洪氏出版社，1980 年 11 月)，頁 1020。全詞為：「醉膽望
　　　　 秋寒。星斗闌干。小窗人影月明間。客裡不知歸是夢，只在吳
　　　　 山。　　行路自來難。長鋏休彈。黃塵到底涴儒冠。一片白鷗湖上
　　　　 水，閒了漁竿。」故此句應作「客裡不知歸是夢」，張德瀛殆憑印
　　　　 象誤記成「身是夢」，如此和李煜詞句更加接近。

〔註230〕 此評語位於上方眉批處，雖未明言歐陽脩詞從何句脫胎，然根據下
　　　　 方所錄詞句旁的評點圈選符號，可知陳廷焯是指李煜此詞末二句
　　　　 「離恨恰如春草，更行更遠還生」。

〔註231〕 宋‧歐陽脩：〈踏莎行〉(候館梅殘)，見錄於唐圭璋編：《全宋詞》，
　　　　 冊 1，頁 123。

1. 南唐主〈浪淘沙〉曰:「夢裡不知身是客,一晌貪歡。」
   至宣和帝〈燕山亭〉則曰:「無據。和夢也有時不做。」
   其情更慘矣。嗚呼!此猶〈麥秀〉之後有〈黍離〉也。
   〔註232〕

李煜和宋徽宗一前一後,同為文藝造詣極高、治國卻失敗的帝王,同樣失之桑榆,收之東隅,詞作得到極高評價,故常被放在一起評比。清代持此觀點者,尚有鄭方坤和李其永,如鄭方坤〈論詞絕句三十六首〉之四云:「梧桐深院訴情悰,夜雨羅衾夢尚濃。一種哀音兆亡國,燕山又寄恨重重。」〔註233〕(頁370)

　　賀裳關注到兩位帝王亡國被俘後所作的詞句,都是血淚之言,都是亡國之音哀以思,並認為李煜至少還能在夢中貪歡一晌,而宋徽宗連夢也做不成,對故國的思念無從紓解,情況比李煜悲慘。賀裳為明末清初人,看到這類亡國悽惋之音,必定心有戚戚焉,故以《詩經》和《史記》中的典故喻之。《詩經·王風·黍離》:「彼黍離離,彼稷之苗。行邁靡靡,中心搖搖。」〔註234〕和《史記·世家第一·宋微子世家》:「麥秀漸漸兮,禾黍油油。彼狡僮兮,不與我好兮。」〔註235〕都是在講路過前朝宮闕遺址,看到宗廟、殿堂傾圮毀壞,變成一片荒蕪之地,長滿了禾黍,不禁觸景傷情,心中湧起無限悲涼之感,便作詩歌慨嘆。自此「黍離麥秀」即代表「哀傷亡國之辭」。值得注意的是,賀裳以〈黍離〉、〈麥秀〉等經典之典故譬喻李煜和宋徽宗詞作的情感,這反映出清初為避文字獄而寄託國仇家恨於詞體中,

---

〔註232〕　清·賀裳:《皺水軒詞筌》,見錄於唐圭璋編:《詞話叢編》,冊1,頁702~703。

〔註233〕　此詩後有註曰:宋徽宗北狩賦〈燕山詞〉云:「凭寄離恨重重,這雙燕何曾會人言語」。「梧桐」、「夜雨」,俱李後主詞句。可見鄭方坤論詞兼化用李煜及宋徽宗詞作的用心。

〔註234〕　粹芬閣輯:《景印古本五經讀本·詩經集傳》(臺北:臺灣啟明書局,1952年11月),頁29。

〔註235〕　漢·司馬遷:《史記》(臺北:藝文印書館《二十五史》本,出版年不詳),冊1,卷38,頁639。

使之有詩言志的功能，更連帶提高了詞的格調。

    2. 寫景之工者，如尹鶚「盡日醉尋春，歸來月滿身」；李重
      光「酒惡時拈花蘂嗅」；李易安「獨抱濃愁無好夢，夜闌
      猶剪燈花弄」；劉潛夫「貪與蕭郎眉語，不知舞錯伊州」，
      皆入神之句。〔註236〕

這屬於賀裳個人讀書的心得體會，將它羅列一番。觀諸所舉例子，串
聯關鍵為「寫景工巧、寫情入神」，最終標準實為「情景交融妥切」。
又這些例子皆有動作，畫面感十足，讓人身歷其境，並能想像自己是
當中主角，此其所以打動賀裳之處。

    （二）沈謙《填詞雜說》：

    男中李後主，女中李易安，極是當行本色。〔註237〕

沈謙將詞中男女二李並列，作為詞家當行本色之代表人物，不僅可知
沈謙心目中當行本色的標準，是承襲明代觀念，以婉約為尚，也呼應
徐士俊所云：「後主、易安直是詞中之妖，恨二李不相遇。」〔註238〕

    （三）周濟《介存齋論詞雜著》：

    李後主詞如生馬駒，不受控捉。毛嬙、西施，天下美婦人
    也。嚴妝佳，淡妝亦佳，粗服亂頭，不掩國色。飛卿，嚴
    妝也；端己，淡妝也；後主則粗服亂頭矣。〔註239〕

周濟《詞辨》雖因常派宗旨而將李煜列入變體，卻欣賞其詞「如生馬
駒，不受控捉」，那是一股活蹦亂跳的旺盛生命力，無法繩準約束。
又將他與溫庭筠、韋莊並列比較，以美女喻之，李煜詞天香國色，即
使粗布衣裙、未曾梳妝，也難掩風華，可謂極為崇高的讚美。

〔註236〕清・賀裳：《皺水軒詞筌》，見錄於唐圭璋編：《詞話叢編》，冊 1，
      頁 696。
〔註237〕清・沈謙：《填詞雜說》，見錄於唐圭璋編：《詞話叢編》，冊 1，頁
      631。
〔註238〕明・卓人月、徐士俊輯：《古今詞統》（上海：上海古籍出版社《續
      修四庫全書》本，2002 年 3 月），冊 1728，頁 543。
〔註239〕清・周濟：《介存齋論詞雜著》，見錄於唐圭璋編：《詞話叢編》，冊
      2，頁 1633。

（四）李佳《左庵詞話》卷下：

> 李後主詞「爛嚼紅絨，笑向檀郎唾」、李易安詞「倚門回首，
> 卻把青梅嗅」、汪肇麟詞「待他重與畫眉時，細數郎輕薄」，
> 皆酷肖小兒女情態。〔註240〕

這與前述賀裳一樣，都是讀者個人的心得見解，詞中有動作，而動作
裡飽含真情，以文字呈現畫面，場景傳神如在目前，給讀者極大的想
像空間，如此方能打動人心，令人印象深刻。「酷肖小兒女情態」即
是抓住李佳目光、觸動心弦的關鍵點，男女之間的郎情妾意，其實不
需要堆砌太多濃烈的文字或特定的典故，只要記下當下最真實的親
暱狀況，直接鋪敘，甜蜜之意已在其中。不過，「倚門回首，卻把青
梅嗅」是否為李清照所作，仍有爭議，《全宋詞》即將之歸為無名
氏。〔註241〕

（五）沈道寬〈論詞絕句四十二首〉之六：

> 南朝令主擅風流，吹徹寒笙坐小樓。自是詞章稱克肖，一
> 江春水瀉江愁。（頁 409）

將李煜和其父李璟並列觀之，讚二李皆擅風流令詞，又論及南唐二
主詞的遞嬗關係，認為李煜乃克肖李璟。第二句「吹徹寒笙坐小樓」
是化用李璟〈浣溪沙〉（菡萏香銷翠葉殘）之「小樓吹徹玉笙寒」
〔註242〕，而末句「一江春水瀉江愁」則是化用李煜〈虞美人〉（春花
秋月何時了）之「問君都有幾多愁。恰似一江春水向東流」。〔註243〕
沈道寬舉出二李詞作最具代表性之處，也涵蓋其詞特色，但未曾比較

〔註240〕清・李佳：《左庵詞話》，見錄於唐圭璋編：《詞話叢編》，冊 4，頁
　　　　3167～3168。
〔註241〕此詞多誤為李清照之作，然實為無名氏所作（見唐圭璋編：《全宋
　　　　詞》，冊 5，頁 3837）。而李清照「存目詞」即依《花草粹編》卷一
　　　　判為無名氏詞。參唐圭璋編：《全宋詞》，冊 2，頁 934。
〔註242〕曾昭岷等編著：《全唐五代詞》（北京：中華書局，1999 年 12 月），
　　　　上冊，頁 726。
〔註243〕王偉勇、林宏達：〈清代「論詞絕句」論李煜及其作品探析〉，見錄
　　　　於王偉勇：《清代論詞絕句初編》，頁 369～370。

二李之高下。陳廷焯《白雨齋詞話》有類似之觀點：

> 南唐中主〈山花子〉〔註244〕云：「還與韶光共憔悴，不堪
> 看。」沉之至，鬱之至，淒然欲絕。後主雖善言情，卒不
> 能出其右也。〔註245〕

《詞則‧大雅集》卷一評李璟〈浣溪沙〉（菡萏香銷翠葉殘）時，則
進一步有了比較意味：

> 淒然欲絕，後主雖工於怨詞，總遜此哀婉沉至。（上冊，頁
> 25）

以陳廷焯「沉鬱頓挫」的詞學理念來看，李璟詞中飽含憂患意識的難
言之隱，帶有風雨將襲、國勢傾頹的哀婉，這份濃厚深邃的沉鬱，是
李煜不能出其右的。故陳廷焯雖亦認為李煜善言情，有克紹李璟之
處，卻更為偏重讚賞李璟之作，甚至明確評判李煜遜之。

　　（六）沈初〈舊編詞存稿作論詞絕句十八首〉之一：

> 南朝樂府最清妍，建業傷心萬樹煙。誰料簡文宮體後，李
> 王風致更翩翩。（頁391）

南朝樂府吳歌、西曲清妍之風尚，原起於民間，受文人染指後，風靡
於宮廷，深切影響梁、陳宮體詩之發展，故建業一帶莫不彌漫此種文
風氣息，這和明代普遍認為詞起源六朝，有一定程度的關係。梁簡文
帝和李煜之都城，均在建業，或稱金陵，即今日南京一帶。兩位君主
又都身處亂世，且以能文著稱，是典型的帝王才子，不過，沈初認為
最具翩翩風範者，非李煜之詞莫屬。其詞風格雖遙繼南朝宮體而來，
卻勝過梁簡文帝。〔註246〕將李煜和梁簡文帝並列比較者，沈初是自

〔註244〕陳廷焯此處係將〈山花子〉與〈浣溪沙〉混為一談，正確應作〈浣
　　　　溪沙〉才是。姑且照原文呈現，後面「再創作」一節當中，和韻者
　　　　所用的詞調名稱，部分亦有此類情況，均依原作錄之。關於〈山花
　　　　子〉與〈浣溪沙〉二詞調之異同，請見附錄三「李煜詞存疑詞考辨
　　　　表」當中註解。

〔註245〕清‧陳廷焯：《白雨齋詞話》，見錄於唐圭璋編：《詞話叢編》，冊4，
　　　　頁3779。

〔註246〕王偉勇、林宏達：〈清代「論詞絕句」論李煜及其作品探析〉，見錄
　　　　於王偉勇：《清代論詞絕句初編》，頁375～377。

宋迄清的第一人，較爲特殊。

（七）譚瑩〈論詞絕句一百首〉之十二：

念家山破了南唐，亡國音哀事可傷。叔寶後身身世似，端
如詩裡說陳王。（頁438）

將李煜和陳後主叔寶並提，是因二人「身世似」，相似之處有二：一
是同爲大一統局勢下的亡國之君，南朝陳被隋所滅，隋自此統一南北
朝的分裂；南唐被宋所滅，宋亦終結了五代十國的混亂。二是同爲帝
王才子，好享樂、重美色，詩文、音律造詣佳，如陳後主寵愛張麗華，
而張麗華有一頭烏黑亮麗的秀髮，陳後主於朝廷之上，竟讓張麗華坐
在他膝上，共聽政事。隋軍攻來時，他抱著張麗華躲在景陽宮的一處
井裡，企圖避過搜查，卻仍被逮住。那口井則因爲張麗華躲過，自此
有了美麗的名稱「胭脂井」。〔註247〕唐代鄭畋〈馬嵬坡〉詩即以此事

〔註247〕 關於張麗華，唐‧李延壽《南史》：「張貴妃名麗華，兵家女也。父
兄以織席爲業。後主爲太子，以選入宮。時龔貴嬪爲良娣，貴妃年
十歲，爲之給使。後主見而悅之，因得幸，遂有娠，生太子深。後
主即位，拜爲貴妃。性聰慧，甚被寵遇」、「張貴妃髮長七尺，鬒黑
如漆，其光可鑑。特聰慧，有神彩，進止閑華，容色端麗。每瞻視
眄睞，光彩溢目，照映左右。嘗於閣上靚粧，臨于軒檻，宮中遙望，
飄若神仙。才辯強記，善候人主顏色。薦諸宮女，後宮咸德之，競
言其善。又工厭魅之術，假鬼道以惑後主。置淫祀於宮中，聚諸女
巫使之鼓舞。時後主怠於政事，百司啓奏，並因宦者蔡臨兒、李善
度進請，後主倚隱囊，置張貴妃於膝上共決之。李、蔡所不能記者，
貴妃並爲疏條，無所遺脫。因參訪外事，人間有一言一事，貴妃必
先知白之，由是益加寵異，冠絕後庭。而後宮之家，不遵法度，有
繫於理者，但求恩於貴妃，貴妃則令李、蔡先啓其事，而後從容爲
言之。大臣有不從者，因而譖之，言無不聽。於是張、孔之權，熏
灼四方，內外宗族，多被引用，大臣執政，亦從風而靡。閹宦便佞
之徒，內外交結，轉相引進。賄賂公行，賞罰無常，綱紀瞀亂矣。
及隋軍剋臺城，貴妃與後主俱入井，隋軍出之，晉王廣命斬之於青
溪中。」至於那口被陳後主和張麗華躲入的井，宋代周必大〈記金
陵登覽〉載有：辱井者，三人俱投之井也。在寺之南，甚小，而水
可汲，意其地良是，而井則可疑。世傳二妃將墜，淚漬石欄，故石
脈類臙脂，俗又呼「臙脂井」。宋‧周必大：《二老堂雜志》（北京：
中華書局《叢書集成初編》本，1985年），卷5，頁93。

典對比唐玄宗和楊貴妃：「玄宗回馬楊妃死，雲雨雖亡日月新。終是聖明天子事，景陽宮井又何人。」〔註248〕另據《隋書‧樂志》載：「（陳後主）於清樂中〈黃驪留〉及〈玉樹後庭花〉、〈金釵兩臂垂〉等曲，與幸臣等製其歌詞，綺豔相高，極於輕薄；男女唱和，其音甚哀。」〔註249〕再看李煜，他和大小周后的風流韻事，也人盡皆知，〈菩薩蠻〉（花明月暗籠輕霧）一詞，尤膾炙人口。又據陳彭年《江南別錄》載：「後主妙於音律，樂曲有〈念家山〉，親演其聲爲〈念家山破〉，識者知其不祥。」〔註250〕明代胡震亨《唐音癸籤》注云：「南唐後主翻舊曲爲〈念家山破〉，其音焦殺，名尤不祥，識者以爲亡徵。」〔註251〕故宋代邵思《雁門野說》嘗云：「亡國之音，信然不止〈玉樹後庭花〉也。南唐後主精於音律，凡變曲莫非奇絕。開寶中因將除，自撰〈念家山〉一曲，既而廣爲〈念家山破〉，其識可知也。宮中、民間日夜奏之，未及兩月，傳滿江南。」〔註252〕若說譚瑩詩中所論，偏重在對比李煜〈念家山〉和陳後主〈玉樹後庭花〉的亡國哀音，〔註253〕則盛本栯〔註254〕有論詞長短句〈南唐浣溪沙〉一闋，則偏重在對比

〔註248〕唐‧鄭畋：〈馬嵬坡〉，見錄於清‧清聖祖御定：《全唐詩》，冊17，卷557，頁6464。

〔註249〕唐‧魏徵等撰：《隋書》（北京：中華書局，1973年8月），頁309。

〔註250〕宋‧陳彭年：《江南別錄》，見錄於朱易安、傅璇琮等主編：《全宋筆記》（鄭州：大象出版社，2003年10月），第1編，冊4，頁209。

〔註251〕明‧胡震亨：《唐音癸籤》，見錄於周維德集校：《全明詩話》（濟南：齊魯書社，2005年6月），冊5，頁3685。

〔註252〕宋‧邵思：《雁門野說》，此則見錄於鄧子勉編：《宋金元詞話全編》，上冊，頁44。

〔註253〕此同《十國春秋‧南唐後主本紀》所載：「後主恂恂大雅，美秀多文，鄉使國事無虞，中懷兢業，抑亦守邦之主也。乃運丁百六，晏然自侈，譜曲度僧，略無虛日，遂至京都淪喪，出涕嗟若，斯爲長城之〈玉樹後庭〉、賣身佛寺以亡國者，何其前後一轍邪？悲夫！」見清‧吳任臣撰，徐敏霞、周瑩點校：《十國春秋》（北京：中華書局，1983年12月），冊1，頁259。

〔註254〕盛本栯，約生於清康熙初，年未三十而歿。字讓山，浙江嘉興人。盛禾之弟。有《滴露堂小品》。

李煜和陳後主各自的風流事蹟。其詞題云「李後主」：

> 剗襪香階禁院中。轆轤金井下梧桐。誰道不如陳後主，景陽宮。　　青蓋北來王氣盛，玉笙吹徹小樓空。千古長城封號並，隴西公。〔註255〕

就詞調〈南唐浣溪沙〉及「玉笙吹徹小樓空」一句來看，盛本栴很可能將李璟之詞〈浣溪沙〉（菡萏香銷翠葉殘）誤為李煜所作，因為若要論某位詞人，通常會用其曾作過的詞調，以見用心，前面余光耿、項廷紀、吳鎮皆如此，而李煜並未填過〈浣溪沙〉，且「玉笙吹徹小樓空」顯然是化自「小樓吹徹玉笙寒」，又〈浣溪沙〉乃李璟最著名的代表作，是以盛本栴弄錯二李詞之機率很大，幸而不影響此詞旨在評述李煜的內容，姑且一提。首句「剗襪香階禁院中」化用的是李煜〈菩薩蠻〉（花明月暗籠輕霧）的「剗襪步香階」，當然全詞本事亦涵蓋在內。「轆轤金井下梧桐」化自〈採桑子〉首句「轆轤金井梧桐晚」。「誰道不如陳後主，景陽宮」即是將陳後主、張麗華對比李煜、小周后的豔情故事，李煜在浪漫多情這方面和陳後主行徑並無分別。下片轉入李煜亡國入宋後的狀況，「青蓋北來王氣盛」意指宋將滅南唐，統一天下。「玉笙吹徹小樓空」的「小樓空」，化自〈烏夜啼〉首句「無言獨上西樓」的淒清之意。末句以「千古長城封號並，隴西公」作結，因為「長城公」乃陳後主入隋後之封號，「隴西公」乃李煜入宋後之封號，〔註256〕可見盛本栴貫徹始終地將陳、李二後主聯繫在一塊作對照。

　　回到譚瑩之論詞絕句，此詩同情亡國哀音之餘，另一方面仍欲讚

〔註255〕　南京大學中國語言文學系《全清詞》編纂研究室編：《全清詞・順康卷》，冊19，頁10976。

〔註256〕　關於陳後主和李煜的封號，據唐・李延壽《南史》載：「後主以隋仁壽四年十一月壬子，終於洛陽，時年五十二。贈大將軍，封長城縣公，諡曰煬。葬河南洛陽之芒山。」（冊19，卷10，頁146）；宋・陸游：《南唐書》（北京：中華書局《叢書集成初編》本，1985年）載：「乙亥授右羊牛衛上將軍，封違命侯。太宗即位，加特進，改封隴西公。」（冊1，頁74）

嘆李煜詞的絕佳成就，故末句回歸到「端如詩裡說陳王」，若以詩爲喻，李煜在詞壇之地位，好比才高八斗、受鍾嶸譽爲「上品」〔註257〕的曹植。

其他論詞絕句還有汪筠將李煜和西蜀孟昶相連結；鄭方坤、李其永將李煜和宋徽宗趙佶共論等，〔註258〕均是因爲李煜和宋徽宗、陳後主、孟昶，以及歷來詞話提及的劉禪、錢俶、隋煬帝等，同有過君王身分，政治地位相當，卻幾乎以亡國收場，又多爲才子帝王，而以宋徽宗作對照者最多，蓋因身世際遇、文藝造詣最爲接近，雷同度最高所致。

第三節　接受之具體呈現——詞選、詞譜

一、選錄情形

　　清代詞選、詞譜在詞學發展興盛的背景下，也有長足發展。與明代最大的不同，在於詞派選本意識明顯，如浙派的《詞綜》；常派的《詞選》、《詞辨》等，均是詞派的重要組成部分，和詞派理念相輔相成，不若明代詞選多以婉約詞作爲依歸。不少詞選雖非詞派的代表作，卻也反映出編者所處時代的潮流特色。詞譜則在治學嚴謹的態度下，不管是爲備體而編的《詞律》、《御定詞譜》、《詞繫》等，還是爲初學者習作而編的《白香詞譜》、《碎金詞譜》等，架構都較明代詞譜進步甚多。

　　筆者共得 22 種在時間斷限上涵蓋唐五代之清編選本（詞選 13

〔註257〕鍾嶸於《詩品》分古今之詩爲上、中、下三品，而將曹植列在「上品」，盛讚其詩曰：「其源出於國風。骨氣奇高，詞采華茂，情兼雅怨，體被文質，粲溢今古，卓爾不群。嗟乎！陳思之於文章也，譬人倫之有周孔，麟羽之有龍鳳，音樂之有琴笙，女工之有黼黻。」梁・鍾嶸撰、王叔岷箋證：《鍾嶸詩品箋證稿》（臺北：中央研究院中國文哲研究所，1992 年 3 月），頁 149。

〔註258〕王偉勇、林宏達：〈清代「論詞絕句」論李煜及其作品探析〉，見錄於王偉勇：《清代論詞絕句初編》，頁 375～388。

部、詞譜 9 部）：《詞綜》、《歷代詩餘》、《古今詞選》、《清綺軒詞選》、《自怡軒詞選》、《蓼園詞選》、《詞選》、《續詞選》、《詞辨》、《詞則》、《湘綺樓詞選》、《藝蘅館詞選》、《唐五代詞選》、《塡詞圖譜》、《詞律》、《詞律拾遺》、《詞律補遺》、《御定詞譜》、《詞繫》、《天籟軒詞譜》、《白香詞譜》、《碎金詞譜》。〔註259〕當中除了《續詞選》和《詞律補遺》兩書未收李煜詞，餘皆選有其詞。茲分「詞選」、「詞譜」兩大項探討之。

二、分見各本概況

依前例，作一統計表（請參見附錄六「表 4-1　李煜詞見錄清代

〔註259〕 版本爲清・朱彝尊、汪森編：《詞綜》，上海：上海古籍出版社，2008年 3 月。清・沈辰垣、王奕清等：《御選歷代詩餘》，臺北：廣文書局，1972 年 5 月。清・沈時棟輯：《古今詞選》，臺北：東方書局，1956 年 5 月。清・夏秉衡輯：《清綺軒詞選》（道光間刊本），現藏於國家圖書館。清・許寶善輯：《自怡軒詞選》（清嘉慶元年許氏刊本），現藏於國家圖書館。清・黃蘇輯：《蓼園詞選》，收入清・黃蘇、周濟、譚獻選評，尹志騰校點：《清人選評詞集三種》，濟南：齊魯書社，1988 年 9 月。清・張惠言輯：《詞選》，上海：上海古籍出版社，2002 年 3 月（《續修四庫全書》）。清・董毅輯：《續詞選》，上海：上海古籍出版社，2002 年 3 月（《續修四庫全書》）。清・周濟輯：《詞辨》，上海：上海古籍出版社，2002 年 3 月（《續修四庫全書》）。清・陳廷焯輯：《詞則》，上海：上海古籍出版社，1984 年 5 月。清・王闓運輯：《湘綺樓詞選》，民國 6 年（1917 年）王氏湘綺樓刊本。清・梁令嫻輯：《藝蘅館詞選》，臺北：中華書局，1970年 10 月。清・成肇麐：《唐五代詞選》，臺北：臺灣商務印書館，2006 年 5 月。清・賴以邠：《塡詞圖譜》，臺南：莊嚴文化出版公司，1997 年 6 月（《四庫全書存目叢書》）。清・萬樹：《詞律》、徐本立：《詞律拾遺》、杜文瀾《詞律補遺》，見《索引本詞律》，臺北：廣文書局，1989 年 10 月。清・王奕清等奉敕輯：《御定詞譜》，臺北：臺灣商務印書館，1983 年 6 月（《景印文淵閣四庫全書》本）。清・秦巘編著，鄧魁英、劉永泰校點：《詞繫》，北京：北京師範大學出版社，1996 年 9 月。清・葉申薌：《天籟軒詞譜》（清道光間刊本），現藏於國家圖書館。清・舒夢蘭編，謝朝徵箋：《白香詞譜箋》，臺北：世界書局，2006 年 5 月。清・謝元淮：《碎金詞譜》，上海：上海古籍出版社，2002 年 3 月（《續修四庫全書》）。

選本統計表」），對照此表格，先作「縱向面」之分析：

（一）詞選

1.《詞綜》〔註260〕

此書乃浙西詞派最重要的詞選，編者朱彝尊、汪森二人有鑑於「《草堂詩餘》所收最下、最傳」〔註261〕，故其編選之最大用意爲廓清明代《草堂詩餘》淫俗的積弊，並以《詞綜》闡發浙派「醇雅」的宗旨，「鄱陽姜夔出，句琢字煉，歸於醇雅」〔註262〕，標舉姜夔爲詞派典範，所選皆清空騷雅之作，共選唐詞 20 家 68 首，五代詞 24 家 148 首，宋詞 376 家 1387 首，金詞 27 家 62 首，元詞 84 家 257 首，時代橫跨唐五代至金元而不選明詞。〔註263〕在這 531 家 1922 首詞作中，李煜詞佔 11 首，遠勝於總體人均詞數的 3.62 首，亦高於五代人均詞數的 6.17 首，能在偏愛南宋詞的浙派詞選內有此佳績，可見其詞在浙派心目中的地位頗高，而浙派於清代前中期影響詞壇的勢力最廣、最深遠，故李煜詞的傳播接受程度想必甚佳。然而其〈菩薩蠻〉（花明月暗籠輕霧）竟赫然入選，此詞向爲李煜最膾炙人口的豔情之作，客觀來說，這已然跟浙派講究內容清空醇雅的宗旨相違背，可見浙派崇尚精緻細膩的另一情趣面向，並未完全脫離明代花草香豔之風影響，也和前面詞話、詞論提及「小周后提鞋圖」的題畫詩詞相呼應。又或可視爲李煜此詞鋪敘手法有其雅致韻味，不能和一般俗濫豔詞相提並論。此外，乾隆、嘉慶年間的陶樑輯有《詞綜補遺》，係再度對《詞綜》進行增補，擇選時代與體例均依照《詞綜》，其時間範圍雖亦涵蓋唐五代，卻是補人不補詞，〔註264〕即《詞綜》中未收之詞人，

〔註260〕 本論文採用之版本爲三十卷本，不含汪森增補的六卷。

〔註261〕 清・朱彝尊：《詞綜・發凡》，見錄於施蟄存主編：《詞籍序跋萃編》，卷 9，頁 753。

〔註262〕 清・汪森：〈詞綜序〉，見錄於施蟄存主編：《詞籍序跋萃編》，卷 9，頁 748。

〔註263〕 王兆鵬：《詞學史料學》（北京：中華書局，2004 年 5 月），頁 341。

〔註264〕 王兆鵬：《詞學史料學》，頁 341～342。

方補入，故不涉及是否選有李煜詞的問題，本論文遂不列入統計。

2. 《歷代詩餘》

此書乃沈辰垣、王奕清等人，奉康熙御令所編之大型詞選，共一百二十卷。前一百卷為詞選，共錄唐宋元明詞 9009 首；卷一百零一至卷一百一十為詞人姓氏，並按時代先後列詞人小傳，共 957 家；卷一百十一至卷一百二十則為歷代詞話之彙集，共 763 條，並注出處，可見清代治學嚴謹的狀況。此書當時可謂自有詞選以來的集大成之作。由於是官修之書，故以存詞為主要目的，然亦有一定程度的標準，所收為風華典麗而不失於正者，沉鬱排宕、寄託深遠、不涉綺靡之卓然名家者，亦大多收錄。〔註 265〕如〈御定歷代詩餘一百二十卷提要〉云：

> 凡柳、周婉麗之音，蘇、辛奇恣之格，兼收兩派，不主一隅。旁及元人小令，漸變繁聲，明代新腔，不因舊譜者，苟一長可取，亦眾美胥收。〔註 266〕

可清楚得知「眾美胥收，不主一隅」的包容氣度。觀之李煜詞入選 35 首，幾乎達到其可信之詞作總數 38 首，《歷代詩餘》存詞備體的意味更加明確。不過，若以所收總詞數與有紀錄的詞家小傳數量之平均值，來代表粗略的人均詞數，則李煜詞遠遠超出平均值的 9.41 首，可見其詞的藝術價值是備受肯定的。

3. 《古今詞選》

編者沈時棟，字成廈，號瘦吟詞客。此書並有尤侗、朱彝尊參訂。共錄唐五代至明清詞人 286 家，詞 994 首，〔註 267〕而以宋代和清代為重心，人均詞數 3.48 首。選詞標準，據該書〈選略八則〉所云：「是集雄奇、香豔者俱錄，惟或粗或俗，間有敗筆者置之。即名

〔註 265〕 王兆鵬：《詞學史料學》，頁 344。
〔註 266〕 清・永瑢、紀昀等：《四庫全書總目・御定歷代詩餘一百二十卷提要》，見錄於施蟄存主編：《詞籍序跋萃編》，卷 9，頁 759。
〔註 267〕 王兆鵬：《詞學史料學》，頁 344。

作不登選者，猶所不免」〔註268〕、「不因人而濫選，亦不以人而廢詞。若章法不亂，情致動人者，即非作手，蓋錄不遺。」〔註269〕可知入選作品必須「章法不亂，情致動人，不能有敗筆」。此選格局不小，不偏廢婉約或豪放，佳作一律兼容並收。又顧貞觀〈古今詞選序〉云：

> 今雄奇磊落、慷慨激昂者，任其才之所至，氣之所行，而長短、宮商、遲促、陰陽諸律，置焉不問，則是狐其裘而羔其袖也。詞之道，不又因是蕩然乎？吳江焦音沈君（指沈時棟）深有感焉，曰：「吾將以持其中。於是彙唐宋以來迄本朝若干人，列其詞而核之，合正、變二體之長而汰其放縱不入律者。」……集爲卷十二，其體備而格不傷，其廣羅而賞不濫。〔註270〕

是知顧氏眼中，能「合正、變二體之長而汰其放縱不入律者」，乃此選最高依歸。不偏廢香豔、雄奇，以「婉約爲正，豪放爲變，不分優劣」是清初王士禎對明代婉、豪二體的進一步強化與修正，沈時棟亦持此看法，並兼顧浙派強調合律與否的標準，故有其嚴格又不失偏執之長處。觀之李煜詞入選 5 首，高於平均值的 3.48 首，可知其詞在沈時棟心中具有一定的水準。

4.《清綺軒詞選》

　　編者夏秉衡，字平千，號谷香，乾隆十八年舉人。此選又名「歷朝名人詞選」，因所輯範圍涵蓋唐、宋、金、元、明、清，共收詞 847 首，又以宋詞、清詞爲主。編選動機乃欲補朱彝尊《詞綜》僅輯宋元人詞而未錄明清之作。〔註271〕觀其《清綺軒詞選・自序》：「唐末五代，李後主、和成績、韋端己輩出，語極工麗而體制未備。至南北宋

〔註268〕清・沈時棟輯：《古今詞選・選略八則》（臺北：東方書局，1956 年 5 月），頁 1。
〔註269〕清・沈時棟輯：《古今詞選・選略八則》，頁 1。
〔註270〕清・沈時棟輯：《古今詞選》（臺北：東方書局，1956 年 5 月），頁 1。
〔註271〕王兆鵬：《詞學史料學》，頁 345。

而作者日盛，如清眞、石帚、竹山、梅溪、玉田諸集，雅正超忽，可謂詞家上乘矣」〔註272〕、「余嘗有志倚聲，竊怪自來選本，詞律嚴矣，而失之鑿；汲古備矣，而失之煩。他若《嘯餘》、《草堂》諸選，更拉雜不足爲法。惟朱竹垞《詞綜》一選，最爲醇雅。」〔註273〕以及《清綺軒詞選・發凡》：「是集所選，一以淡雅爲宗。」〔註274〕均和浙派崇尙南宋詞，推尊姜夔、張炎清空雅正之理念相一致，應視此選爲浙派同一路線之作，然而，細究其所選內容，卻非如此。誠如王兆鵬《詞學史料學》所言：

> 觀其所選，以輕豔纖麗者爲多，較偏重於唐五代和北宋詞，似爲清初雲間詞派一系，與《詞綜》等宗法姜、張詞風者顯然有別。〔註275〕

嚴迪昌《清詞史》亦謂：

> 全書（指《清綺軒詞選》）錄唐宋人詞居半，元明詞偶選一二，清人詞篇什幾與兩宋相等，雖名曰歷朝，實際宗旨是博於今而約於古。夏氏乃雲間派信奉者，堅守陳子龍觀念，專取唐五代北宋一路，蘇、辛豪放之作以及張炎、吳文英雕琢之作，選錄甚少。〔註276〕

可知夏秉衡的理念和實際選詞，有著明顯的落差和矛盾現象。既然取徑雲間詞派，宗法南唐北宋，則李煜詞入選 12 首，比例甚高，可謂其來有自。

5.《自怡軒詞選》

編者許寶善，字學愚，號穆堂，乾隆二十五年進士。其詞甚有

〔註272〕清・夏秉衡：《清綺軒詞選・自序》，見錄於施蟄存主編：《詞籍序跋萃編》，卷9，頁763。
〔註273〕清・夏秉衡：《清綺軒詞選・自序》，見錄於施蟄存主編：《詞籍序跋萃編》，卷9，頁763。
〔註274〕清・夏秉衡：《清綺軒詞選・自序》，見錄於施蟄存主編：《詞籍序跋萃編》，卷9，頁764。
〔註275〕王兆鵬：《詞學史料學》，頁345。
〔註276〕嚴迪昌：《清詞史》，頁430。

特色，與當時風靡詞壇的浙派不同，據蔣敦復《芬陀利室詞話》云：
「許穆堂侍御著《自怡軒詞》五卷，獨能得小山父子風格，則其宗
尚，雅在北宋。」〔註277〕故知許寶善偏好北宋晏殊、晏幾道父子詞
風，間接承襲自南唐詞風。《自怡軒詞選‧凡例》云：「小令唐人最
工，即北宋已極相懸，南宋佳者更少。故集中以唐人爲主，而南北
宋人附之。」〔註278〕可見是恪守雲間派家法的選本。然據《自怡
軒詞選‧自序》：「粵稽小令始於李唐，慢詞盛於北宋，至南宋乃極
其致。其時姜堯章最爲傑出，他若張玉田、史梅溪、高竹屋、王碧
山、……無不各號名家，相與鼓吹一時」〔註279〕；〈凡例〉亦說：「是
選以雅潔高妙爲主，故東坡、清眞、白石、玉田之詞，較他家獨多」
〔註280〕，這又幾爲浙派之思路。此外，許寶善此選受《九宮大成南
北詞宮譜》影響甚大，注重詞調音樂譜以及譜式之異同。〔註281〕綜
上可知，《自怡軒詞選》的選詞標準乃調和、兼容雲間派與浙西派之
審美觀點：小令，以唐人爲主；慢詞則欣賞蘇軾、周邦彥、姜夔、張
炎「雅潔高妙」之特長，並兼顧音律規範，如此，小令、慢詞各有客
觀依循之軌道。全書錄唐、宋、金、元詞391首，而以唐宋詞爲主。
〔註282〕李煜詞入選6首，比例甚高，因晚唐五代乃許寶善所認同之
小令最佳的時期，且李煜小令冠絕一時，受青睞之程度便反映在數量
上了。

〔註277〕 清‧蔣敦復：《芬陀利室詞話》，見錄於唐圭璋編：《詞話叢編》，冊
4，頁3642。
〔註278〕 清‧許寶善：《自怡軒詞選‧凡例》，見錄於施蟄存主編：《詞籍序
跋萃編》，卷9，頁767。
〔註279〕 清‧許寶善：《自怡軒詞選‧自序》，見錄於施蟄存主編：《詞籍序
跋萃編》，卷9，頁766。
〔註280〕 清‧許寶善：《自怡軒詞選‧凡例》，見錄於施蟄存主編：《詞籍序
跋萃編》，卷9，頁767。
〔註281〕 江合友：《明清詞譜史》（上海：上海古籍出版社，2008年5月），
頁432。
〔註282〕 王兆鵬：《詞學史料學》，頁347。

6.《蓼園詞選》

編者黃蘇，原名道溥，字蓼園，乾隆五十四年舉人。該選取材於明代顧從敬編選、沈際飛評點之《草堂詩餘正集》，共錄唐宋人詞 85 家 213 首。黃蘇選詞主張意內言外、比興寄託之說，尤重作品思想格調，貶斥空疏纖弱、無病呻吟之風，最關注憂國傷時、高雅激越之調，〔註 283〕表現出對浙派末流的積極反動，當屬常派先導。然其所選卻偏重北宋，又以周邦彥 23 首居冠，〔註 284〕可見其理念與實際選詞狀況不甚相符，故知是時浙派影響仍大。李煜詞入選僅 1 首，低於平均值的 2.51 首，可知李煜詞並非黃蘇喜愛的類型。

7.《詞選》和《續詞選》

《詞選》乃常州詞派最重要的選本，編者張惠言因時下風雅之士對詞有「懲於鄙俗之音，不敢與詩賦之流同類而風誦之」〔註 285〕的偏見，為推尊詞體，遂以經解詞，強調「意內而言外，謂之詞」〔註 286〕，又說「其緣情造端，興於微言，以相感動，極命風謠里巷男女哀樂，以道賢人君子幽約怨悱不能自言之情」〔註 287〕，提出「蓋詩之比興，變風之義，騷人之歌，則近之矣」〔註 288〕來拉近詞與《詩經》變風之義、《楚辭》騷人之歌當中所蘊藏的「賢人君子幽約怨悱不能自言之情」的關係，倡導詞也具有詩、騷的功能，用比興寄託之理論革新詞壇對詞體的認識，並矯正浙派末流虛浮之弊病。故其選詞

〔註 283〕王兆鵬：《詞學史料學》，頁 348～349。

〔註 284〕清・黃蘇、周濟、譚獻選評，尹志騰校點：《清人選評詞集三種・前言》（濟南：齊魯書社，1988 年 9 月），頁 2～3。

〔註 285〕清・張惠言：〈詞選序〉，施蟄存主編：《詞籍序跋萃編》，卷 9，頁 796。

〔註 286〕清・張惠言：〈詞選序〉，施蟄存主編：《詞籍序跋萃編》，卷 9，頁 796。

〔註 287〕清・張惠言：〈詞選序〉，施蟄存主編：《詞籍序跋萃編》，卷 9，頁 796。

〔註 288〕清・張惠言：〈詞選序〉，施蟄存主編：《詞籍序跋萃編》，卷 9，頁 796。

標準爲「莫不惻隱盱愉，感物而發，觸類條鬯，各有所歸，非苟爲雕琢曼辭而已」〔註289〕，首重詞有發自心中的情感內容，並以「惻隱盱愉」、「興於微言」的含蓄委婉的方式出之，方屬好詞，抨擊浙派「苟爲雕琢曼辭」。張惠言最欣賞溫庭筠詞的「深美閎約」〔註290〕，標舉爲典範，《詞選》共錄唐宋人詞 44 家 116 首，即以溫庭筠 18 首居冠，〔註291〕人均詞數 2.64 首。李煜詞入選 7 首，高於平均值，且幾爲亡國後之作，可見李煜「亡國之音哀以思」的作品，頗能符合張惠言重視的幽約怨悱、婉曲自傷之情。不過，「《詞選》之刻，多有病其太嚴者」〔註292〕，入選詞作太少，故張氏外孫董毅後來另輯《續詞選》，共選唐宋詞人 52 家 122 首，人均詞數 2.35 首，而以張炎 23 首居冠，秦觀 8 首居次，再次則周邦彥、姜夔，各入選 7 首，但溫庭筠僅 5 首，未進入前三名，可知董毅的標準與張惠言有別，較偏向浙派路線，又或者是以續補爲主，故名篇佳作不再重複所致，〔註293〕故李煜詞亦未入選。

8.《詞辨》

承接《詞選》之後，亦爲常州詞派的重要選本。《詞辨》屬周濟詞學理論建構的第二階段的代表作，大致上延續張惠言主寄託、重比興的思路，如潘曾瑋〈周氏詞辨序〉所言：

> 介存（指周濟）之詞，貳於晉卿（指董士錫），而其辨說多主張氏之言。……其所選與張氏略有出入，要其大旨，固

〔註289〕 清·張惠言：〈詞選序〉，施蟄存主編：《詞籍序跋萃編》，卷 9，頁 796。

〔註290〕 清·張惠言：〈詞選序〉，施蟄存主編：《詞籍序跋萃編》，卷 9，頁 796。

〔註291〕 王兆鵬：《詞學史料學》，頁 349。

〔註292〕 清·張琦：〈續詞選序〉，見錄於施蟄存主編：《詞籍序跋萃編》，卷 9，頁 800。

〔註293〕《續詞選》所選之詞人有與《詞選》重複者，詞即不再重複。又如李璟可信之詞共 4 首，《詞選》已然全數選入，《續詞選》即無法再選。此蓋爲李煜詞未入選之另一原因，其詞符合標準者，恐已爲張惠言挑去，餘者董毅便看不上眼了。

> 深惡夫昌狂雕琢之習而不反，而亟思有以厘定之，是故張
> 氏之意也……〔註294〕

觀之李煜詞入選9首，其中6首與張惠言《詞選》所錄相同，可證明
周濟多從張惠言之說而略有出入。然而，周濟試圖走出一己之路線，
可由《詞辨》分出「正聲」與「正聲之次」的脈絡看出：

> 自溫庭筠、韋莊、歐陽脩、秦觀、周邦彥、周密、吳文英、
> 王沂孫、張炎之流，莫不蘊藉深厚，而才豔思力，各騁一
> 途，以極其致。譬如匡廬、衡嶽，殊體而並勝；南威、西
> 施，別態而同妍矣。……南唐後主以下，雖駿快馳騖，豪
> 宕感激，稍稍漓矣，然猶皆委曲以致其情，未有亢厲剽悍
> 之習，抑亦正聲之次也。〔註295〕

溫庭筠等人「莫不蘊藉深厚」，而南唐後主以下，則「駿快馳騖，豪
宕感激，稍稍漓矣」，故將溫庭筠等列入正聲，為準式，李煜等則屬
「正聲之次」，標準是從「猶皆委曲以致其情，未有亢厲剽悍之習」
而來。故知周濟同張惠言一樣，崇尚「委曲以致其情」的含蓄敦厚的
風格，卻區分出正聲之次，清楚可見他不喜「亢厲剽悍之習」。《介存
齋論詞雜著》更明確劃分正、變二體：

> 向次《詞辨》十卷：一卷起飛卿為正；二卷起南唐後主為
> 變；名篇之稍有疵累者為三四卷；平妥清通，才及格調者
> 為五六卷；大體紕繆、精彩間出者為七八卷；本事詞話
> 為九卷；庸選惡札迷誤後生、大聲疾呼以昭炯戒為十卷。
>
> 〔註296〕

《詞辨》今存二卷，共選唐宋詞詞33家94首，人均詞數2.85首。
一卷為正，當中溫庭筠入選10首居冠，周邦彥入選9首居次。二卷
為變，當中辛棄疾入選10首居冠，李煜入選9首居次。將李煜詞列

〔註294〕　清・潘曾瑋：〈周氏詞辨序〉，見錄於施蟄存主編：《詞籍序跋萃
　　　　　編》，卷9，頁783。
〔註295〕　清・周濟：〈詞辨序〉，見錄於施蟄存主編：《詞籍序跋萃編》，卷9，
　　　　　頁781～782。
〔註296〕　清・周濟：《介存齋論詞雜著》，見錄於唐圭璋編：《詞話叢編》，冊
　　　　　2，頁1636。

在二卷變體，是因其詞「如生馬駒，不受控捉」〔註297〕，不夠符合溫柔敦厚的風人之旨。不過，由周濟將李煜列在變體之首，可知他是非常讚賞李煜詞的藝術價值的。且李煜詞入選 9 首，遠高於平均值，其詞在周濟心目中必定佔有很重的份量。

9.《詞則》

編者陳廷焯，乃常派後期重要詞家，主沉鬱頓挫之說，旨在扶雅放鄭。《詞則‧序》云：

> 自唐迄今，擇其尤雅者五百餘闋，匯爲一集，名曰《大雅》。長吟短諷，覺南齒雅化，湘漢騷音，至今猶在人間也。顧境以地遷，才有偏至，執是以導源，不能執是以窮變。《大雅》而外，爰取縱橫排戞、感激豪宕者四百餘闋爲一集，名曰《放歌》；取盡態極妍、哀戚頑豔者六百餘闋爲一集，名曰《閑情》；其一切清圓柔脆、爭奇鬪巧者，別錄一集，得六百餘闋，名曰《別調》。《大雅》爲正，三集副之，而總名之曰《詞則》。求諸《大雅》，固有餘師，即遁而之他，亦即可於《放歌》、《閑情》、《別調》中求《大雅》，不至入於岐趨。〔註298〕

《詞則》共分四集，《大雅》爲當中最雅的，特質是「長吟短諷，覺南齒雅化，湘漢騷音」，合乎風人之旨、楚騷遺音，共有 571 首；《放歌》爲「縱橫排戞、感激豪宕」，共 449 首；閑情者爲「盡態極妍、哀戚頑豔」，共 655 首；《別調》爲「清圓柔脆、爭奇鬪巧」，共 685 首。三集副於《大雅集》一集，這種歸屬法，有些類似周濟《詞辨》一卷爲正、二卷爲變的用意，然與周濟不同的是，其判定歸屬乃以個別詞作的特質爲標準，而不以詞人爲標準，故同一詞人之作，可能分別歸入不同集子，如李煜詞依每一闋特色不同，有被選入《大雅集》、《閑情集》、《別調集》三集，《放歌集》則未選，由此可見李煜詞在

〔註297〕 清‧周濟：《介存齋論詞雜著》，見錄於唐圭璋編：《詞話叢編》，冊 2，頁 1633。

〔註298〕 清‧陳廷焯：《詞則‧序》，上冊，頁 1～2。

陳廷焯心中的大致樣貌。四集自唐迄清，共選詞 470 多家 2360 首，〔註299〕人均詞數約 5.02 首。李煜詞共入選 16 首，遠高於平均值，可知其詞備受陳廷焯肯定。又四集分別有小序，以下進一步探討李煜詞歸入各集情況：

（1）《大雅集》

其序云：

> 古之爲詞者，志有所屬，而故鬱其辭；情有所感，而或隱其義，而要皆本諸風騷，歸於忠厚。自新聲競作，懷才之士皆不免爲風氣所囿，務取悦人，不復求本原所在。迦陵以豪放爲蘇、辛，而失其沉鬱；竹垞以清和爲姜、史，而昧厥旨歸。下此者，更無論矣。無往不復，皋文溯其源，蒿庵引其緒，兩宋宗風，一燈不滅。斯編之錄，猶是志也。〔註300〕

通過《大雅》一集之選錄標準之詞作，必須完全符合陳廷焯「本諸風騷，歸於忠厚」的最高宗旨，並「鬱其辭、隱其義」，以沉鬱頓挫之方式出之，使陳廷焯讀出當中隱約婉曲之志意、溫柔敦厚之詩教、香草美人之遺音。李煜詞入選 5 首，皆爲張惠言《詞選》所錄，可知陳廷焯「大雅」的標準，受張惠言影響甚鉅，故亦讚許李煜亡國之音哀以思之作。惟〈虞美人〉（春花秋月何時了）被歸入《別調》，與張惠言看法不一。

（2）《閑情集》

其序云：

> 〈閑情〉一賦，「白璧微瑕」，昭明誤會其旨矣。淵明以名臣之後，際易代之時，欲言難言，時時寄託。「閑情」云者，閑其情，使不得逸也。是以歷寫諸願，而終以所願必違，其不仕劉宋之心，言外可見。淺見者膠柱鼓瑟，致使美人香草之遺意，等諸桑間濮上之淫聲，此昭明之過也。茲編

〔註299〕 王兆鵬：《詞學史料學》，頁 354。
〔註300〕 清・陳廷焯：《詞則・大雅集序》，上冊，頁 7。

之選，綺說邪思，皆所不免。然夫子刪詩，並存鄭衛，知
所懲勸，於義何傷？名以「閑情」，願學者情有所閑，而求
合於正，亦聖人「思無邪」旨也。〔註301〕

陳廷焯闢《閑情》一集，有其用意，即「願學者情有所閑，而求合於
正」，終歸聖人思無邪之旨。因此，「茲編之選，綺說邪思，皆所不
免」，如同「夫子刪詩，並存鄭衛」。觀之李煜詞入選 3 首，乃〈一斛
珠〉（曉妝初過）、〈菩薩蠻〉（花明月暗籠輕霧）、〈長相思〉（雲一緺），
前二首均係李煜極為著名的豔情之作，符合陳廷焯此集之標準。

（3）《別調集》

其序云：

人情不能無所寄，而又不能使天下同出一途。大雅不多見，
而繁聲於是乎作矣。猛起奮末，誠蘇、辛之罪人；盡態逞
妍，亦周、姜之變調。外此則嘯傲風月，歌詠江山，規撫
物類，情有感而不深，義有託而不理。直抒所事，而比興
之義亡；侈陳其感，而怨慕之情失。辭極其工，意極其巧，
而不可語於大雅，而亦不能盡廢也。〔註302〕

《別調》一集，顧名思義，乃不能以特定名稱形容其風格的作品。「辭
極其工，意極其巧，而不可語於大雅，而亦不能盡廢」，種類繁多，
並歸於此。可見陳廷焯不拘泥於大雅，還相當看重其他富有藝術價值
的詞作，才將它錄為《別調》。李煜詞入選 8 首，乃《詞則》當中最
多者，可知其詞整體而言，在陳廷焯心中比較是屬於「別調」的範疇，
呼應其《白雨齋詞話》論歷代詞時將李煜歸入「文過於質」〔註 303〕
者。

不過，李煜詞完全沒有入選於《放歌集》。據〈放歌集序〉云：

若瑰奇磊落之士，鬱鬱不得志，情有所激，不能一軌於正，

〔註301〕 清・陳廷焯：《詞則・閑情集序》，下冊，頁 841。
〔註302〕 清・陳廷焯：《詞則・別調集序》，下冊，頁 531。
〔註303〕 清・陳廷焯：《白雨齋詞話》，見錄於唐圭璋編：《詞話叢編》，冊 4，
頁 3968～3969。

　　　　而胥於詞發之。風雷之在天；虎豹之在山；蛟龍之在淵。
　　　　恣其意之所向，而不可以繩尺求。酒酣耳熱，臨風浩歌，
　　　　亦人生肆志之一端也。〔註304〕

從「風雷之在天；虎豹之在山；蛟龍之在淵。恣其意之所向，而不可
以繩尺求」，可知陳廷焯對《放歌》內作品的觀感，實在有些雷同於
周濟《詞辨》變體的「駿快馳騖，豪宕感激」，然而，李煜詞給陳廷
焯的感覺，卻毫無那樣的氣息氛圍，可見不同讀者對同一詞人的看
法，有其個人獨到的體會。此外，陳廷焯《詞則》細分四集，較周濟
《詞辨》精緻之處在於，他重視每一闋詞給他的獨特感覺，再將它歸
屬於四集中合適者，而不以詞人爲限。

　　10. 《湘綺樓詞選》

　　　　編者王闓運，字壬秋，號湘綺，咸豐七年舉人。全書共錄五代至
南宋詞人 55 家 76 首，以姜夔、蘇軾各 5 首居冠，〔註305〕人均詞數
1.38 首。其〈湘綺樓詞選序〉云：

　　　　余間爲女婦言，亦知有小詞否，靡靡之音，自能開發心思，
　　　　爲學者所不廢也。周官禮教，不屏野舞縵樂，人心旣正，
　　　　要必有閒情逸致、遊思別趣，如徒端坐正襟，茅塞其心，
　　　　以爲誠正，此迂儒枯禪之所爲，豈知道哉。〔註306〕

所謂「要必有閒情逸致、遊思別趣，如徒端坐正襟，茅塞其心，以爲
誠正，此迂儒枯禪之所爲」，可知王闓運非固守禮教者，對詞的看法
較開放，雖處於常派籠罩詞壇之際，卻不專主政治教化意味濃厚的比
興寄託，詞之「閒情逸致、遊思別趣」反倒爲其所認可。李煜詞入選
3 首，高於平均值的 1.38 首，故王闓運於其詞之接受程度頗高。

　　11. 《藝蘅館詞選》

　　　　編者梁令嫻，乃梁啓超長女，詞學理念折衷於浙派和常派之間。

〔註304〕　清・陳廷焯：《詞則・放歌集序》，上冊，頁 283。
〔註305〕　王兆鵬：《詞學史料學》，頁 355。
〔註306〕　清・王闓運：〈湘綺樓詞選序〉，見錄於施蟄存主編：《詞籍序跋萃
　　　　　編》，卷 9，頁 807。

其序云：「近世朱竹垞氏網羅百代，泐爲《詞綜》，王德甫氏繼之，可謂極茲事之偉觀。然苦於浩瀚，使學子有望洋之嘆。若張皋文氏之《詞選》、周止庵氏之《宋四家詞選》，精粹蓋前無古人。然引繩批根，或病太嚴，主奴之見，諒所不免」〔註307〕，蓋以爲《詞綜》過於浩繁，《詞選》又病其太嚴，故「斟酌於繁簡之間」〔註308〕，將早年學詞手抄之歷代詞家二千多首加以刪減汰選，而成該書。共分甲、乙、丙、丁、戊五卷，依序各選唐五代詞 31 家 111 首，以明淵源；北宋詞 33 家 129 首；南宋詞 52 家 191 首；清詞 68 家 167 首；後來增補之宋詞 3 家、清詞 19 家，共 78 首。〔註309〕五卷共 206 家 676 首，人均詞數 3.28 首。李煜詞入選 14 首，無論是就全書之平均值 3.28，或是唐五代之平均值 3.58 而言，皆遠遠超出甚多，可知李煜詞備受梁令嫻肯定、欣賞。

再看其選詞標準，〈藝蘅館詞選序〉有言：

> 抑令嫻聞諸家大人曰：凡詩歌之文學，以能入樂爲貴。在吾國古代有然，在泰西諸國亦靡不然。以入樂論，則長短句最便，故吾國韻文，由四言而五七言，由五七言而長短句，實進化之軌轍使然也。詩與樂離蓋數百年矣，近今西風沾被，樂之一科，漸復佔教育界一重要之位置，而國樂獨立之一問題，士夫間莫或厝意。後有作者，就詞曲而改良之，斯其選也。然則茲編之作，其亦可以免玩物喪志之誚歟！〔註310〕

所謂「凡詩歌之文學，以能入樂爲貴」、「以入樂論，則長短句最便」、「後有作者，就詞曲而改良之，斯其選也。然則茲編之作，其亦可以

〔註307〕 清・梁令嫻：〈藝蘅館詞選序〉，見錄於施蟄存主編：《詞籍序跋萃編》，卷9，頁806。
〔註308〕 清・梁令嫻：〈藝蘅館詞選序〉，見錄於施蟄存主編：《詞籍序跋萃編》，卷9，頁806。
〔註309〕 王兆鵬：《詞學史料學》，頁356。
〔註310〕 清・梁令嫻：〈藝蘅館詞選序〉，見錄於施蟄存主編：《詞籍序跋萃編》，卷9，頁806～807。

免玩物喪志之誚」，可知梁令嫻受其父梁啓超影響，非常重視詞之音樂性，故李煜詞入選數量如此多，和李煜本身精通音律，且其時代詞與樂尚未分離，有著密切關係。

12.《唐五代詞選》

編者成肇麐，號漱泉，同治十二年舉人。該選共三卷，以人編次，共錄唐五代詞 49 家 347 首，人均詞數 7.08 首。卷上選唐昭宗、李煜、溫庭筠等 25 家 118 首；卷中選韋莊、李珣等 12 家 117 首；卷下選歐陽炯等 12 家 112 首。三卷中，以馮延巳 54 首最多，溫庭筠 40 首居次，李煜 27 首第三。〔註 311〕由前三名觀之，馮延巳和李煜分別居第一和第三，可見成肇麐極為欣賞南唐詞，雖然李煜詞入選的總數 27 首，僅為馮延巳 54 首的一半，不過這是因為馮延巳現存作品多達上百首，而李煜詞可信者才 38 首，若以這樣的比例來說，則李煜詞中選的數量，實較馮延巳為多。且以全書平均值 7.08 首而言，李煜詞也遠遠超過這個數量，故知其詞在成肇麐心中地位崇高。陳廷焯對該選讚譽有加，《白雨齋詞話》卷五：

> 成肇麐《唐五代詞選》刪削俚褻之詞，歸於雅正，最為善本。唐五代為詞之源，而俚俗淺陋之詞，雜入其中，亦較後世為更甚。致使後人陋《花間》、《草堂》之惡習，而並忘緣情託興之旨歸，豈非操選政者加之屬乎？得此一編，較顧梧芳所輯《尊前集》，雅俗判若天淵矣。〔註 312〕

「刪削俚褻之詞，歸於雅正」、保有「緣情託興之旨歸」，乃陳廷焯最稱許該選之處。雖然這樣的評語是陳廷焯以常派詞學宗旨加之於該選而來，卻也反映出該選審美標準的某種傾向，試觀李煜詞入選者並無〈一斛珠〉（曉妝初過）和〈菩薩蠻〉（花明月暗籠輕霧）這兩闋豔情之作，可知陳廷焯所言不虛。

〔註 311〕 王兆鵬：《詞學史料學》，頁 358。
〔註 312〕 清・陳廷焯：《白雨齋詞話》，見錄於唐圭璋編：《詞話叢編》，冊 4，頁 3889。

（二）詞譜

1.《填詞圖譜》（含《填詞圖譜‧續集》）

全書六卷、續集三卷，皆賴以邠所著，乃踵張綖《詩餘圖譜》而作，編排依詞調字數多寡而分，按小令、中調、長調序列，共錄 545 調 679 體。〔註313〕《填詞圖譜‧凡例》云：

> 填詞宋雖後於唐，而詞以宋為盛。每調之詞，宋不可得，方取唐，唐不可得，方及元明。梁武帝曾有〈江南弄〉等詞，雖六朝已濫觴，概不敢盡取。〔註314〕

可知賴以邠特別看重宋詞，認為宋代是詞的極盛時期，故所選詞例，以宋代為優先。對此，江合友提出批評：

> 每一詞調均優先選擇宋詞的作法也值得商榷，如該調並非於宋代創體，則似乎選擇其創調時代作品更加妥當。但是選擇詞譜的例詞標準自來都很含混，詞譜與詞選所載之詞區分不明，《填詞圖譜》提出宋詞優先的標準雖不免仍有選詞傾向，但卻淡化了風格，強調詞調發展的時代性因素。因此這一細微的變化昭示著詞譜選詞重格律發展時代的觀念開始甦醒，詞譜不僅在是否有圖譜這一點與詞選相區別，而且在詞例選擇方面也與詞選進一步疏離。風格化的因素需要盡量壓縮，格律和體格的標準則進一步提升。〔註315〕

雖然優先錄取宋詞為範例有其根本上的問題，不知置唐代即創調之詞於何地？且同一詞調，宋代可能已有新的發展，如單調變雙調、小令變慢曲等，姑先撇開這類問題不談，以宋詞為準，可視為賴以邠試圖跳脫明代張綖「所錄為式者，皆婉約之體」，建立淡化風格的選詞標準，誠如江合友所說「《填詞圖譜》提出宋詞優先的標準雖不免仍有

〔註313〕 王兆鵬：《詞學史料學》，頁 10。
〔註314〕 清‧賴以邠：《填詞圖譜》（臺南：莊嚴文化事業有限公司《四庫全書存目叢書》本，1997 年 6 月），集部，冊 426，頁 1。
〔註315〕 江合友：《明清詞譜史》（上海：上海古籍出版社，2008 年 5 月），頁 91～92。

選詞傾向，但卻淡化了風格，強調詞調發展的時代性因素」、「風格的因素被壓縮，格律和體格的標準則進一步提升」。以此檢視李煜詞僅有 3 首入選，這種狀況便不讓人意外了。入選的三首爲〈望江南〉二首（多少恨）、（多少淚）以及〈虞美人〉（春花秋月何時了），其中〈望江南〉賴以邠視爲雙調，乃沿明人之弊，錯將單調唐詞入宋後始成雙調之情況，當作原先即爲雙調。不過，這也反映出李煜此詞受賴以邠青睞，錄爲〈望江南〉之範式。另〈虞美人〉一詞，宋人塡之者不少，賴以邠卻也選李煜之作爲準，可見此詞自宋至清流傳甚廣，接受程度一直相當高。

2.《詞律》、《詞律拾遺》、《詞律補遺》

賴以邠《塡詞圖譜》尙有明代治學不嚴謹的諸多疏漏，直到萬樹《詞律》出，發揚清初三大家學術思想的理念，自此詞譜有了一個體例相對完善、內容相對系統的範本，詞譜始脫離庸俗實用主義的舊轍，而進入學術的層面。〔註 316〕萬樹鑑於「近來譜圖，實多舛誤」〔註 317〕，故「志在明腔正格」〔註 318〕，遂成鉅作《詞律》，《四庫全書總目‧詞律二十卷提要》亦謂：

> 是編（指《詞律》）糾正《嘯餘圖譜》及《塡詞圖譜》之訛，以及諸家詞集之舛異，……要之，唐宋以來倚聲度曲之法，久已失傳，如樹者固已十得八九矣。〔註 319〕

高度肯定萬樹精審「倚聲度曲之法」對詞壇的貢獻。萬樹〈詞律自敘〉談及博蒐廣集、審調求準之過程：

> 及搜鄴架之所存，惟《花庵》、《草堂》、《尊前》、《花間》、《萬選》、汲古刻諸家、沈氏四集、《嘯餘譜》、《詞統》、《詞

〔註 316〕 江合友：《明清詞譜史》，頁 131。

〔註 317〕 清‧萬樹：〈詞律自敘〉，見錄於施蟄存主編：《詞籍序跋萃編》，卷 10，頁 881。

〔註 318〕 清‧萬樹：〈詞律自敘〉，見錄於施蟄存主編：《詞籍序跋萃編》，卷 10，頁 881。

〔註 319〕 清‧永瑢、紀昀等：《四庫全書總目‧詞律二十卷提要》，見錄於施蟄存主編：《詞籍序跋萃編》，卷 10，頁 887～888。

匯》、《詞綜》、《選聲》數種聊用參較，考其調之異同，酌
其句之分合，辨其字之平仄，序其篇之短長。務標準於名
家，必酌中於各制。有調同名別者，則刪而合之；有調別
名同者，則分而疏之。復者釐之，缺者補之。……計爲
卷二十，爲調六百六十，爲體千一百八十有奇。其篇則取
之唐宋，兼及金元，而不收明朝自度。本朝自度之腔，於
字則論其平仄，兼分上去，而每詳以入作平、以上作平之
說。〔註 320〕

是知萬氏幾乎將歷來可觀之詞選、刻本等，作一全面而系統的篩檢，
時間涵蓋唐、宋、金、元，獨不收明代自度，可見萬樹對於明人治學
之粗疏是了然於心的。《詞律》所收範例，「務標準於名家」、「復者釐
之，缺者補之」，共得 660 調 1180 多體，果眞是當時最精當翔實的詞
譜，備體之用意甚爲明顯。然其選詞「推尋本源，期於合轍而止」
〔註 321〕，又《詞律》全書編排依正體之詞句字數多寡，遞增排列，
自〈竹枝〉14 字到〈鶯啼序〉240 字。故詞調體式之本源，乃萬樹所
重視者，《詞律》已然又有別於清初的《塡詞圖譜》，完全跳脫明代風
格取向的圖譜，眞正建立縝密嚴格的學術體系。觀之李煜詞共入選 7
首，數量不多，誠因李煜非處於創調階段所致，在李煜之前有人作過
某調之詞，依萬樹的原則，會尊重原創者，或選先於李煜者。

　　不過，李煜中選的 7 首詞調裡面，也有和唐代同名者，如〈浪淘
沙〉（簾外雨潺潺），劉禹錫、司空圖都曾作過；另〈一斛珠〉（曉妝
初過），則有江采蘋之作。唐代的〈浪淘沙〉和〈一斛珠〉全屬七言
絕句形式，類別介於聲詩和詞的模糊地帶。〔註 322〕李煜之作雖和唐

〔註 320〕清・萬樹：〈詞律自敘〉，見錄於施蟄存主編：《詞籍序跋萃編》，卷
　　　　　10，頁 881。
〔註 321〕清・吳興祚：〈詞律序〉，見錄於施蟄存主編：《詞籍序跋萃編》，卷
　　　　　10，頁 884。
〔註 322〕唐代劉禹錫〈浪淘沙〉共九首，全爲七言絕句，《全唐五代詞》均
　　　　　列在正編，代表屬於詞的體例無疑。茲舉當中二首：「日照澄洲江
　　　　　霧開。淘金女伴滿江隈。美人首飾侯王印，儘是沙中浪底來」、「流

代之作同名，其句法、字數卻皆和唐代的七言絕句形式完全不同了，可謂李煜新創。若將唐代之作歸於聲詩，則李煜所作即為創調，而非改變體製。再有〈烏夜啼〉（昨夜風兼雨）一闋亦為李煜所創，史無前例，和同名異調、又稱〈相見歡〉之〈烏夜啼〉截然不同。又，仄韻〈浣溪沙〉（紅日已高三丈透）一闋也赫然入選，可見此闋〈浣溪沙〉用仄韻，實為古今唯一。除上述創調或獨特之詞外，又因李煜乃五代不容忽視之名家，故某些佳作仍受萬樹青睞，錄以為式。

　　清末同治間，徐本立、杜文瀾分別作《詞律拾遺》和《詞律補遺》，補正《詞律》之失誤。據俞樾〈詞律拾遺序〉：

> 卷一至卷六補其未備，原書所未收之調，今為補之，曰「補調」；原書已收而未盡厥體，今亦補之，曰「補體」；卷七、卷八則訂正原書者居多，曰「補注」。〔註323〕

可知徐本立僅為《詞律》補調、補體，並作訂正，共補充 165 調 495 體，〔註324〕如此，雖然李煜詞只入選 1 首，卻不令人意外。此首乃是〈謝新恩〉（冉冉秋光留不住），僅李煜有作，前後均無此調，故徐

水淘沙不暫停。前波未滅後波生。令人忽憶瀟湘渚，回唱迎神三兩聲」；司空圖的〈浪淘沙〉僅一首：「不必長漂玉洞花。曲中偏愛浪淘沙。黃河卻勝天河水，萬里縈紆入漢家。」《全唐五代詞》卻列在副編，而江采蘋〈一斛珠〉：「柳葉雙眉久不描。殘妝和淚汙紅綃。長門盡日無梳洗，何必珍珠慰寂寥。」同樣也入副編。雖然形式上看來，此三人之作都是七言絕句，但《全唐五代詞》編纂凡例有言：「副編收錄屬詩屬詞，唐宋人有爭議之作品」或「明清人詞選集、總集、詞譜、詞話等詞集所載錄，而可考原為詩，後被度入聲律演唱，並賦予詞名之作品（即被採入樂的聲詩），以及可考原為樂府或絕句，而被明清人改加詞調之作品」。（參曾昭岷等編著：《全唐五代詞》，上冊，頁 1～2、60～62；下冊，頁 1048、1277）由此可知，司空圖和江采蘋之作介於詩和詞的模糊地帶，原應為絕句，後被採入樂成聲詩或改加詞調。而劉禹錫之作雖為詞體，卻和李煜之作的長短句形式完全不同，可見李煜〈浪淘沙〉已經異於唐代之調體，乃李煜首創。〈一斛珠〉亦為李煜首創之詞調。

〔註323〕　清・俞樾：〈詞律拾遺序〉，見錄於施蟄存主編：《詞籍序跋萃編》，卷 10，頁 886。

〔註324〕　王兆鵬：《詞學史料學》，頁 12。

本立將它補入。而杜文瀾的《詞律補遺》，則在《詞律》以及《詞律拾遺》的基礎上，又增補了 50 調，〔註 325〕李煜詞未曾入選，也是意料中之事。

3.《御定詞譜》

陳廷敬、王奕清等奉康熙敕令輯纂，共四十卷。據《四庫全書總目·御定詞譜四十卷提要》：

> 自《嘯餘譜》以下，皆以此法推究，得其涯略，定爲科律而已。然見聞未博，又或參以臆斷無稽之說，往往不合於古法。惟近時萬樹作《詞律》，析疑辨誤，所得爲多，然仍不免於舛漏。惟我聖祖仁皇帝聰明天授，事事皆深契精微，既御定唐、宋、金、元、明諸詩，立詠歌之準，御纂律呂精義，通聲氣之元。又以詞亦詩之餘派，其音節亦樂之支流，爰命儒臣，輯爲此譜。凡八百二十六調，二千三百六體，凡唐至元之遺篇，靡弗采錄。元人小令，其言近雅者，亦間附之。唐宋大曲，則匯爲一卷，綴於末。每調各注其源流，每字各圖其平仄，每句各注其韻叶，分刌節度，窮極窈眇，倚聲家可永守法程。〔註 326〕

該選爲官修之大型詞譜，共錄 826 調 2306 體，較之《詞律》整整多出 166 調 1126 體，以「備體」之用意而言，堪稱完善。從「惟近時萬樹作《詞律》，析疑辨誤，所得爲多，然仍不免於舛漏」，可知《御定詞譜》是在《詞律》的基礎上修訂、擴增而來。《御定詞譜》和《詞律》的相承關係，可由體例看出，如萬樹《詞律》在選詞標準上已有「備體」的考量，對唐五代時期產生的許多與詩類同的詞，均加以收錄，〔註 327〕《御定詞譜》與之理念一致，又更重視文獻方面的蒐羅，如其〈凡例〉云：「唐人長短句，悉照《尊前》、《花間》、

〔註 325〕 王兆鵬：《詞學史料學》，頁 12。
〔註 326〕 清·永瑢、紀昀等：《四庫全書總目·御定詞譜四十卷提要》，見錄於施蟄存主編：《詞籍序跋萃編》，卷 10，頁 898。
〔註 327〕 江合友：《明清詞譜史》，頁 151。

《花庵》諸選收入，其五、六、七言絕句，亦各探一、二首以備其體。」〔註328〕

　　《御定詞譜》之選詞準則，其一乃「備體」，其二乃「嚴律」，〈御定詞譜序〉曰：「詞之有圖譜，猶詩之有體格」〔註329〕，具體呈現方式如《四庫全書總目‧御定詞譜四十卷提要》云：「每調各注其源流，每字各圖其平仄，每句各注其韻叶，分刊節度，窮極窈眇，倚聲家可永守法程。」注重調體之源流、格律之嚴謹、音韻之諧和。在備體和嚴律的考量下，是否爲某調之創調者或最早之紀錄、是否爲正體等，就變得至關重要，如其〈凡例〉云：「每調選用唐、宋、元詞一首，必以創始之人所作本詞爲正體，如〈憶秦娥〉創自李白，四十六字，至五代馮延巳則三十八字，宋毛滂則三十七字，張先則四十一字，皆李詞之變格也。斷列李詞在前，諸詞附後，其無考者，以時代爲先後。」〔註330〕李煜詞入選 11 首，數量實在不多，原因和《詞律》一樣，其詞用調多非創調始祖，然〈浪淘沙〉（簾外雨潺潺）、〈一斛珠〉（曉妝初過）、〈烏夜啼〉（昨夜風兼雨）、仄韻〈浣溪沙〉（紅日已高三丈透）皆獲選，顯然沿自《詞律》，以其爲李煜獨創。另有〈謝新恩〉二闋，〔註331〕亦李煜所創，空前絕後。餘則爲名篇佳作，可資模範。

〔註328〕　清‧王奕清等奉敕輯：《御定詞譜‧凡例》（北京：商務印書館《文津閣四庫全書》本，2005 年），冊 500，頁 301。

〔註329〕　清‧王奕清等奉敕輯：《御定詞譜‧序》（臺北：臺灣商務印書館《景印文淵閣四庫全書》本，1983 年 6 月），冊 1495，頁 1。

〔註330〕　清‧王奕清等奉敕輯：《御定詞譜‧凡例》（北京：商務印書館《文津閣四庫全書》本，2005 年），冊 500，頁 302。

〔註331〕　《御定詞譜》將此詞視爲一闋，然據《南唐二主詞》，「金窗力困起還慵」乃另一闋詞之殘句，不能牽強補入「庭空客散人歸後」闋的漏句之處，因〈謝新恩〉原共有六闋，若把此兩闋合併，則不足六闋之數了。另《花草粹編》、《歷代詩餘》、王國維均將〈謝新恩〉視爲〈臨江仙〉同調異名者，然李煜有一闋完整之〈臨江仙〉（櫻桃落盡春歸去），此六闋〈謝新恩〉卻都有缺字、缺句，六闋之間是否有異體，都殊有疑問，何況要一起歸於和〈臨江仙〉同調，爭議更大，故筆者不認爲〈臨江仙〉和〈謝新恩〉兩者同調。參南唐‧李璟、李煜著，王仲聞校訂：《南唐二主詞校訂》（臺北：河洛圖書

4. 《詞繫》

編者秦巘，字玉笙，號綺園，道光元年舉人。《詞繫》成書於道光、咸豐間，共二十四卷，收詞 1029 調，2220 餘體，〔註332〕依唐、五代、宋、金、元爲序，以人物排列，於人名底下分列詞調，標明體式總數。《詞繫・凡例》云：「以《詞律》爲藍本，於其缺者增之，訛者正之。非敢大肆譏評，聊爲補闕拾遺之一助。」〔註333〕可知《詞律》乃其底本，秦巘有心在《詞律》的基礎上進一步完善詞譜。又云：「古無詞譜，自沈天羽《草堂詩餘箋》、張南湖《詩餘圖譜》、程明善《嘯餘譜》，遞相纂述。厥後朱竹垞《詞綜》、汪葵川《詞名集解》、許穆堂《自怡軒詞譜》、張永川《詞林紀事》、陶鳧薌《詞綜補遺》、謝默卿《碎金詞譜》、葉小庚《天籟軒詞譜》、戈順卿《詞律訂》諸書，層見疊出，未可悉數。皆足以發明詞學，原無待於贅述。然講聲調者不稽格律，紀故實者或略宮商。各拘一格，未能兼備。伏讀《欽定詞譜》、《御選歷代詩餘》，搜羅該洽，論斷詳明，實集詞家之大成也。」〔註334〕可知秦巘欲結合「講聲調」和「紀故實」兩類詞籍所長，著作一部能夠兼顧雙方面、容納更爲全面的詞學知識的詞譜。〔註335〕因此，除了大量增加詞調的收錄外，還加強對同調異體的搜羅，其所列舉的異體數量，不僅遠超過《詞律》，有的甚至比《御定詞譜》更多。〔註336〕《詞繫》既是承繼《詞律》和《御定詞譜》路線而來，更擴而充之，「備體」顯然爲其最主要的目的，李煜詞入選 19 首，較《詞律》和《御定詞譜》爲多，即可見秦巘蒐羅詞調、細分異體的用心。這 19 首之中，〈浪淘沙〉（簾外雨潺潺）、〈一斛珠〉（曉妝初過）、

出版社，1975 年 10 月），頁 44〜47。
〔註332〕 王兆鵬：《詞學史料學》，頁 12。
〔註333〕 清・秦巘編著，鄧魁英、劉永泰校點：《詞繫・凡例》（北京：北京師範大學出版社，1996 年 9 月），頁 2。
〔註334〕 清・秦巘編著，鄧魁英、劉永泰校點：《詞繫・凡例》，頁 1。
〔註335〕 江合友：《明清詞譜史》，頁 205。
〔註336〕 江合友：《明清詞譜史》，頁 211。

〈烏夜啼〉（昨夜風兼雨）、仄韻〈浣溪沙〉（紅日已高三丈透）、〈謝新恩〉等又皆獲選，顯然沿自《詞律》和《御定詞譜》，以其爲李煜獨創之故。值得注意的是，〈臨江仙〉和〈謝新恩〉皆入選，可見秦巘認爲這兩闋詞非屬同調。〈謝新恩〉受秦巘所選有四闋，其中兩闋和《御定詞譜》一樣，但何以多選「秦樓不見吹簫女」及「冉冉秋光留不住」兩闋，是否將它們視爲異體？實堪玩味。然而，過度講究異體也造成另一種浮泛的缺失，如江合友所評：

> 秦巘放寬了選調的標準，有些其他編者均不採錄的詞調，也被收進譜內，比如元人散曲小令、唐代聲詩等，這些新增詞調本身的歸類，還存在不少爭議，勉強收入，價值並不大。〔註337〕

《詞繫》這種浮泛的缺失，對於李煜詞而言，最明顯的例子，即收入〈嵇康曲〉（薛九三十侍中郎）一調，此調其他編者均不採錄，更未見於《南唐二主詞》和別的選本。就筆者所見，此調最早爲宋代王銍《侍兒小名錄》記載：

> 薛九，江南富家子，得侍宮中，善歌〈嵇康〉。〈嵇康〉，江南曲名也。學舞於鍾離氏。建業破，零落於江北。予遇於洛陽福善坊趙春舍，飲酣，於是歌〈嵇康〉，其詞，即後主所製焉。嘗感激，坐人皆泣。春舉酒請舞，謝曰：「老矣，腰腕衰硬，無復舊態。」乃強起小舞，終曲而罷。〔註338〕

其後明代顧起元《客座贅語》卷六亦載：

> 薛九，江南富家子，得侍李後主宮中。善歌〈嵇康〉。〈嵇康〉，江南曲名，後主所製也。江南平，零落江北，逢人歌此曲。嘗一歌，坐人皆泣。後易爲〈嵇康曲舞詞〉曰：「薛九三十侍中郎。蘭香花態生春堂。龍蟠王氣變秋霧，淮聲與水浮秋霜。宜城酒煙濕霧腹。與君試舞當時曲。玉樹遺

〔註337〕 江合友：《明清詞譜史》，頁212。
〔註338〕 宋・王銍：《侍兒小名錄》，此則見錄於鄧子勉編：《宋金元詞話全編》，上冊，頁554。

詞莫重聽，黃塵染鬢無前綠。」〔註339〕

顧起元所錄之〈嵇康曲舞詞〉內容宋代未見，實在不知所出，然此則
又受清代沈雄《古今詞話・詞話》上卷「嵇康曲舞詞」條轉載，意思
雷同，字句間有出入：

> 《客座贅語》曰：薛九，江南富家子，得侍李後主宮中。
> 善歌〈嵇康曲〉，曲爲後主所製。江南平，零落江北，嘗一
> 歌之，坐人皆泣。後易爲〈嵇康曲舞詞〉云：「薛九三十侍
> 中郎。蘭香花媚生春堂。龍蟠王氣變秋霧，淮聲泗水浮秋
> 霜。宜城酒煙生霧服。與君試舞當時曲。玉樹遺詞悔重聽，
> 黃塵染鬢無前綠。」〔註340〕

綜觀宋代至清代詞話所述，可知宋代原本僅提到薛九所歌的〈嵇康曲〉
曲調是李煜所製，並未確定改易爲〈嵇康曲舞詞〉的詞調和詞文是李
煜所作，故此調之內容是否李煜所作，又是否即爲宋代王銍所聽聞
者，殊有疑問。秦巘很可能是據詞話輯入，歸爲李煜所創之調，態度
並不嚴謹，無法取信於人，僅能視爲他個人的接受狀況，故筆者不予
採納。

5.《天籟軒詞譜》

編者葉申薌，字小庚，嘉慶十四年爲翰林。據《天籟軒詞譜・發
凡》：「薌素不諳音律，而酷好塡詞，自束髮受書，即竊相摹擬。遠宦
萬里，行篋無書，暇時輒取《詞律》，親爲編次，乃竟裒然成帙。」
〔註341〕可知該譜乃編次《詞律》而來。道光十年，葉申薌因見《御
定詞譜》和《歷代詩餘》，發現《詞律》失收詞調甚多，編整舊著，
增廣詞調成四卷，並補遺一卷。至道光十一年，與《詞韻》一卷合刊，
成《天籟軒五種本》。卷一到卷四共收詞 1028 闋，卷五《補遺》收詞

〔註339〕 明・顧起元：《客座贅語》（上海：上海古籍出版社《續修四庫全書》
本，2002 年 3 月），冊 1260，頁 196。
〔註340〕 清・沈雄：《古今詞話・詞話》，見錄於唐圭璋編：《詞話叢編》，冊
1，頁 758。
〔註341〕 清・葉申薌：《天籟軒詞譜・發凡》（清道光間刊本），頁 6。

166 闋，乃補《詞律》未列之調。〔註 342〕全書共收詞 771 調 1194 首。
又據顧蒓〈天籟軒詞譜序〉：「編調、選詞、辨韻、分句，則有《詞律》
之精覈，而無其拘；有《詞律》之博綜，而刪其冗。誠藝苑之圭臬，
而詞壇之矩矱也。上追唐賢樂府，下汰元人雜曲」〔註 343〕，可知葉
申薌對《詞律》作過一番調整，保留精粹，去其繁冗，可視爲《詞律》
的精簡版。該譜目錄分散於各卷，以詞調分類，未注詞調異名，也未
詳列異體。觀其所收李煜詞 11 首，僅有 5 首同於《詞律》，而有 8 首
同於《御定詞譜》，可知葉申薌雖說該譜乃取《詞律》編次，卻因見
過《御定詞譜》，故以李煜詞而言，所收之詞調和《御定詞譜》相同
者，反倒較多。其中〈浪淘沙〉、〈一斛珠〉、〈烏夜啼〉、仄韻〈浣溪
沙〉、〈謝新恩〉五闋仍在列，顯然是襲自《詞律》和《御定詞譜》。
餘者則爲葉申薌一己別於前述詞譜的見解，值得注意的是，〈臨江仙〉
（櫻桃落盡春歸去）和〈謝新恩〉（冉冉秋光留不住）皆入選，可見
葉申薌和秦巘看法一樣，認爲這兩闋詞非屬同調。

6.《白香詞譜》

編者舒夢蘭，字香叔，一字白香，晚號天香居士。該譜僅選一百
種常用之調，每調一詞一譜，共 100 首，頗爲精省。所舉例詞，涵蓋
唐五代至清代共 59 詞家，多爲名篇，從〈憶江南〉到〈多麗〉，按字
數由寡至多排列，不分小令、中調、長調。舒夢蘭鑑於《詞律》、《御
定詞譜》等大型詞譜列舉的詞調異體過多過繁，無益初學者，而萬樹
嚴律之見也太拘泥，故以抒發性情爲出發點，提出折衷爲譜的主張。
如此一來，《白香詞譜》作爲填詞者的啓蒙讀物，十分便捷，通行遂
廣。〔註 344〕是以此譜若去除圖譜，即爲一部風格化的詞選，帶有舒
夢蘭一己鮮明的選詞標準，如江合友所論：

〔註 342〕 江合友：《明清詞譜史》，頁 178。
〔註 343〕 清·顧蒓：〈天籟軒詞譜序〉，見錄於清·葉申薌：《天籟軒詞譜》（清
　　　　　道光間刊本），頁 3。
〔註 344〕 江合友：《明清詞譜史》，頁 191。

其選其不重創體，只選符合自己審美觀點之作，故涉及詞
家五十九人，自唐代迄清代皆有，而以兩宋詞人爲主。譜
中每首詞均加上詞題，基本上不出怨情、閨思、時令、詠
物、妓席、贈答、別離等内容，可見舒夢蘭之偏好。此譜
既以通俗便捷爲編選目的，兼之舒夢蘭個人所尚，造成整
體格調不高、纖巧不厚之弊。〔註 345〕

「通俗便捷」、「内容不出怨情、閨思、時令、詠物、妓席、贈答、別
離」，既是《白香詞譜》之特點，也是認爲「樂律本性情中物」的舒
夢蘭的選詞標準。李煜詞入選 6 首，遠高於平均值 1.69 首，可見其
詞情眞意切、擅賦體白描、清新不雕琢的特色，很受舒夢蘭欣賞，也
符合初學者所需。《白香詞譜》實用性甚高，故流傳廣泛，爲之箋注
者也多，〔註 346〕這些都有助於李煜詞的傳播接受，增加初學者接觸
其詞的機會，並帶動其詞更加膾炙人口。

7.《碎金詞譜》（含《碎金詞譜・續譜》）

編者謝元淮，字默卿，又作墨卿，又字鈞緒。乾隆四十九年生，
卒年不詳。該選初稿六卷，於道光二十三年編定，初刻於道光二十四
年，是爲甲辰本。後來又有增修，對《歷代詩餘》和《御定詞譜》詳
加參訂，〔註 347〕於道光二十七年定爲《碎金詞譜》十四卷，並《碎
金續譜》六卷、《碎金詞韻》四卷，道光二十八年刊行，是爲戊申本。
《碎金詞譜》戊申本共收詞 558 首，《續譜》則收詞 244 首，〔註 348〕
合計共 802 首，該譜和《白香詞譜》一樣，實用性較高，可謂對《詞
律》以來大型詞譜過於繁冗的一種反動和彈性調整，讓填詞者更方便

〔註 345〕 江合友：《明清詞譜史》，頁 192～193。
〔註 346〕 從清代至今即有陳栩、陳小蝶《考證白香詞譜》、謝朝徵《白香詞
　　　　　 譜箋》、胡山源《考釋作法白香詞譜》、范光明《白話考證白香詞譜》
　　　　　 等，爲之箋注、考證、校對、翻成白話等，可見其傳播之廣，影響
　　　　　 之深。參王兆鵬：《詞學史料學》，頁 13～14。
〔註 347〕 清・謝元淮：《碎金詞譜・自序》（上海：上海古籍出版社《續修四
　　　　　 庫全書》本，2002 年 3 月），冊 1737，頁 6。
〔註 348〕 江合友：《明清詞譜史》，頁 162。

取用。然此書最特別的是以宮調爲大類，詞調爲子目，將詞之音律、格律合譜，音律譜以《九宮大成南北詞宮譜》爲底本，「於每一字之旁，左列四聲，右具工尺，俾覽者一目了然」〔註 349〕。合音律譜和格律譜一體，源自謝元淮欲使古調今能唱的理想：

> 蓋唐人之詩以入唱爲佳。自宋以詞鳴，而歌詩之法廢；金元以北曲鳴，而歌詞之法廢；明以南曲鳴，而北曲之法又廢也。世風迭變，捨舊翻新，勢有不得不然。至於清濁相宣，諧會歌管，雖去古人於千百世之下，必將無有不同者。茲譜之作，即以歌曲之法歌詞，亦冀由今之聲以通於古樂之意焉。〔註 350〕

「以歌曲之法歌詞」雖難將古詞調重新呈現，卻能「由今之聲以通於古樂之意」，重視詞原本可歌之特質，努力達到「清濁相宣，諧會歌管」的目的，即爲《碎金詞譜》最大的編纂用意。李煜詞一共入選 8 首，《碎金詞譜》和《續譜》各 4 首，比率不低，且皆爲膾炙人口之作，特別方便歌唱流通。李煜精通音律，其詞合樂可歌的特性，受謝元淮青睞，這對其詞傳唱之接受效應，貢獻良多。

接著分析統計表格「橫向面」所顯示的訊息：

（一）李煜詞於清代入選前三名爲：〈浪淘沙〉（簾外雨潺潺）第一；〈烏夜啼〉（無言獨上西樓）和〈虞美人〉（春花秋月何時了）並列第二；〈一斛珠〉（曉妝初過）、〈清平樂〉（別來春半）、〈臨江仙〉（櫻桃落盡春歸去）並列第三。這六首詞當中，〈浪淘沙〉、〈烏夜啼〉、〈虞美人〉、〈清平樂〉、〈臨江仙〉五首，是浙派《詞綜》和常派《詞選》皆收錄的，可見籠罩清代前、後期詞壇的兩大詞派英雄所見略同，也代表李煜這五首詞的藝術價值非凡，甚能打動人心，即使是詞派意識清晰高漲的清代，也不受侷限影響，依然光芒耀眼。又〈浪

〔註 349〕　清・謝元淮：《碎金詞譜・自序》（上海：上海古籍出版社《續修四庫全書》本，2002 年 3 月），冊 1737，頁 6。

〔註 350〕　清・謝元淮：《碎金詞譜・自序》（上海：上海古籍出版社《續修四庫全書》本，2002 年 3 月），冊 1737，頁 6～7。

淘沙〉在詞調上有其開創性，故受詞譜較多青睞，不管是嚴密系統性強的《詞律》、《御定詞譜》，還是簡便通行的《白香詞譜》、《碎金詞譜》皆收錄，故擠下從宋代至明代蟬聯冠軍的〈虞美人〉，獨自躍升第一。

（二）不論次數多寡，李煜詞 38 首，見錄於清代詞選、詞譜則有 35 首，而入未選的 3 首中，有 2 首是殘缺的〈謝新恩〉，故以完整的詞作計，幾乎全數入選，可見其詞整體風格受到時人普遍喜愛。

（三）清代誤收李煜詞之數量不少，共 10 首。這對治學態度嚴謹的清人來說，實在令人訝異！細究之，誤收的 10 首詞當中，有 4 首是特殊個案，即夏秉衡《清綺軒詞選》那 4 首〈憶王孫〉。〈憶王孫〉乃宋代李重元所作，歷來選本如《唐宋諸賢絕妙詞選》、《花草粹編》皆題作李重元，然「重元」和「重光」字形近似，故夏秉衡殆為形近所誤，將李重元看成李重光，故歸為李煜之作。〔註 351〕饒是如此，未免也太不小心了！接著則是《歷代詩餘》將兩首李璟之作〈望遠行〉（碧砌花光錦繡明）、〈應天長〉（一鉤初月臨妝鏡）以及鄧肅〈長相思〉（一重山）、馮延巳〈浣溪沙〉（轉燭飄蓬一夢歸）歸於李煜。照理說，《歷代詩餘》乃官修之書，不應犯此錯誤才是。南唐二主之作被混淆，向來常見，但其中兩闋〈浣溪沙〉亦見多種史書、野史、筆記提及，而清代詞人本身多為經史學者，博學多聞，何以仍然搞混？真是匪夷所思！如《清綺軒詞選》和《蓼園詞選》仍將〈浣溪沙〉（菡萏香銷翠葉殘）歸給李煜。不過，鄧肅〈長相思〉（一重山）和馮延巳〈浣溪沙〉（轉燭飄蓬一夢歸）則均見於作者本集，《南唐二主詞》未收，《歷代詩餘》實在不應該出此紕漏，還連帶造成《藝蘅館詞選》、《唐五代詞選》以及《詞律》、《詞繫》等跟著出錯。最後是《詞繫》將〈嵇康曲〉當作李煜詞，爭議頗大，不可取。

〔註 351〕南唐‧李璟、李煜著，王仲聞校訂：《南唐二主詞校訂》（臺北：河洛圖書出版社，1975 年 10 月），頁 60～61。

第四節　接受之具體呈現——再創作

清人對李煜詞的再創作，一如詞話、詞選般反應熱烈，亦呈現整個清詞興盛的側面。筆者所得，共有「和韻」、「仿擬」、「集句」、「論詞絕句」、「論詞長短句」、「題畫詞」、「櫽括」七項，種類超越宋、明兩代甚多，各類別之內容均頗為精彩，數量上則以「論詞絕句」、「和韻」、「集句」為豐富。此中論詞絕句、論詞長短句、題畫詞、櫽括四項，已於前面「詞話、詞論」那一節探討過，故本節依序就和韻、仿擬、集句作分析。

一、和韻

（一）余懷〔註352〕作一組詞，前有一總詞題云「和李後主詞五
首　有序」，其序曰：

李重光風流才子，誤作人主，致有入宋牽機之恨。其所作
小詞，一字一珠，非他家所能及也，余以暇日，觸緒興情，
抽毫呪墨，輒和數篇，用自寫心，匪關學古。然其麗句妙
音，如「一江春水」，則終難仿佛耳。余常論陳、李二後主、
宋徽宗三君者，使不為天子，其才華流溢，著作經通，當
在鮑、謝、蘇、米之上。惜乎累於富貴，狼狽以死，身名
俱敗，甚矣！天子之不如才子也歟。〔註353〕

余懷是由明入清之人，所謂「風流才子，誤作人主，致有入宋牽機之恨。其所作小詞，一字一珠，非他家所能及也」、「陳、李二後主、宋徽宗三君者，使不為天子，其才華流溢，著作經通，當在鮑、謝、蘇、米之上。」是肯定李煜詞之藝術價值，又將李煜和其他君主並列，感嘆「才子誤作天子」云云，皆與第三章「詞話、詞論」一節中其他明

〔註352〕余懷（1616～1695），字澹心，一字無懷，號漫翁，又號鬘持老人。
才情艷逸，工詩，與杜濬、白夢鼐齊名，時稱余、杜、白。明末離
亂之際，詞多淒麗。入清，不求仕進。有《研山詞》、《秋雪詞》，
總稱《玉琴齋詞》。
〔註353〕南京大學中國語言文學系《全清詞》編纂研究室編：《全清詞‧順
康卷》（北京：中華書局，2002 年 5 月），冊 2，頁 1229。

人的觀點一致，可見這是明人對李煜普遍的惋惜之意。其和作五首詞牌均不同，茲列如下：

其一〈菩薩蠻〉，詞題云「松江春望」：

春風春雨何曾免。斜陽芳草情無限。燕子又來歸。門前雙柳垂。　　江橋攜手上。共向江頭望。帆影過長空。人飛軟浪中。

其二〈更漏子〉，詞題云「贈美人」：

酒盈腮，花黷面。背地風情誰見。雖可恨，劇相憐。只瞞頭上天。　　枝上雨，都成淚。滴盡兩人情意。紅玉破，綠珠寒。無端春夢殘。

其三〈山花子〉，詞題云「寄小珠」：

碧海沉沉月一鉤。雙雙燕子掠高樓。鏡裏芙蓉難得見，恨悠悠。　　綠綺罷彈誰度，曲紅燈結蕊又添愁。半醉半醒持不住，最風流。

其四〈虞美人〉，詞題云「吳門感舊」：

鸚哥報道花開了。春事知多少。玉簫吹出一江風。昨夜美人攜手曲闌中。　　銀塘珠箔依然在。夢境何曾改。愁人禁受許多愁。卻憶十年零落淚空流。

其五〈蝶戀花〉，詞題云「送春」：

柳岸花塘閒步。〔註354〕南國佳人，來覺傷遲暮。一點春光留不住。可憐去則從他去。　　手內金針誰與度。只聽樑間，乳燕呢喃語。枕子敲殘無意緒。夢中覓個安排處。

〔註355〕

〔註354〕按：此句缺一字，〈蝶戀花〉之首句應爲七字句，或疑《全明詞》有誤。然經筆者查閱余懷《玉琴齋詞》原稿影本，亦如此，故爲作者之誤。明・余懷：《玉琴齋詞》，見錄於方寶川主編：《余懷集》（揚州：廣陵書社，2005年12月），冊3，頁27。

〔註355〕以上五首詞錄自南京大學中國語言文學系《全清詞》編纂研究室編：《全清詞・順康卷》，冊2，頁1229～1230。後文所引之《全清詞・順康卷》原文均自此出，爲避繁瑣，僅標明冊數、頁碼，不另加註。此五首詞亦見於《全明詞》，冊5，頁2405。蓋余懷乃由明入清之人，在朝代的界定上，有爭議之處。然本論文以其卒年爲據，

此五首的第二與第三首，各爲溫庭筠、李璟之作，﹝註 356﹞ 經筆者核
對《全唐五代詞》，余懷此二詞韻腳全同原作，﹝註 357﹞ 屬「次韻」。
然所和者終非李煜之作，故不再進一步論述。其餘三首，析論如下：

1. 〈菩薩蠻〉（春風春雨何曾免）乃和李煜〈菩薩蠻〉：「人生愁
恨何能免。銷魂獨我情何限。故國夢重歸。覺來雙淚垂。　　高樓誰
與上。長記秋晴望。往事已成空。還如一夢中。」比對其韻腳，「免、
限、歸、垂、上、望、空、中」皆同李煜之作，乃「次韻」。再觀其
內容描寫「松江春望」之情景，筆調清婉、畫面柔和，「燕子又來歸。
門前雙柳垂。江橋携手上。共向江頭望。」那種恬靜、兩情脈脈毋須
言的感覺，非常淡雅動人，可見余懷抓住了南唐詞清雅的風格，和韻
兼顧其格調。

2. 〈虞美人〉（鸚哥報道花開了）乃和李煜〈虞美人〉：「春花
秋月何時了。往事知多少。小樓昨夜又東風。故國不堪回首月明
中。　　雕闌玉砌依然在。只是朱顏改。問君都有幾多愁。恰似一江
春水向東流。」比對其韻腳，「了、少、風、中、在、改、愁、流」
皆同李煜之作，乃「次韻」。再觀其內容抒發「吳門感舊」之情，從
末句「卻憶十年零落淚空流」可推知應是余懷經明末離亂之後所作，
故期待視野和李煜亡國之後所作之〈虞美人〉，有不謀而合之共鳴。
從「昨夜美人携手曲闌中」到「銀塘珠箔依然在。夢境何曾改」，可

歸入清代探討。後文的王夫之亦同此例。

﹝註 356﹞ 第二首乃溫庭筠〈更漏子〉（金雀釵），第三首乃李璟〈浣溪沙〉（手
捲真珠上玉鉤）。就筆者所見，歷來詞選僅《尊前集》將溫庭筠兩
首〈更漏子〉誤歸李煜，故余懷或因《尊前集》誤導而弄錯作者。
「詞選、詞譜」和「再創作」當中都有古今接受看法不一的情況，
筆者仍先尊重再創作者之看法，作第一次的統計數據，也分析其和
韻類型爲「依韻」或「用韻」或「次韻」。然而此處牽涉到必須進
一步探討再創作之內容，筆者處理方式便有所不同，會減掉現今考
證觀點認爲非李煜詞作者，作第二次的統計數據。此中固然略有矛
盾之處，因爲若古人認爲係李煜詞而進行和韻，而筆者認爲非李煜
詞，則難以進一步分析其內容，只好用不同方式來處理。

﹝註 357﹞ 曾昭岷等編著：《全唐五代詞》，上冊，頁 106、725。

見余懷在夢中仍追憶往事、追憶逝去的生活與情愛，悲嘆自己「愁人禁受許多愁」，全詞瀰漫無可奈何之愁緒，然淒楚意境之營造，仍及不上李煜的深沉鬱絕。

　　3.〈蝶戀花〉（柳岸花塘閒步）乃和李煜〈蝶戀花〉：「遙夜亭皋閒信步。乍過清明，早覺傷春暮。數點雨聲風約住。朦朧淡月雲來去。　　桃李依依春暗度。誰在秋千，笑裏低低語。一片芳心千萬緒。人間沒個安排處。」比對其韻腳，「步、暮、住、去、度、語、緒、處」皆同李煜之作，乃「次韻」。再觀李煜此詞調下有後人所加詞題曰「春暮」，而余懷此詞詞題亦標明為「送春」而作，切合李煜原作「乍過清明，早覺傷春暮」、「桃李依依春暗度」的傷春意旨，「一點春光留不住。可憐去則從他去」可謂承襲了李詞中無計留春住的惆悵無奈，然表露較為直接。而「枕子敲殘無意緒。夢中覓個安排處」則由「一片芳心千萬緒。人間沒個安排處」化出，既然人間現實當中，難以排遣傷春意緒，只好向夢裡尋覓安頓處了。全詞藉佳人傷遲暮起興並喻指送春的愁緒，整體風格溫婉，和韻之餘，也相當程度地掌握了李煜原作的旨趣。

　　綜上觀之，正因余懷經歷過明末離亂的環境，才會有人生如夢的悲涼之慨，家國之痛促使他和韻李煜的〈虞美人〉（春花秋月何時了）等詞作。而這三首和韻李煜之作，也都能把握南唐詞風溫婉淡雅的格調，確屬佳作。

　　（二）王夫之〔註358〕〈醜奴兒令〉，詞題云「和李後主秋怨」：
　　　　當年誰送江南怨，雲樹悲秋。昨艋含愁。月影消沉玉一鉤。
　　　　無數蜻蜓飛晚照，紅蓼梢頭。款款嬉遊。水冷蘋花帶影流。
　　　　（冊3，頁1636）〔註359〕

〔註358〕　王夫之（1619～1692），字而農，號薑齋，又號夕堂，晚號船山，別號一壺道人，學者稱船山先生。湖南衡陽人。著有《船山全集》。詞有《鼓棹初集》、《鼓棹二集》、《瀟湘怨詞》、《愚鼓詞》。
〔註359〕　王夫之此詞亦見錄於《全明詞》，冊5，頁2474。蓋明末清初之人，朝代之界定有重疊處，筆者將之歸入清代，故不於明代一節探討。

此首乃和李煜〈採桑子〉〔註360〕：「轆轤金井梧桐晚，幾樹驚秋。畫雨新愁。百尺蝦鬚在玉鉤。　　瓊窗春斷雙蛾皺，回首邊頭。欲寄鱗遊。九曲寒波不泝流。」觀其韻腳「秋、愁、鉤、頭、遊、流」，用字、順序皆同於李煜原作，屬「次韻」，可見王夫之的用心。再就詞題「和李後主秋怨」觀之，可見宋代以來詞選編者逕自擬題的影響深遠，因爲李煜此詞調下即有後人所加之詞題「秋怨」二字，故王夫之看待此詞之心態必受詞選擬題之影響。觀其所描寫的亦爲秋天日暮時分蕭瑟的景色，流露出一股淒清惆悵之感，和李煜原詞韻味接近，特別是「雲樹悲秋」與「幾樹驚秋」，皆以樹葉飄落來渲染秋意。整首詞的氣息也淡雅和婉，肖似南唐詞風格，可謂和韻兼步趨格調之佳作。蓋王夫之爲由明入清之人，朝代更迭之憂傷，使其必然和李煜在情感上達到某種程度的共鳴，才能成就如此佳篇。

　　（三）吳綺〔註361〕：

1.〈山花子〉，詞題云「靈山池上聽雨，用李後主韻」：

　　厭聽江聲客興殘。西風催送白雲間。高臥小窗閒對雨，鏡休看。　　錦石池塘秋瀲灩，蕊珠宮殿夜清寒。夢起偶思前歲事，似長干。（冊 3，頁 1725）

按：此首非李煜所作，乃其父李璟之作〈浣溪沙〉：「菡萏香銷翠葉殘。西風愁起綠波間。還與容光共憔悴，不堪看。　　細雨夢回雞塞遠，小樓吹徹玉笙寒。多少淚珠何限恨，倚闌干。」〔註362〕故筆者不作進一步的探討。不過，吳綺雖將李璟之作視爲李煜詞，然觀其韻腳「殘、間、看、寒、干」，用字、順序皆同於原作，屬「次韻」。詞中描寫亦爲秋景，且「西風催送」、「閒對雨」、「鏡休看」以及「夢起偶思前歲事」，顯是步趨李璟原作「西風愁起」、「細雨夢回」、「還與容

〔註360〕　按：〈醜奴兒令〉與〈採桑子〉乃同調異名。

〔註361〕　吳綺（1619～1694），字薗次，一字豐南，號聽翁，一號菰叟，別號紅豆詞人。江蘇江都人。有《林蕙堂集》、《藝香詞》。

〔註362〕　曾昭岷等編著：《全唐五代詞》（北京：中華書局，1999 年 12 月），上冊，頁 726。

光共憔悴，不堪看」等情境而來，可見其用心。

2. 〈菩薩蠻〉，詞題云「無題，次後主韻」：

> 月帶煙霜花帶霧。巫山只合愁人去。攜手下瑤階。心忙褪
> 繡鞋。　　語低防聽見。觸手心先顫。應知離別難。未離
> 多少憐。〔註363〕

此詞乃和李煜〈菩薩蠻〉：「花明月暗籠輕霧。今朝好向郎邊去。剗襪
步香階。手提金縷鞋。　　畫堂南畔見。一向偎人顫。奴爲出來難。
教君恣意憐。」觀其韻腳「霧、去、階、鞋、見、顫、難、憐」，用
字、順序皆同於原作，屬「次韻」。內容上也極力模仿原詞情境，首
句「月帶煙霜花帶霧」可謂化用「花明月暗籠輕霧」而來，僅將花、
月分開勾勒，仍是互文關係。次句「巫山只合愁人去」意同「今朝好
向郎邊去」，點出幽會意圖。而與李煜原作最不同的，在於這對男女
是一起私奔約會的，應是男方至女方住處去接她，再一起溜出來，「攜
手下瑤階。心忙褪繡鞋」，兩人下臺階時，女子一陣心慌意亂，便手
忙腳亂地脫下繡鞋，以免發出聲響，被人發現。「語低防聽見。觸手
心先顫」是倒敘，應是兩人剛碰面時，互相壓低音量耳語，怕遭人撞
見，握到對方的手，心中柔情蜜意蕩漾，這和「一向偎人顫」是同樣
的悸動。在幽會的過程中，「應知離別難。未離多少憐」，既然好不容
易見了面，綿綿情話永遠說不完，卻還是必須離別，想到離別之難，
當更應該在未離之前，盡情互訴衷曲，這跟「奴爲出來難。教君恣意
憐」的意思也是一樣的。此詞詞題承襲李商隱〈無題〉詩的立意，內
容又仿照李煜詞的情境鋪敘，可謂相當著墨，尤其攜手私奔的驚顫、
繾綣難捨的氛圍，渲染地很妥貼，既含有一己獨特之情感經歷，又能
結合前人詩詞模式出之，誠屬佳作。此外，吳綺是清初雲間支派的廣
陵詞派詞人，受陳子龍推尊金陵二主南唐詞風影響甚深，故其詞雖描
述幽會豔情，卻不見露骨字句，亦爲此詞成功之處。

〔註363〕張宏生主編：《全清詞‧順康卷補編》（南京：南京大學出版社，2008
　　　　年5月），冊1，頁403。

（四）沈謙〔註364〕〈蝶戀花〉，詞題云「幽會，用李後主韻」：

　　半夜瑤階邪〔註365〕細步。避月隨花，雨送巫山暮。説道□

　　間難久住。未明須放奴回去。　　漸漸花陰和月度。帳□

　　更深，嚙袖低低語。千萬莫忘封絳縷。明宵候你原來處。（冊

　　4，頁2030）

此詞所和，乃李煜〈蝶戀花〉：「遙夜亭臯閑信步。乍過清明，早覺傷
春暮。數點雨聲風約住。朦朧淡月雲來去。　　桃李依依春暗度。
誰在秋千，笑裏低低語。一片芳心千萬緒（一作千萬縷）。人間沒個
安排處。」觀其韻腳「步、暮、住、去、度、語、縷、處」，用字、
順序皆同於原作，屬「次韻」，可見沈謙之用心。其內容則和〈蝶戀
花〉一詞無涉，反倒是仿李煜〈菩薩蠻〉（花明月暗籠輕霧）情節，
寫幽會過程，然若與前面吳綺之作相較，沈謙此詞顯然輕浮露骨許
多，如「未明須放奴回去」、「嚙袖低低語。千萬莫忘封絳縷。明宵
候你原來處」等句，細節刻畫太過，無含蓄美感，是對李煜「奴爲出
來難。教君恣意憐」的擴張深化。沈謙乃清初雲間支派的西泠詞派詞
人，其詞學觀點沿襲明代風尚，偏重婉媚一路，故雖同爲雲間支派，
其詞的香豔程度和吳綺差別甚大。綜觀沈謙此作，兼有李煜二詞之特
色，即形式上次韻〈蝶戀花〉，而內容上仿照〈菩薩蠻〉，可謂其特殊
之處。

（五）丁澣〔註366〕〈山花子〉，詞題云「賦南唐事，和李後主韻」：

　　草綠江南蝶粉殘。玉簫聲斷彩雲間。寂寞梨花金殿鎖，共

　　誰看。　　故國啼鵑催夢醒，他鄉乳燕説春寒。惟有汴河

　　橋下水，到長干。（冊6，頁3200）

按：此首非李煜所作，乃其父李璟之作〈浣溪沙〉：「菡萏香銷翠葉殘。

〔註364〕　沈謙（1620～1670），字去矜，號東江。好詩賦古文，尤工倚聲，
　　　　　爲西泠十子之一。著有《東江別集詩餘》。

〔註365〕　此字爲「那」的異體字，音「ㄋㄨㄛˊ」，此處通「挪」，「移動」
　　　　　之意。參「教育部異體字字典」：http://dict.variants.moe.edu.tw。

〔註366〕　丁澣，字素涵，號天庵，生卒年不詳。丁澎三弟。著有《青桂堂
　　　　　集》。

西風愁起綠波間。還與容光共憔悴，不堪看。　　　細雨夢回雞塞遠，小樓吹徹玉笙寒。多少淚珠何限恨，倚闌干。」〔註367〕不過，丁澎雖將李璟之作視爲李煜詞，然觀其韻腳「殘、間、看、寒、干」，用字、順序皆同於原作，屬「次韻」。又此詞題爲「賦南唐事」，主要是寫丁澎對南唐往事的一番看法，可說潛藏論詞長短句的價值，並非單純爲抒發個人經歷或感觸的和韻之作，故值得進一步探討。第二句「玉簫聲斷彩雲間」顯然是化自李煜〈玉樓春〉（晚妝初了明肌雪）的「笙簫吹斷（一作鳳簫聲斷）水雲間」，第三句「寂寞梨花金殿鎖」則化自〈喜遷鶯〉（曉月墜）的「餘花亂。寂寞畫堂深院」。其他詞句當中的意象，如「草綠江南」、「粉蝶」、「故國」、「夢醒」等，均曾出現於李煜詞中，甚或耳熟能詳，如〈喜遷鶯〉（曉月墜）的「夢回芳草思依依」、〈臨江仙〉（櫻桃落盡春歸去）的「蝶翻金粉雙飛」、〈虞美人〉（春花秋月何時了）的「故國不堪回首月明中」、〈菩薩蠻〉（人生愁恨何能免）的「故國夢重歸。覺來雙淚垂」、〈望江南〉的「多少恨，昨夜夢魂中」等，由這些意象的運用自如，可見丁澎很能體會李煜入宋前後生活轉變之巨大，並揣摩他思念家國的心情。末句「惟有汴河橋下水，到長干」，應是自〈虞美人〉（春花秋月何時了）的「恰似一江春水向東流」以及〈烏夜啼〉（林花謝了春紅）的「自是人生長恨水長東」借鑑而來。丁澎是清初雲間支派的西泠詞派詞人丁澎之弟，必也宗法陳子龍的理念，因而對李煜有著極高的推崇。觀其詞作，風格清雅，如「故國啼鵑催夢醒，他鄉乳燕說春寒」，對仗極工整，用語極清新，卻又道出李煜淒苦的心境。全詞內濃外淡的哀愁流洩自清麗的字裡行間，實在深得南唐詞的精髓。

　　（六）王士祿〔註368〕〈浪淘沙〉，詞題云「次李後主韻」：
　　　　愁似水潺潺。百意闌珊。幾櫺風做晚來寒。倩酒澆愁愁不

〔註367〕 曾昭岷等編著：《全唐五代詞》，上冊，頁726。
〔註368〕 王士祿（1626～1673），字子底，號西樵。山東新城人。順治乙未進士。工詩，與弟士祜、士禛並稱「三王」，著有《十笏草堂集》。

顧，醉也無歡。　　　岸幘倚疏欄。愧負青山。試歌行路古
來難。何以隨僧閒洗鉢，溪畔松間。〔註369〕

此詞乃和李煜〈浪淘沙〉：「簾外雨潺潺。春意將闌（一作闌珊）。羅
衾不暖五更寒。夢裏不知身是客，一晌貪歡。　　　獨自莫憑欄，無限
關山。別時容易見時難。流水落花歸去也，天上人間。」其韻腳「潺、
珊、寒、歡、欄、山、難、間」的用字、順序皆同原作，屬「次韻」。
再就內容觀之，一派愁緒待酒澆，卻是舉杯消愁愁更愁，連醉也無法
解脫，可知其心情惡劣至極。下片寫到「愧負青山」，有意「隨僧閒
洗鉢，溪畔松間」，推測此詞應是作於明亡之後，王士祿未自盡殉國，
入清後還中進士，任職清廷，故其內心必不好過，掙扎、罪惡感時常
翻湧心頭，因而萌生出家隱逸之念，也是人之常情。此詞情調不同於
李煜原作，蓋因要抒發之愁緒的共通度不高，雖同經歷國破家亡之
痛，王士祿執著、不安的是士大夫「忠」的理想，李煜卻多為留戀舊
日逸樂生活，不堪承受幻滅的痛苦，情感基調有差異。又王士祿屬清
初雲間支派的柳洲詞派詞人，對李煜也極崇尚，因此他會選擇用李煜
入宋後所作的〈浪淘沙〉來抒發一己愁悶。

　　（七）范荃〔註370〕〈浪淘沙〉，詞題云「過故園，次李後主韻」：
　　到處總堪哀。枉自安排。草芽苔影綴庭階。試問種花人在
　　也，今日誰來。　　　光影盡沈埋。仲尉蒿萊。無情花又傍
　　人開。此際徘徊何計好，有酒如淮。（冊11，頁6356）

此詞乃和李煜〈浪淘沙〉：「往事只堪哀。對景難排。秋風庭院蘚侵
階。一行珠簾閒不捲，終日誰來。　　　金鎖已沈埋。壯氣蒿萊。晚涼
天靜月華開。想得玉樓瑤殿影，空照秦淮。」其韻腳「哀、排、階、
來、埋、萊、開、淮」的用字、順序皆同於原作，屬「次韻」。范荃

〔註369〕　清·王士祿：《炊聞詞》，見錄於楊家駱主編：《清詞別集百三十四
　　　　　種》（臺北：鼎文書局，1956年6月），冊3，頁1345。此詞又見於
　　　　　《全清詞·順康卷》，冊8，頁4729。
〔註370〕　范荃（1633～1702），原名恒美，字德一，號石湖，別號盟鷗野老。
　　　　　著有《春雨詞》、《秋吟》、《秋花雜詠》、《柳塘窟語》、《今之石湖詞》
　　　　　等。

爲清初雲間支派的廣陵詞派詞人，必也推崇李煜，與其亡國哀音有共鳴，方才用〈浪淘沙〉一詞來書寫過故園所見的殘破之景。「到處總堪哀」是眼前之景，對比李煜的「往事只堪哀」，是回憶之景，貫通其間的是國破家亡的心酸。「草芽苔影綴庭階」意同「秋風庭院蘚侵階」，青苔滿布庭院台階，荒蕪感攫住李煜的心，當然也刺痛范荃的心，曾經有過的一切，如今空剩一片荒涼，情何以堪！所不同的是，李煜當時身在汴京賜第，非自己的家國地盤，而范荃卻是實際回到故居，臨場的衝擊激盪應較李煜強烈。徘徊再三，最後范荃唯有借酒消愁，避入醉鄉，免得看到當日種的花兀自盛開招搖，全不傷悲，好似戰亂於它毫無關係。且當日種花的范荃重回舊地，親友卻都不在了，破敗的故居不會再有人回來，就像明朝也一去不回一樣。詞中滿是悵惘、悲切之情，對往昔的哀悼、眷戀和李煜如出一轍，誠屬佳作。

（八）鄭景會〔註371〕〈清平樂〉，詞題云「同人集俞園觀牡丹，用李後主韻」：

> 韶光一半。忽被風吹斷。乍雨乍晴啼鳥亂。階下落紅堆滿。
> 牡丹花事難憑。清平古調初成。兔苑卻逢枚叟，夷門未老侯生。（冊15，頁8665）

此詞乃和李煜〈清平樂〉：「別來春半。觸目愁腸斷。砌下落梅如雪亂。拂了一身還滿。　雁來音信無憑。路遙歸夢難成。離恨恰如春草，更行更遠還生。」其韻腳「半、斷、亂、滿、憑、成、生」的用字、順序皆同於原作，屬「次韻」。其內容乃書「同人集俞園觀牡丹」，故整體而言和李煜原作情調不同。然其上片所描寫的「風吹」、「乍晴乍雨」、「落花滿地」的凌亂、陰晴不定的景象，似也透露出心緒的愁亂，和李煜「觸目愁腸斷。砌下落梅如雪亂。拂了一身還滿」有些許共通之處。

〔註371〕鄭景會，字丹書，一字慕韓，又字聚瞻，號海門，生卒年不詳。浙江慈谿人。有《柳烟詞》。

（九）王士禛〔註372〕〈虞美人〉，詞題云「和李後主」：

杜鵑庭院春將了。斷送花多少。幾層楊柳幾層風。總付銀
屏金屋夢魂中。　　合歡枕上香猶在。好夢依稀改。迴環
錦字寫離愁。恰似瀟波不斷入湘流。〔註373〕

此詞乃和李煜〈虞美人〉：「春花秋月何時了。往事知多少。小樓昨夜
又東風。故國不堪回首月明中。　　雕闌玉砌依然在。只是朱顏改。
問君都有幾多愁。恰似一江春水向東流。」其韻腳「了、少、風、中、
在、改、愁、流」的用字、順序皆同於原作，屬「次韻」。再就內容
觀之，和李煜亡國之痛不同，寫的是男女間曾有過的戀情，在「春
將了」的落花時節，楊柳經風吹拂，一層層搖曳，庭院中的杜鵑啼聲
悲切，種種景象觸動王士禛心弦，依稀想見過往的戀人，夢魂中還
在銀屏金屋歡聚，合歡枕上似乎還感覺的到伊人幽香，如今唯有用
迴環錦字抒寫離愁別緒，來撫慰自己一腔相思，如瀟波不斷入湘流。
詞中悵然、懷念意味濃厚，卻以淡語出之，末二句更顯然借鑑自李煜
「問君都有幾多愁。恰似一江春水向東流」，因而不僅僅是和韻，連
風格、字句都有效法李煜的痕跡，可謂佳作。不過，清初文字獄嚴
酷，以詞寄託心聲、抒發矛盾鬱悶，頗為常見，甚而成為風潮。王士
禛亦為由明入清之人，屬清初雲間支派的廣陵詞派詞人，對李煜詞自
有一番崇尚之心。和兄長王士祿一樣，王士禛也考清朝科舉，中進
士，任職朝廷，卻難以抹滅愧於明朝之意。若說此詞走香草美人的傳
統路線，借男女之情隱喻其故國之思，對逝去的一切的哀傷憑弔，也
無不可。

〔註372〕王士禛（1634～1711），字貽上，號阮亭，自號漁洋山人。山東新
　　　　城人。王士祿之弟。順治乙未進士。弱冠通籍後，即專力於詩，獨
　　　　標神韻，為海內宗尚。著有《帶經堂集》。又王士禛之「禛」字，《全
　　　　清詞・順康卷》作「禎」，蓋其曾因避諱而作「士禎」之故。
〔註373〕清・王士禛：《衍波詞》，見錄於楊家駱主編：《清詞別集百三十四
　　　　種》，冊 3，頁 1606。此詞又見於《全清詞・順康卷》，冊 11，頁
　　　　6558。

（十）余光耿〔註374〕〈臨江仙〉，詞題云「用李後主韻」：
　　橫塘路暗春容淡，尋香蛺蝶還飛。粉牆遙隔柳隄西。一簾
　　殘照，紅傍暮烟垂。　　誓月盟花多少恨，不堪回首淒迷。
　　帕詩重認小名兒。只應今夜，攜手夢依依。（冊 16，頁
　　9167）

此詞乃和李煜〈臨江仙〉：「櫻桃落盡春歸去，蝶翻金粉雙飛。子規啼
月小樓西。畫簾珠箔，惆悵卷金泥（一作暮煙垂）。　　門巷寂寥人
去後，望殘煙草低迷。爐香閒裊鳳凰兒。空持羅帶，回首恨依依。」
其韻腳「飛、西、垂、迷、兒、依」的用字、順序皆同於原作，屬「次
韻」。再就內容觀之，是對消逝戀情的惆悵、懷想，雖然和李煜極為
不同，卻都是借景起興抒情，當中深沉的失落感，互有貫通之處。
余光耿上片寫的也是春天日暮之景，「蛺蝶」、「暮煙垂」等意象，顯
然取自李煜原作。由霞紅殘照簾櫳，觸發落寞之感，過去花前月下
的盟約誓言，已然不堪回首，不禁一陣欷歔。在淒迷氛圍中，凝神看
著題有詩句的定情信物，勾起呼喚小名的甜蜜記憶，期待著夜裡夢
中能夠再一同攜手，重續前緣。如此，重逢相伴之願望唯有寄託在夢
裡，也甚可憐！全詞氣氛烘托仿照李煜原作不少，實屬佳作。值得一
提的是，前面述及論詞長短句時，余光耿也有一首〈臨江仙〉之作，
內容以記金陵城破、李煜詞未就之事為主，綰合李煜入宋前後心境，
也是「次韻」，可知其特愛李煜此詞，故用以論李煜之事又抒己懷念
之情。

（十一）盛禾〔註375〕〈阮郎歸〉，詞題云「用李後主韻」：
　　吹愁不去鎖眉山。小樓風雨閒。綠窗桐葉響珊珊。怯涼貪
　　夢間。　　金獸冷，晚香殘。醒時鬆鬌鬟。露荷憔悴好容
　　顏。爲他常凭欄。（冊 19，頁 10962）

〔註374〕余光耿（1651～1705），字介遵，一字觀文。安徽婺源（今屬江西）
　　　　人。有《蓼花詞》。
〔註375〕盛禾，約生於清康熙初，乾隆二年（1737）已下世，年七十餘。字
　　　　玉山，號稼村。浙江嘉興人。有《稼村填詞》。

此詞乃和李煜〈阮郎歸〉：「東風吹水日銜山。春來長是閒。落花狼籍
酒闌珊。笙歌醉夢間。　　珮聲悄，晚妝殘。憑誰整翠鬟。留連光景
惜朱顏。黃昏獨倚闌。」其韻腳「山、閒、珊、間、殘、鬟、顏、闌」
的用字、順序皆同於原作，屬「次韻」。再就內容觀之，和李煜的「留
連光景惜朱顏」不同，盛禾所寫偏向柳永「衣帶漸寬終不悔，為伊消
得人憔悴」〔註376〕，如其首句「吹愁不去鎖眉山」、末二句「露荷憔
悴好容顏。為他常憑欄」即是，意旨甚為明顯。又「貪夢」、「醒時鬆
髻鬟」，正是夢中也魂銷，醒來也魂銷。然而全詞流貫一股清雅之閒
愁，有襲自李煜原作的韻味。

　　（十二）張令儀〔註377〕〈虞美人〉，詞題云「有感，用李後主原
　　　　　韻」：

　　匆匆霜雪蒙頭了。細數歡場少。落花無語對東風。可惜韶
　　光都付淚痕中。　　烏衣門巷今何在。回首斜陽改。羨他
　　漚鳥不知愁。偷食水葓花底逐波流。（冊 20，頁 11443～
　　11444）〔註378〕

此詞乃和李煜〈虞美人〉：「春花秋月何時了。往事知多少。小樓昨夜
又東風。故國不堪回首月明中。　　雕闌玉砌依然在。只是朱顏改。
問君都有幾多愁。恰似一江春水向東流。」其韻腳「了、少、風、中、
在、改、愁、流」的用字、順序皆同於原作，屬「次韻」。再就內容
觀之，似為女性晚年自傷自憐之情。張令儀是名門閨秀，身為女性詞
人，特別容易感嘆年華老去，其詞首句「匆匆霜雪蒙頭了」即為之嘆
息。白髮蒼蒼的張令儀，回顧一生竟謂「細數歡場少」，可見生平遭

〔註376〕　宋・柳永：〈鳳棲梧〉（佇倚危樓風細細），見錄於唐圭璋編：《全宋
　　　　　詞》（臺北：文光出版社，1983 年 1 月），冊 1，頁 25。
〔註377〕　張令儀（？），字柔嘉，安徽桐城大學士張文端公英之女，張廷玉
　　　　　之姊，姚士封之妻。擅花卉，極秀雅。有《蠹窗詩餘》。其弟張廷
　　　　　玉（1672～1755），字衡臣，號研齋，諡文和。由張廷玉的生年，
　　　　　可推知張令儀約生於康熙初年。
〔註378〕　此詞又見於《全明詞》，冊 5，頁 2247。然依作者生年，應歸於清
　　　　　代。

遇坎坷，才覺得歡笑的時刻稀少。「落花無語對東風。可惜韶光都付淚痕中」，青春的褪色猶如春花在東風中凋謝、飄落，滿腔無奈與傷感，到頭來哀悼韶光都在流淚中度過，悲切不已。下片「烏衣門巷今何在。回首斜陽改」化用唐代劉禹錫〈烏衣巷〉詩：「朱雀橋邊野草花，烏衣巷口夕陽斜」〔註 379〕，看似只引述前二句之意，卻隱含最重要之歇後語「舊時王謝堂前燕，飛入尋常百姓家」，推測張令儀很可能家道中落或是出嫁後婚姻不美滿，才會空羨「漚鳥不知愁」，天真不知愁的童年或少女時代，想必是她人生最快樂的時光，卻已經消逝了，那時的自己還是像漚鳥一樣「不知愁」，多好！對比如今的悲傷歲月，激發出內心的吶喊。全詞多哀嘆當前之情景，卻穿插一點曾經歡快的跡象作對比，和李煜原作手法相似。

（十三）王岱〔註 380〕〈虞美人〉，詞題云「題李重光竹聲新月圖，
　　　　即用原韻」：

　　臨風一望搖寒綠。瑟瑟清簫聲斷續。一釣微露柳含煙。似
　　惜風流張緒、□當年。　　嶰谷霜枝今尚在。此調無人解。
　　無情有限作龍吟。露壓煙啼淒絕、聽難禁。〔註 381〕

此詞乃和李煜〈虞美人〉：「風回小院庭蕪綠。柳眼春相續。憑闌半日獨無言。依舊竹聲新月似當年。　　笙歌未散尊前在。池面冰初解。燭明香暗畫堂深。滿鬢清霜殘雪思難任（一作禁）。」其韻腳「綠、續、煙、年、在、解、吟、禁」的用字、順序大多同於原作，唯「煙、吟」二字不同。〈虞美人〉一調乃「平仄韻轉換格」，兩句一韻，先仄，再仄轉平，再平轉仄，最後仄轉平，因而韻腳必須細切成四個部分來分析。「綠、續」一組，屬「次韻」；「煙、年」一組，同在第七部平聲韻，用字不同，屬「依韻」；「在、解」一組，屬「次韻」；「吟、禁」一組，同在第十三部平聲韻，用字不同，屬「依韻」。

〔註 379〕 唐·劉禹錫：〈金陵五題·烏衣巷〉，見錄於清·清聖祖御定：《全唐詩》，冊 11，卷 365，頁 4117。
〔註 380〕 王岱（？），字山長，號了庵，別號九青石史。有《了庵詞》。
〔註 381〕 張宏生主編：《全清詞·順康卷補編》，冊 1，頁 219。

〔註382〕詞題云「用原韻」之意在此，雖然並未全數「次韻」，卻已全用同一韻部之字，可見王岱之用心。再就內容觀之，從「題李重光竹聲新月圖」可知此詞乃題畫詞，詞與畫必須融合一體，詞為畫而作，畫離詞則不彰。追究此幅畫的由來，畫者必是從李煜原詞「依舊竹聲新月似當年」一句得到靈感，加上揣摩李煜當下的心境而成。故題畫詞已經是第三個層次的產物了，通過第二個層次的篩選，將焦點放在李煜聽見竹聲、看見新月當下的情緒。首三句「臨風一望搖寒綠。瑟瑟清簫聲斷續。一釣微露柳含煙」即點出題旨，先是竹，聽見竹聲，望見新月。竹聲的具體呈現是清瑟斷續的幽咽簫聲，加強感染力。題畫詞可以有自己對畫以及李煜詞的觀感、想像和解讀。竹聲不一定指簫聲，但此處王岱認定就是簫聲，還揣測李煜孤寂的感受是「此調無人解」，有如簫聲的「露壓煙啼淒絕」，連他都不忍卒聽。不過，全詞較為偏重在竹聲，新月的部分較少，殆因新月已然勾起李煜故國之思，使其陷入回憶，故用「似惜風流張緒、□當年」涵蓋帶過，且「微露柳含煙」的淒迷氛圍，也極符合李煜望月神遊的情景。雖然不得見此圖畫，卻能由第三層次的接受想見第二層次的接受，即由題畫詞想見竹聲新月圖給人的觀感，對李煜原詞的接受，竟能有如此豐富、獨特的表現，且各有偏重之處，甚為有趣。

　　（十四）程夢星〔註383〕〈阮郎歸〉，詞題云「和李後主」：

　　雙眉慵慣小春山。何曾一日閒。鴛鴦瓦冷玉珊珊。瓊樓十二間。　　香枕上，淚痕殘。風流輸小鬟。愛他妝點好容顏。清晨倚畫闌。〔註384〕

此詞乃和李煜〈阮郎歸〉：「東風吹水日銜山。春來長是閒。落花狼籍酒闌珊。笙歌醉夢間。　　珮聲悄，晚妝殘。憑誰整翠鬟。留連光景

〔註382〕〈虞美人〉一調之平仄韻轉換格，參龍沐勛：《唐宋詞格律》（臺北：里仁書局，2006 年 7 月），頁 167。
〔註383〕程夢星（1679～1755），字伍橋，後字午橋，號茗柯，又號香溪。工詩畫，善撫琴。著有《茗柯詞》。
〔註384〕張宏生主編：《全清詞‧順康卷補編》，冊4，頁 2179。

惜朱顏。黃昏獨倚闌。」其韻腳「山、閒、珊、間、殘、鬟、顏、闌」
的用字、順序皆同於原作，屬「次韻」。再就內容觀之，乃對一鍾情
女子的描繪，女子常常顰眉，論風流又輸小鬟，但是他知道這女子之
所以顰眉、淚流香枕，都是爲了自己，這份執著「何曾一日閒」，因
此，特別愛憐。尤其想像女子清晨妝點好容顏，倚在畫闌等待的情景，
自然就不忍心讓她「鴛鴦瓦冷玉珊珊」、終日獨自徘徊瓊樓十二間了。
此處「鴛鴦瓦冷」係取自白居易〈長恨歌〉的「鴛鴦瓦冷霜華重，翡
翠衾寒誰與共」〔註385〕，意謂佳人形單影隻、淒涼無依。「珊珊」則
指衣物配飾碰撞所發出的聲響，如唐代杜甫〈鄭駙馬宅宴洞中〉詩云：
「自是秦樓壓鄭谷，時聞雜佩聲珊珊」〔註386〕。全詞從側面烘托自
己對女子的在意、兩人之間互相依戀的情愫，形象鮮明，畫面生動，
也不流於露骨淫穢，固是得到不少李煜詞的神韻。李煜原詞雖有本事
記載，但讀者完全可以不受限制，全憑一己觀感，並進行再創作，此
詞即是讀者深度接受的佳作。

（十五）侯嘉繙〔註387〕：

1. 〈玉樓春〉，詞題云「宮中詞，和後主韻」：

> 紫鷺搖案疑當作「瑤」管吹紅雪。宮扇春旗霞幟別。重簾捎
> 起過香亭，籠水群花光透徹。　　清歌何處飄飛屑。夢墮
> 芳茵幽意切。琴樽移到後庭陰，狎客彩箋吟豔月。〔註388〕

觀其韻腳「雪、別、徹、屑、切、月」，可知此詞乃和李煜〈玉樓春〉：
「晚妝初了明肌雪。春殿嬪娥魚貫列。笙簫吹斷水雲間，重按霓裳歌
遍徹。　　臨春誰更飄香屑。醉拍闌干情味切。歸時休照燭花紅，待
放馬蹄清夜月。」除了第二個韻腳「別」字，其餘用字、順序皆同於

〔註385〕唐・白居易：〈長恨歌〉，見錄於清・清聖祖御定：《全唐詩》，冊
　　　　13，卷435，頁4819。

〔註386〕唐・杜甫：〈鄭駙馬宅宴洞中〉，見錄於清・清聖祖御定：《全唐詩》，
　　　　冊7，卷224，頁2391。

〔註387〕侯嘉繙（1697～1746），字元經，號彝門、夷門，晚號碧浪溪白眉
　　　　叟。與齊召南、秦錫淳同稱台州「三傑」。著有《彝門詩存》。

〔註388〕張宏生主編：《全清詞・順康卷補編》，冊4，頁2290。

原作，而「別」字亦屬第十八部入聲韻，如此有一韻字異於原作，本應判爲「依韻」，但是筆者認爲此處之「別」字極有可能爲「列」字之誤，因爲「別」和「列」形近，且就第二句的句意而論，顯然是在形容扇、旗等物件眾多羅列之狀，故「霞幟列」較「霞幟別」通順恰當。將「別」字正爲「列」字，則應屬「次韻」。再就詞題謂「宮中詞」觀之，可知侯嘉繙顯然連內容都步趨原作，因爲李煜此詞調下有後人所加之詞題「宮詞」，故侯嘉繙所欲描寫的場景和李煜原作頗爲接近，均凸顯出宮廷宴樂的歡快。首二句從聽覺上「紫鸞瑤管」、視覺上「宮扇春旗」的熱鬧紛呈、競相爭豔來渲染出宮廷場面。接著又過香亭，觀賞水光輝映下群花的姿容。宮娥們唱著歌，主香宮女灑著薰香，香屑便隨風飄飛，不知來自何處。這些聲、色、香的感覺都在有意無意間不斷迎來，將人們的幽情雅興激發到最高昂，是時候以優雅渾厚的琴聲收束，移至後庭聆聽琴音，邊飲酒觀月作詩。全詞景象豐富飽滿、感官享受多樣，經營的用心、雕琢的細膩是值得肯定的。不過，侯嘉繙並無帝王身分，因而難以如李煜一般，鋪敘宮中逸樂的奢華、燦爛，又極其從容自然。他所描述的比較像是旁觀者偶有機會參與宮廷盛宴，一路欣賞而得的表面體驗，因爲他並非眞正主導、享樂之人，故縱然極力修飾、渲染，相較於李煜原作，在氣度的從容閑雅、渾然天成方面，必定遜之，也失之刻意堆砌。明代李廷機《草堂詩餘評林》評李煜〈玉樓春〉（晚妝初了明肌雪）云：「人主敘宮中之樂事自是親切，不與他詞同。」〔註389〕故侯嘉繙即使刻意仿效，那種親切、渾成的神韻和感覺卻難以迄及李煜。

　　2.〈阮郎歸〉，詞題云「春景，和李後主韻」：

　　　　微酣人已玉頹山。年時狂態閒。響廊畫屧步珊珊。西鄰夕
　　　　照間。　　啼鳥沸，杏花殘。無言雙珮環。芙蓉粉養舊容
　　　　顏。丁香香色闌。〔註390〕

〔註389〕此則見錄於史雙元編：《唐五代詞紀事會評》，頁 678。
〔註390〕張宏生主編：《全清詞・順康卷補編》，冊 4，頁 2292。

此詞乃和李煜〈阮郎歸〉：「東風吹水日銜山。春來長是閒。落花狼籍酒闌珊。笙歌醉夢間。　　珮聲悄，晚妝殘。憑誰整翠鬟。留連光景惜朱顏。黃昏獨倚闌。」其韻腳「山、閒、珊、間、殘、鬟、顏、闌」的用字，異於原作者有一，即第六個韻腳「環」，而「環」字亦屬第七部平聲韻，如此有一韻字易於原作，縱然其餘用字、順序皆一樣，仍屬「依韻」。再就內容觀之，詞題謂「春景」，詞中又有「夕照」句，可見其時序感觸同於李煜原作。從「杏花殘」、「芙蓉粉養舊容顏。丁香香色闌」來推測此詞整體所欲表達的情感、所欲描寫的對象，應是一位遲暮美人，並以第三人稱視角來作觀察，結合季節和美人之遲暮，有雙關意涵。「響廊畫屧步珊珊」是形容美人如西施一般美好的步行姿態和足聲，以及衣裙玉珮清脆的叮咚聲，〔註 391〕「西鄰夕照間」則比喻姿態再美好，卻已到了夕照時分。下片持續描寫美人遲暮的心情，「杏花殘。無言雙珮環」呼應李煜的「珮聲悄，晚妝殘」，無奈的是，這位美人甚至連藉「芙蓉粉」滋養「舊容顏」，都抵不住「丁香香色闌」的事實。這樣的境況，正是所謂「美人自古如名將，不許人間見白頭」〔註 392〕，再嬌嫩的容顏、再美麗的花朵，總敵不過時

〔註 391〕　「響廊畫屧」出自吳王和西施的典故，宋代范成大《吳郡志》卷八載有「響屧廊在靈巖山寺，相傳吳王令西施蕫步屧，廊虛而響，故名。今寺中以圓照塔前小斜廊爲之，白樂天亦名鳴屧廊。」（宋·范成大：《吳郡志·古蹟》，北京：商務印書館《文津閣四庫全書》本，2005 年，冊 165，頁 283）唐代皮日休亦有詩〈館娃宮懷古五絕，五首之五〉：「響屧廊中金玉步，采蘋山上綺羅身。不知水葬今何處，溪月彎彎欲效顰。」（清·清聖祖御定：《全唐詩》，冊 18，卷 615，頁 7096）而「步珊珊」最早見於宋玉〈神女賦〉：「動霧縠以徐步兮，拂墀聲之珊珊。」（宋玉：《宋大夫集·神女賦》，見錄於文懷沙主編：《四部文明·商周文明卷》，西安：陝西人民出版社，2007 年 8 月，冊 30，頁 841）「珊珊」即指衣物配飾碰撞所發出的聲響。

〔註 392〕　此詩全詩已佚，此二句見袁枚《隨園詩話》卷四載錄：冬友侍讀出都，過天津查氏，晤佟進士瀋，言其母趙夫人苦節能詩，……。查恂叔言其叔心穀〈悼亡姬〉詩，和者甚眾。有佟氏姬人名豔雪者，一絕甚佳。其結句云：「美人自古如名將，不許人間見白頭。」此

間的侵蝕，終究會褪色、凋殘。既然人難以和時間對抗，也不可能讓時間靜止、停留，那麼「留連光景惜朱顏」就是隱含在遲暮事實背後所欲把握當下的心態了。侯嘉繙可謂用另一種表達方式和李煜詞中的情緒產生了共鳴。

以上為翻檢《全清詞‧順康卷》、《全清詞‧順康卷補編》、《清詞別集百三十四種》所得 15 位詞人、21 首和韻之再創作。其中有 3 首〈浣溪沙〉屬李璟詞、1 首〈更漏子〉屬溫庭筠詞，不計，故應為 17 首。以和〈阮郎歸〉（東風吹水日銜山）和〈虞美人〉（春花秋月何時了）者最多，有 3 首；〔註393〕和〈蝶戀花〉（遙夜亭皋閑信步）者次之，有 2 首。查〈阮郎歸〉一詞於詞選、詞譜中被收錄的情況，排在第 5 名，並不是很受注目，卻最多人和韻，頗為奇特。而〈虞美人〉則於詞選、詞譜中排名第 2，受和韻數量又是第 1 多的，有相呼應之處。再就總體觀之，值得注意的是，多數詞作不僅僅和韻，連題材內容、用語風格都相當接近李煜詞原作，且幾乎都是和韻中最講究之「次韻」，可見明末清初之際，受雲間詞派影響，對李煜詞推崇者的用心程度甚高。又《全清詞》之編著，單是順康一卷，即有如此眾多的和韻之作，想必若全數完成，〔註394〕當更為可觀。

與宋笠田明府「白髮從無到美人」之句相似。又梁紹壬《兩般秋雨庵隨筆》卷八「白髮」條亦載：袁簡齋（即袁枚）大令詩云：「美人自古如名將，不許人間見白頭。」此另是一副議論。文人之筆，何所不可。以上見清‧袁枚：《足本隨園詩話及補遺》（臺北：長安出版社，1978 年 6 月），頁 66；清‧梁紹壬：《兩般秋雨菴隨筆》，見錄於沈雲龍主編：《近代中國史料叢刊‧續編》（臺北：文海出版社，1975 年），輯 16，頁 370。雖然梁紹壬誤將豔雪之詩當作袁枚之詩，卻可見此詩僅餘最為著名之二句。

〔註393〕和〈阮郎歸〉一詞甚多的這個現象意外呼應了明代李廷機《草堂詩餘評林》卷一評〈阮郎歸〉（東風吹水日銜山）所云：「李後主著作頗多，而此尤傑出者。」此則見錄於史雙元編：《唐五代詞紀事會評》，頁 673。

〔註394〕《全清詞》計分五卷：已出版之《順康卷》和未出版之《雍乾卷》、《嘉道卷》、《咸同卷》、《光宣卷》。參王兆鵬：《詞學史料學》，頁

二、仿擬

蔣敦復〔註395〕有二詞，詞題皆云「擬南唐後主即用其韻」，可知其主要用意在於「擬」，雖兼和韻，筆者仍歸之於「仿擬」一類。

（一）〈搗練子〉，詞題云「擬南唐後主即用其韻」：

江上路，渺秋空。萬點蘋花一翦風。玉笛數聲人不見，舊家池館舊簾櫳。〔註396〕

描寫秋天景致與不知何人所吹的悠揚笛聲，全篇語句淡雅，江面秋空渺渺，呈現高遠之意境，「萬點蘋花一翦風」有飄逸靈動之感，「玉笛數聲人不見，舊家池館舊簾櫳」則隱約有惆悵之情，整體風格肖似南唐詞，可謂得其神髓。此詞和韻李煜〈搗練子令〉〔註397〕：「深院靜，小庭空。斷續寒砧斷續風。無奈夜長人不寐，數聲和月到簾櫳。」其韻腳「空、風、櫳」的用字、順序皆同於原作，屬「次韻」。不過，此詞雖選用〈搗練子〉作詞調，內容景致卻較爲接近李煜〈望江梅〉：「閒夢遠，南國正清秋。千里江山寒色遠，蘆花深處泊孤舟。笛在月明樓。」同是秋天、江上、聞笛聲，何其相像！故全詞既次韻〈搗練子令〉，內容又擬自〈望江梅〉，甚爲特殊。

（二）〈相見歡〉，詞題云「擬南唐後主即用其韻」：

斜陽欲下朱樓。盪簾鉤。時節落花人病又悲秋。　　佳期斷。芳心亂。送離愁。今夜月明、飛夢玉關頭。〔註398〕

此詞擬自李煜〈烏夜啼〉〔註399〕：「無言獨上西樓。月如鉤。寂寞梧

402。

〔註395〕蔣敦復（1808～1867），字劍人，自號江東老劍，又號麗農山人。江蘇寶山縣人。初名金和，避仇爲僧，返初服後，始改今名。卒後寶時刻其遺著。

〔註396〕清・蔣敦復：《芬陀利室詞六種》，見錄於楊家駱主編：《清詞別集百三十四種》，冊10，頁5420。

〔註397〕按：〈搗練子令〉一作〈搗練子〉。

〔註398〕清・蔣敦復：《芬陀利室詞六種》，見錄於楊家駱主編：《清詞別集百三十四種》，冊10，頁5420。

〔註399〕按：〈烏夜啼〉與〈相見歡〉乃同調異名。

桐深院鎖清秋。　　剪不斷。理還亂。是離愁。別是一番滋味在心頭。」其韻腳「樓、鉤、秋、斷、亂、愁、頭」的用字、順序皆同於原作，屬「次韻」。首二句以「斜陽欲下朱樓。盪簾鉤」起興，甚有畫面之動感，因日暮觸發秋天傷感意緒。對照李煜的無言獨上西樓，蔣敦復則是看見斜陽欲下朱樓，一上一下、一主動一被動，仿擬跡象明顯，又見其新穎創意。「時節落花人病又悲秋」一句極其悲涼，時序景象、身心皆悲秋，又記掛佳期，未能赴約，芳心煩亂，離愁迸起，只能遙想月明之夜，夢中飛度見面。全詞不少貫串傷感之字眼，如「秋」、「月」、「離愁」等，皆取自李煜原作，整體而言，悲秋離愁的程度不若李煜深厚強烈，卻也達到一定的感染效果，可謂佳作。嚴迪昌《清詞史》提到蔣敦復的生平，頗爲坎坷：

> 蔣敦復（1808～1867），字劍人，始名金和，字純甫，又易名爾諤，字子文。江蘇寶山人。道光二十二年避仇爲僧，號鐵岸，又名妙塵，別號鐵脊生。後返俗，改今名。早慧有神童之稱，屢應郡縣試不利，遂出遊南北，性傲慢好臧否人事，江淮一帶人士目之爲「怪蟲」，乃晚清時特立獨行之文人，屬於既有叛逆於封建秩序別謀出路，又有較深的封建才士習氣，未能擺脫過渡時期的羈絆。一生行爲表現出新舊文人交替的轉變特點。太平天國時期，與王韜謀響應，曾共策幹楊秀清，不能用。太平軍退，再次爲僧，法名縣隱大師，竹庵滬上，久之以潦倒而卒。〔註400〕

以一生經歷來看，蔣敦復一直波折連連、起伏不斷：早慧神童卻屢試不第；特立獨行，在新舊社會過渡期間適應磨合；出家過兩次，一次爲避仇，一次爲太平軍失利；最後潦倒而卒。如果說李煜的亡國是僅那一次天翻地覆的巨變，侵襲力最強烈、也最難以承受，則蔣敦復這樣顛沛流離的遭遇，累積起來也能和李煜的亡國劇痛較量了，是以他對李煜詞中「別是一番滋味在心頭」的感觸特別有切身之共鳴，很能體會離愁別恨、飄零病痛的折磨之苦。這是蔣敦復擬作李煜詞的絕大

〔註400〕　嚴迪昌：《清詞史》，頁 519。

動機。

三、集句

　　清人集李煜詞之作甚多，茲列表析論如次：

序號	集句詞作者	詞牌（首句）	詞題或詞序	所集之李煜詞句	集句之方式（與李煜原句比對，觀其異同）	李煜原作之詞牌(首句)	集句詞之出處
1	朱中楣〔註401〕	〈蝶戀花〉（庭院深深深幾許）	集句	纔過清明，漸覺傷春暮	整引，和李詞相同	〈蝶戀花〉（遙夜亭皐閑信步）	《全清詞·順康卷》冊6，頁3123～3124
2	董元愷〔註402〕	〈虞美人〉（玉鑪香暖頻添炷）	閨情，集唐詞	數聲和月到簾櫳李後主	整引，和李詞相同	〈搗練子令〉（深院靜）	《全清詞·順康卷》冊6，頁3272
3	董元愷	〈虞美人〉（南園滿地堆輕絮）	閨恨	1.歸時休照燭花紅。李後主 2.還是去年今日、恨應同。李後主	1.爲整引，和李詞相同 2.爲化用，李詞原作「遠似去年今日、恨還同」	1.〈玉樓春〉（晚妝初了明肌雪） 2.〈謝新恩〉（櫻花落盡階前月）	《全清詞·順康卷》冊6，頁3272
4	董元愷	〈更漏子〉（晚粧殘）		1.晚粧殘李後主 2.秋波橫欲流李後主	1.2.皆爲整引，和李詞原作相同	1.〈搗練子〉（雲鬢亂） 2.〈菩薩蠻〉（銅簧韻脆鏘寒竹）	《全清詞·順康卷》冊6，頁3247
5	董元愷	〈臨江仙〉（風裏落花誰是主）	閨望，集唐句	惆悵暮雲迷李後主	化用，李詞原作「惆悵卷金泥（卷金泥，一作暮煙垂、暮霞霏）」	〈臨江仙〉（櫻桃落盡春歸去）	《全清詞·順康卷》冊6，頁3278

〔註401〕 朱中楣（1622～1672），原名懿則，字遠山。有《隨草詩餘》，附載於《石園詩集》。
〔註402〕 董元愷（？～1687），字舜民，號子康。有《蒼梧詞》。

6	何　采〔註403〕	〈蝶戀花〉其二（人不負春春自負）	後送春 集句禁用本調	天上人間 李煜浪淘沙	整引,和李詞相同	〈浪淘沙〉（簾外雨潺潺）	《全清詞·順康卷》冊8,頁4651
7	何　采	〈江城子〉（柳絲無賴舞春柔）	憶夢 集句	剪不斷 李煜相見歡	整引,和李詞相同	〈烏夜啼〉（無言獨上西樓）	《全清詞·順康卷》冊8,頁4655
8	董儒龍〔註404〕	〈醉花陰〉（細雨夢回雞塞遠）	集句	1.細雨夢回雞塞遠 李煜〈攤破浣溪紗〉 2.觸目愁腸斷 李煜〈清平樂〉	1.非李煜詞,乃其父中主李璟所作。蓋某些鈔本、刻本未區分兩者詞作,而全部放在一起；兼之兩者詞風近似,故中主與後主詞遭後人混淆之情況常見也。 2.整引,和李詞相同	2.〈清平樂〉（別來春半）	《全清詞·順康卷》冊15,頁8561
9	董儒龍	〈鷓鴣天〉（醉裏無何即是鄉）	將抵武昌 集句	轆轤金井梧桐晚 李煜〈採桑子〉	整引,和李詞相同	〈採桑子〉（轆轤金井梧桐晚）	《全清詞·順康卷》冊15,頁8562
10	董儒龍	〈虞美人〉（吹簫人去行雲杳）	集句	寂寞梧桐深院鎖清秋 李煜〈相見歡〉	整引,和李詞相同	〈烏夜啼〉（無言獨上西樓）	《全清詞·順康卷》冊15,頁8564
11	董儒龍	〈小重山〉（爲有春愁似酒濃）	集句	小庭空 李煜〈搗練子〉	整引,和李詞相同	〈搗練子令〉（深院靜）	《全清詞·順康卷》冊15,頁8567
12	蔣景祁〔註405〕	〈河傳〉（團扇）	採蓮 集唐詞	細雨霏微 南唐後主〈採桑子〉	整引,和李詞相同	〈採桑子〉（亭前春逐紅英盡）	《全清詞·順康卷》冊15,頁8760

〔註403〕 何采（1626～1700），字第五，一字敬輿，又字滌源，號南礀（「澗」的異體字），一號省齋。有《南礀詞選》二卷。

〔註404〕 董儒龍（1648～1718？），字蓉仙，號神庵，江蘇宜興人。有《柳堂詞稿》。

〔註405〕 蔣景祁（1649～1695），初字次京，改字京少，又作荊少，江蘇宜興人。有《東舍集》、《梧月詞》、《罨畫溪詞》，又輯《瑤華集》等。

13	侯　晰〔註406〕	〈滿庭芳〉（燕子呢喃）	集句送春	昨夜夢魂中 李後主	整引，和李詞相同	〈望江南〉（多少恨）	《全清詞》冊16，頁9509
14	徐旭旦〔註407〕	〈阮郎歸〉（鶯啼燕語報新年）	春思	春睡覺〔註408〕 李後主〔註409〕	整引，和李詞相同	〈阮郎歸〉（東風吹水日街山）	《全清詞·順康卷補編》冊3，頁1527
15	徐旭旦	〈減字木蘭花〉（畫堂深院）	相思曲	對景難排 後主〔註410〕	整引，和李詞相同	〈浪淘沙〉（往事只堪哀）	《全清詞·順康卷補編》冊3，頁1527
16	徐旭旦	〈虞美人〉（玉鑪香煖頻添炷）	春愁	別是一般滋味、在心頭 後主〔註411〕	整引，和李詞相同	〈烏夜啼〉（無言獨上西樓）	《全清詞·順康卷補編》冊3，頁1528
17	徐旭旦	〈南柯子〉（錦帳徒自設）	豔情	寂寞梧桐深院、鎖清秋 後主〔註412〕	整引，和李詞相同	〈烏夜啼〉（無言獨上西樓）	《全清詞·順康卷補編》冊3，頁1529
18	朱　濤〔註413〕	〈減字木蘭花〉（畫梁塵飄）	月夜	香印成灰 李煜	整引，和李詞相同	〈採桑子〉（亭前春逐紅英盡）	《全清詞·順康卷補編》冊3，頁1595
19	瞿大發〔註414〕	〈木蘭花〉（繡被錦茵眠玉暖）	妝成	小樓昨夜又東風 李煜	整引，和李詞相同	〈虞美人〉（春花秋月何時了）	《全清詞·順康卷補編》冊3，頁1692

〔註406〕侯晰（？），字粲辰，江蘇無錫人。有《惜軒詞》。

〔註407〕徐旭旦（1656～1714後），字浴咸，號西泠，別號聖湖漁父。有《世經堂詞》。

〔註408〕此句《南唐二主詞》及《花草粹編》作「珮聲悄」，餘者作「春睡覺」，乃不同版本之異文現象。見南唐·李璟、李煜著，王仲聞校訂：《南唐二主詞校訂》，頁35。

〔註409〕徐旭旦標示集某人之詞句，並非在每一句後註明，而是於全詞之後，總列所引詞句原作者。

〔註410〕同上註。

〔註411〕同上註。

〔註412〕同上註。

〔註413〕朱濤（？），生平資料不詳。

〔註414〕瞿大發（？），字東雷。

20	柴 才〔註415〕	〈惜分釵〉（芳菲節）	本意	1. 春睡覺 李後主 2. 春意闌珊 李後主	1. 2. 皆爲整引，和李詞相同	1.〈阮郎歸〉（東風吹水日銜山） 2.〈浪淘沙〉（簾外雨潺潺）	《全清詞·順康卷補編》冊4，頁2329
21	柴 才	〈虞美人〉（流蘇帳曉春雞報）	春閨曉	倚闌干 李後主	截取，李詞原作「爲誰和淚倚闌干」	〈搗練子〉（雲鬢亂）	《全清詞·順康卷補編》冊4，頁2330
22	柴 才	〈水調歌頭〉（靜愛青苔院）	雲隱寺避暑	小庭空 李後主	整引，和李詞相同	〈搗練子令〉（深院靜）	《全清詞·順康卷補編》冊4，頁2332
23	柴 才	〈城頭月〉（平蕪隔水時飛燕）	春日書懷	一晌貪歡 李後主	整引，和李詞相同	〈浪淘沙〉（簾外雨潺潺）	《全清詞·順康卷補編》冊4，頁2332～2333
24	柴 才	〈江南春〉（山如黛）	同及門顧若衡、胡繹亭、二兒杰踏青	山如黛 李煜	李煜詞作中查無這句，應是柴才記錯了。〔註416〕或判爲化用「輕顰雙黛螺」，是襲其意而大大改變其語	〈長相思〉（雲一緺）	《全清詞·順康卷補編》冊4，頁2334
25	柴 才	〈漁父家風〉（可憐春盡小亭中）	送春	深院靜 李後主	整引，和李詞相同	〈搗練子令〉（深院靜）	《全清詞·順康卷補編》冊4，頁2334

〔註415〕柴才（？），字次山，號卯村。著有《百一草堂集唐詩餘》。

〔註416〕馮延巳、歐陽脩詞中皆有「山如黛」句，馮延巳〈芳草渡〉：「梧桐落，蓼花秋。煙初冷，雨才收。蕭條風物正堪愁。人去後，多少恨，在心頭。燕鴻遠。羌笛怨。渺渺澄江一片。山如黛，月如鈎。笙歌散。魂夢斷。倚高樓。」（曾昭岷等編著：《全唐五代詞》，上冊，頁686）又兩人之作僅一字不同，「渺渺澄江一片」句，歐陽脩的作「渺渺澄波一片」（唐圭璋編：《全宋詞》，冊1，頁163）。此詞《全宋詞》列入歐陽脩「存目詞」，謂「當從《陽春集》作馮延巳詞」（唐圭璋編：《全宋詞》，冊1，頁160），故應歸於馮延巳。蓋因馮延巳和李煜皆爲南唐詞人，詞風接近，柴才偶然記錯，也情有可原。

26	柴 才	〈一痕沙〉（茅屋檐蘿溪曲）	良渚漫興	月如鉤 李煜	整引，和李詞相同	〈烏夜啼〉（無言獨上西樓）	《全清詞・順康卷補編》冊 4，頁 2336〜2337
27	柴 才	〈阮郎歸〉（庭花露濕漸更闌）	秋夜花下弄琴，寄內	倚闌干 李中 相思寫亦難 李後主〔註 417〕	截取，李詞原作「爲誰和淚倚闌干」	〈搗練子〉（雲鬢亂）	《全清詞・順康卷補編》冊 4，頁 2338〜2339
28	柴 才	〈滿江紅〉（終日誰來）	酬蘭江張文學企曾見贈原韻	終日誰來 李後主	整引，和李詞相同	〈浪淘沙〉（往事只堪哀）	《全清詞・順康卷補編》冊 4，頁 2339
29	柴 才	〈江城梅花引〉（隔煙花柳遠濛濛）	落花	一晌貪歡 李後主	整引，和李詞相同	〈浪淘沙〉（簾外雨潺潺）	《全清詞・順康卷補編》冊 4，頁 2347
30	柴 才	〈江城梅花引〉（秦樓心斷楚江湄）	懷山陰陳徵君無波	倚闌干 李後主	截取，李詞原作「爲誰和淚倚闌干」	〈搗練子〉（雲鬢亂）	《全清詞・順康卷補編》冊 4，頁 2348
31	柴 才	〈酷相思〉（掩扇無言相謝去）	本意	剪不斷 李煜	整引，和李詞相同	〈烏夜啼〉（無言獨上西樓）	《全清詞・順康卷補編》冊 4，頁 2350〜2351

以上爲翻檢《全清詞・順康卷》、《全清詞・順康卷補編》、《清詞別集百三十四種》所得共 10 位詞人、集句詞內所集之李煜詞 34 次，其中有 2 句：「細雨夢回雞塞遠」、「山如黛」，各爲李璟和馮延巳詞句，不計，故有 32 次。集句方式大多爲整引，而被集用頻率最高之句爲「倚闌干」，有 3 次；次爲「小庭空」、「剪不斷」、「春睡覺」、「一晌貪歡」、

〔註 417〕 柴才或《全清詞・順康卷補編》將此句和前一句作者弄錯，「倚闌干」應爲李煜詞，而「相思寫亦難」爲李中〈寒江暮泊寄左偃〉詩之末句，全詩爲：「維舟蘆荻岸，離恨若爲寬。煙火人家遠，汀洲暮雨寒。天涯孤夢去，篷底一燈殘。不是憑騷雅，相思寫亦難。」見清・清聖祖御定：《全唐詩》，冊 21，卷 747，頁 8495。

「寂寞梧桐深院鎖清秋」，各 2 次。被集用頻率最高之詞調爲〈烏夜啼〉（無言獨上西樓），有 6 次；次爲〈搗練子令〉（深院靜）、〈搗練子〉（雲鬢亂）、〈浪淘沙〉（簾外雨潺潺），各 4 次。其中〈烏夜啼〉和〈浪淘沙〉各爲詞選、詞譜收錄數量之第 2 名和第 1 名，被集句之次數也是第 1 名和第 2 名，均躋身前二名，有呼應之處。《全清詞》僅順康卷就有如此龐大之集句數量，後續若全面編成，想必可觀之至。

這些集句詞的詞題，也反映出宋代以來詞選編者逕自擬題的現象，一直延續影響到清代，如董元愷〈虞美人〉（玉爐香暖頻添炷）一詞詞題爲「閨情，集唐詞」，「閨情」即集句之題旨，所集李煜「數聲和月到簾櫳」，乃出自〈搗練子令〉（深院靜），而李煜此詞調下有後人所加之詞題「秋閨」，可見董元愷受到影響之處；何采〈蝶戀花〉（人不負春春自負）一詞詞題爲「後送春　集句禁用本調」，則「送春」爲集句之題旨，所集李煜「天上人間」，乃出自〈浪淘沙〉（簾外雨潺潺），而李煜此詞調下有後人所加詞題「春暮懷舊」，何采爲送春而集句，又選了題有「春暮」字眼的詞，可見有意爲之；徐旭旦〈阮郎歸〉（鶯啼燕語報新年）一詞詞題爲「春思」，所集李煜「春睡覺」一句，乃出自〈阮郎歸〉（東風吹水日銜山），李煜此詞調下有題「春景」，可見徐旭旦所選合於集句之題旨；柴才〈城頭月〉（平蕪隔水時飛燕）一詞詞題爲「春日書懷」，所集李煜「一晌貪歡」，乃出自〈浪淘沙〉（簾外雨潺潺），而李煜此詞調下有後人所加詞題「春暮懷舊」，故柴才所選呼應了題旨的季節和情感。這些例子都可見某些集句作者格外用心之處。不過，大多數而言，集句仍以作者對原句的個別觀感爲準，不一定和詞題相關。

再看集句詞的作者，集句數量最多者柴才，有一頗爲特別之處，他在同一首集句詞中，會把詩句和詞句一起放進來，不像別人在同一首集句詞內，全數集詩句或全數集詞句。次爲董儒龍和董元愷，董儒龍屬陽羨詞派，董元愷屬雲間支派毗陵詞派，仔細觀察兩人所集之

句，發現董儒龍所集多爲李煜亡國後的離愁別恨之句，董元愷所集則全爲閨情、閨恨一類題材的婉麗之句，各顯現出詞派宗風取向獨特的一面，反映詞派對詞人影響之大，接受狀況已然提供具體例證。

第五節　小　結

本章綜觀清人「詞話、詞論」、「詞選、詞譜」以及「再創作」對李煜詞之接受，得到結論如下：

一、詞話、詞論方面，自清初至清末，李煜詞一直是詞壇關注的對象，尤其是清初和晚清兩個時期，是接受的高峰期。清初乃受雲間詞派陳子龍推尊南唐二主影響，又沿明代婉約爲正、豪放爲變的觀點，許多詞評家如王士禛、陳維崧等，均將李煜詞視爲正宗鼻祖。晚清則是自常州詞派重意內言外以來，強調詞的內容必須有眞情實感，故李煜詞的眞摯、藝術層面的性靈之美，使其被王鵬運譽爲「詞中之帝」，讚賞臻於頂峰。況周頤承繼王鵬運，更用「性靈」一詞概括李煜詞，認可其詞達到寄託之自然流露的最高標準，無疑是將常派以來寄託說的意涵歸結於李煜。又整個清代按詞派宗旨不同，對詞的審美觀有南北宋之爭，這也影響李煜詞的接受：清初宗南唐北宋，到了偏重南宋詞的浙派，雖欣賞李煜詞的語極工麗，卻認爲體製未備。常派則主張比興寄託、重視溫柔敦厚的格調，以溫庭筠爲典範，李煜詞竟被歸入變體，這是和清初很不一樣之處。然而，無論詞派宗旨如何變異，李煜的詞史定位如何隨之不同，其詞清雅的風格、渾成的韻味、情感的深邃、性靈的飄逸，是不能完全以詞派理念和審美觀約束涵蓋的。因此，跳脫詞派理論來欣賞李煜者，大有人在。此外，在對李煜個別詞句的評點上，清代詞人大多身兼經史學者身分，博學多識，極愛用典故譬喻，或引其他詩詞作比較，這一點頗接近宋代，和明代的直抒觀感不同。又李煜詞本事到了清代，可謂延續、結合了宋代以來的諸多記載、相關傳聞，特別是〈菩薩蠻〉（花明月暗籠輕霧）一闋，更有畫作和題畫詞出現，接受程度甚高。

　　二、詞選、詞譜方面，從浙派的《詞綜》到常派的《詞選》、《詞辨》，詞派理念即使差異甚大，李煜詞卻是不可或缺的收錄對象，數量也都不低，可見和詞話、詞論一樣，李煜詞的藝術魅力無法受任何詞派侷限，也不能用何種觀點、條件約束，如傳唱千古的〈浪淘沙〉（簾外雨潺潺）、〈虞美人〉（春花秋月何時了）二首，仍是名列前二名，時代如何變遷、時人如何各執標準，優秀之作仍是燦爛奪目。詞譜則明顯分兩類，《詞律》、《御定詞譜》、《詞繫》等為備體而編者，體系架構嚴謹，非常重視創調始祖，故李煜入選的詞調若同於唐代，則體製必已不同，如〈浪淘沙〉（簾外雨潺潺），唐人有之，卻是絕句形式，李煜可謂將同名之調創為詞體之雙調小令。再者如〈浣溪沙〉（紅日已高三丈透）一闋，乃獨一無二的仄韻之作，故每受收錄。又其入選的詞調，若前人已有之，則必屬名篇絕唱，可作垂後之範式。另一類則如《白香詞譜》、《碎金詞譜》，是對前述嚴格卻繁瑣、不實用的類型的反動，走通俗路線，收錄常見詞調，讓初學者容易取用。這類詞譜的流通廣、影響大，編者的審美標準自然也普及於大眾，必定加速李煜詞的流傳速度、擴大其傳播範圍，對傳播接受而言，效果鮮明，如《白香詞譜》收李煜詞 6 首，當中 4 首也是名列統計表之前三名者。

　　三、再創作方面，論詞絕句、論詞長短句二類，雖以論為主，卻同時兼有再創作的價值和意義。加上題畫詞、檃括、和韻、仿擬、集句，共七類。筆者所得論詞絕句共 20 首、論詞長短句 4 首、題畫詞 2 首、檃括 2 首、和韻 17 首、仿擬 2 首、集句 32 次，可見清代對李煜詞的關注，也反映在再創作種類的多樣、數量的豐富上面，這表示以深層次的接受而言，清代是遠遠超越了宋代及明代。論詞絕句和論詞長短句偏重在評論李煜的身世遭遇、詞作風格，大多非常同情李煜才情絕世，卻誤作人主。不僅涉及許多相關的史料、詞本事，也常把其他帝王才子如宋徽宗、陳後主、孟昶等人拿來和李煜對照比較，更化用李煜詞句入詩或詞。和韻與集句兩類，將李璟、李煜詞混淆者仍

不少，此現象在詞話、詞選當中都有，特別是〈浣溪沙〉二首，這對治學態度嚴謹的清人來說，實在是不該犯的錯誤，因為宋代以來的史書、筆記等都有記錄為李璟所作。和韻者多為次韻，且風格、內容幾乎都有效法李煜原作之跡象，非常用心。蔣敦復仿擬的二首詞作兼顧次韻，其仿擬的最大動機是因為一生顛沛流離，故對李煜詞甚有共鳴，一樣是「別是一番滋味在心頭」。最後，以《全清詞‧順康卷》內的集句詞所集李煜詞的狀況而言，可知清初受雲間派影響猶深，故集句數量相當多。在李煜詞當中，受集句頻率最高之〈烏夜啼〉（無言獨上西樓）和〈浪淘沙〉（簾外雨潺潺），亦各為詞選、詞譜收錄數量之前二名，有呼應之處，可見清人最欣賞這兩闋詞裡的佳句。另一方面，這兩闋詞均飽含深刻的亡國哀音，反映出漢族士人的深沉心事。不過，因為筆者蒐集再創作的來源僅《全清詞》的順康卷，無法涵蓋整個清朝的情況，故未能給予最後的定論，但筆者相信，若後續的雍乾卷、嘉道卷、咸同卷和光宣卷彙集完成，必定更加可觀。

第五章　結　論

　　李煜詞的經典地位，無疑是由歷代讀者所賦予的，然其經典化進程的細節樣貌為何，卻未見前人完整析論。為溝通古今審美經驗，呈現李煜詞的藝術生命在文學史上的歷程，本論文運用西方「接受美學理論」，以「讀者」為中心，對李煜詞展開全面而系統之研究。以「宋代」、「明代」、「清代」為全文之縱軸線；以「詞話、詞論」、「詞選、詞譜」及「再創作」為各章之橫軸線，交織出李煜詞接受史的網絡架構。藉由審視歷代期待視野與審美標準，梳理、歸納出不同時代的讀者，其接受心態與觀感之殊異，進而分析讀者之接受具體反應在評論、選本和作品因襲等各方面的情況。由於第二章至第四章係以「朝代」為主軸作論述，故結論筆者採用「詞話、詞論」、「詞選、詞譜」與「再創作」為主軸的模式，以便看出歷代演進之狀況。茲就所得，總結如次：

一、歷代「詞話、詞論」之接受

　　詞話、詞論具有「效果史」層面和「闡釋史」層面的雙重意義，因為被人們述說、載錄的當下，就是一種傳播。若述說不僅止於普通的聞見，還包含了論點和見解，即屬批評的層次。然而此雙重意義隨著歷代接受狀況之不同，所佔比重、份量，亦隨之不同。自宋代至清代，詞話、詞論所反應出來的讀者對李煜詞整體的接受，就效果史而

言，可謂一直保持在接受程度甚高的狀態，歷代對其人、其詞都相當關注，各類軼事的流傳，也相當普及；就闡釋史而言，其接受程度則是由低而高、向上攀升，至明代已顯著高漲，清代則達於鼎盛。造成此現象之主因，和各朝代之期待視野息息相關。

宋代文人對李煜詞的接受，某種程度來說，帶有矛盾的情緒。他們雖然肯定李煜詞整體的藝術價值，欣賞「亡國之音哀以思」的風格，注意到李煜詞的創作手法和一些個別詞句的特色，但是偏重在詞本事和李煜言行的部分，卻遠勝過詞文本身；同時，往往將李煜詞本事當作熱門話題、傳奇故事，口耳相傳，造成李煜詞被徵引時，出現許多異文，當然也出現分歧的版本。而蘇軾本著「以家國為己任」的觀念，對〈破陣子〉（四十年來家國）的嚴厲批判，引起不少迴響，作為此詞的「第一讀者」，其觀點影響深遠，到清代還有後續之議論出現。政治立場和南唐對立，又懷抱濃厚的士大夫精神，即是宋人在闡釋史層面的接受上未盡全面、也不夠深入的原因。

明代文人跳脫了政治立場的侷限，這點是他們和宋人期待視野最大的殊異之處。因此，明人已將詞本事與詞文本身分開並重，不再如宋人以詞本事為主，致使詞文淪為配角了。過著藝術家生活，以及和六朝文風有著地緣上因襲關係的明人，所流露出的種種特質，都和李煜入宋前極為相似。是故他們對李煜高度認同，對其詞極度讚賞，不僅給予崇高的詞史地位，推為「宋人一代開山祖」，諸家評點也深入玩味其詞形式、內容上的細節。兼之雅俗共賞的社會環境，花間、草堂之風興盛，明代文人沾染世俗習氣、認同大眾趣味的同時，反倒促使他們格外傾慕李煜詞高雅渾成的風格，進而讓闡釋史層面的接受程度大幅提昇。

清代在詞學復興風潮的籠罩下，詞派迭出。因此，和明代最為不同之處，即在於詞話、詞論易受詞派理論影響，而非如明代大多是直書感悟式的評點。清初延續明末雲間詞派尚南唐、北宋的理論，至康熙朝，陽羨、浙西詞派繼起。浙派「尊詞體」、提倡南宋姜、張醇雅

詞風之宗旨，順應了統治者需求，並有效革新明詞俗濫之弊端，故其
勢力壟斷了整個清代前中期，至嘉慶朝，方由常州詞派代興。常派面
對朝野內憂外患的問題，標舉「意內言外、比興寄託」，風靡了清代
中後期。晚清的臨桂詞派，在理論上固然有新的創見，也對常派多所
承襲。清代文人可謂個個是博學多聞、治學嚴謹的學者，在詞派特徵
鮮明的時代氛圍下，他們對李煜詞的接受態度，也隨著詞派宗旨而有
所不同。如清初的「詞有千家，業歸二李」、晚清的「詞中之帝」與
浙派的「體製未備」，在詞史定位的評判上，即有明顯差別。綜觀整
個清代，雖然闡釋史層面的接受程度均佳，若要再細論偏好程度，則
清初和清末這兩個時期尤甚，呈現駝峰曲線。此外，論詞絕句和論詞
長短句也為闡釋史增色不少。

　　至於個別詞作，〈虞美人〉（春花秋月何時了）、〈菩薩蠻〉（花明
月暗籠輕霧）和〈臨江仙〉（櫻桃落盡春歸去）三詞，最受歷代讀者
關注。當中均涉及詞本事的探討與詞句的評論，傳播和批評意義兼
具。尤其〈菩薩蠻〉一詞，到清代更有〈小周后提鞋圖〉與題畫詞出
現，又賦予再創作的第三重意義。又〈虞美人〉一詞，被公認是李煜
最著名的代表作，尤其「恰似一江春水向東流」之句，更是備受矚
目，啟發後人無數。追溯詞話、詞論，即可知此詞之經典地位早由
宋人所賦予，而這些細節脈絡，都是接受史研究對傳統文學史研究之
補充。

二、歷代「詞選、詞譜」之接受

　　詞選、詞譜同樣具有「效果史」和「闡釋史」層面的雙重意義，
因為受到詞選、詞譜所選入的詞作，在流傳上便多了一條管道，提高
效果史層面的接受度。若選本在某個時代廣泛刊刻，或代代傳承不
休，那麼傳播的效果就更可觀了。此外，選本的擇錄標準，固然直接
取決於選家的審美觀，但是選家也多少會受其所處時代期待視野的影
響，因此，選本所隱含的另一項重要訊息，即是時代的風尚潮流。

　　宋代有 4 部詞選收錄李煜詞。北宋時選歌型詞選興盛，故其詞入選《尊前集》的數量，較之入選於宋代其他詞選而言是最多的，想必在音樂旋律和詞文內容上，有符合時人愛好之處。以音樂旋律來說，《尊前集》成書時，離李煜辭世不遠，而李煜本身精通音律，其詞受到青睞是理所當然。兼之北宋初期崇尚富貴閑雅之詞，李煜出身皇家，詞作中自然流露這樣的氣質，故入選數量高。而北宋中後期，黨爭、理學等因素造就詞之詩化，南宋更將詞當作言志和政治的陶寫之具，形式和內容上也不斷雅化，講究煉字、用典等技法。音樂方面則因為南、北宋伴奏樂器不同，加上不少樂譜亡於戰火，故時人所好，不復北宋前期的類型了。南宋後的詞選，也大多轉變為詞人選詞型的詞選，是知李煜詞入選數量低落，和這些背景因素密切相關。

　　明代社會經濟高度發展，造成雅俗相互滲透的局面；中期之後，又受心學影響甚鉅，以情真、俚俗為美，故崇尚花間、草堂這類婉麗、淺近的詞風。詞譜的興起，代表詞的音樂性喪失已成定局。故詞譜的選錄標準一如詞選，均受時代氛圍左右，以婉約之作為主流。明代收錄李煜詞的詞選有 12 部、詞譜有 4 部。李煜詞於詞選當中的入選數量，常是唐五代詞人之中名列前茅的；詞譜所錄，則多為膾炙人口之作。這樣的擇錄標準，和詞話、詞論所呈現的推崇李煜的現象，有著明顯呼應，也和時代崇尚婉約風格，而明人將李煜歸為婉約詞之正宗、始祖等觀點相契合。

　　清代自清初三大家以來，即將經世致用思想與考據學嚴謹務實的治學態度結合起來，延伸到各個領域，詞壇也不例外，故各家詞派意識清晰。清代 13 部詞選當中，除了《歷代詩餘》為大型詞選，收詞有備體之考量，以及《唐五代詞選》專錄唐五代之詞，故收李煜詞甚多之外，餘者收錄李煜詞的標準，依各詞派理論宗旨而有所不同。在 9 部詞譜裡面，《詞律》、《御定詞譜》、《詞繫》等為大型選本，編選架構嚴謹，規模宏大，名家之詞必不放過；為了存詞備體，細辨同調

異體者或特殊案例者，如李煜〈浣溪沙〉（紅日已高三丈透）一詞，是歷來塡〈浣溪沙〉此調者當中，唯一用仄韻的，故甚受注目；又重視體製，每一詞調，以創調者爲優先收錄對象，如〈浪淘沙〉（簾外雨潺潺）與〈一斛珠〉（曉妝初過）二詞俱係李煜首創，因而受到青睞。《白香詞譜》、《碎金詞譜》等爲簡便通行之選本，收錄標準多依選家個人審美愛好而定。相較於大型詞譜，這類詞譜更能廣泛流傳。因此，這類詞譜兼具傳播和批評的價值，所收錄的李煜詞，也多爲詞話、詞論中常述及的膾炙人口之作。

　　接著檢視李煜詞見錄歷代選本的情況（請參見附錄七「表 5-1 李煜詞見錄歷代選本一覽表」）。「縱向面」之各選本（詞選共 30 部、詞譜共 13 部，合計共 43 部）已於前面三章探討過，故此處針對「橫向面」作析論：

　　（一）李煜詞於歷代入選之前五名爲：〈浪淘沙〉（簾外雨潺潺）第一；〈虞美人〉（春花秋月何時了）第二；〈烏夜啼〉（無言獨上西樓）第三；〈一斛珠〉（曉妝初過）第四；〈玉樓春〉（晚妝初了明肌雪）第五。位居前二名之〈浪淘沙〉和〈虞美人〉，自宋代至清代幾乎都是並駕齊驅，差距非常小，宋代是〈虞美人〉第一、〈浪淘沙〉第二；明代是二詞並列第一；清代則〈浪淘沙〉第一、〈虞美人〉第二，可見此二首傳爲李煜絕命詞之作品，不管在哪一個朝代都甚受關注，藝術價值也備受肯定。至於第三名到第五名的〈烏夜啼〉、〈一斛珠〉和〈玉樓春〉，在各朝代的名次，差距也都不大，如〈烏夜啼〉在宋代是第三名，在明代是第五名，到清代躍爲第二名；〈一斛珠〉在宋代、明代和清代都是第三名；〈玉樓春〉在宋代是第三名，在明代是第二名，到清代降爲第五名。雖然〈烏夜啼〉和〈玉樓春〉名次上的差距都在兩三名內，卻以明、清兩代之距離較明顯，可見這兩個朝代的期待視野和審美觀，的確存在殊異之處。

　　（二）不論次數多寡，李煜詞 38 首，見錄於歷代詞選、詞譜也是 38 首，可見他的每一首詞作，都能在歷代讀者當中找到知音。一

位作家的全數作品都有獲得賞識的時候，這實在是一件不容易的事。

（三）歷代誤收李煜詞共 20 首，其中以明代 16 首爲甚，清代 10 首次之，宋代 4 首最少。造成此現象之原因，各代不盡相同：以宋代而言，李煜詞爲選本收錄者，僅 15 首，相較於明代的 38 首與清代的 36 首，不到一半，故失誤數量自然也比較少。其中失誤最多的《尊前集》，畢竟是選歌型詞選，對於作者不甚考究，故情有可原。以明代而言，主要是因爲明人治學態度不嚴謹，才會失誤如此之多。不過，如果就另一角度來看，不妨解釋爲因爲明人非常喜愛李煜，所以才將許多他人的詞作歸給李煜。在治學態度嚴謹的清代，誤收詞竟有 10 首，實在令人感到奇怪！然而細看之後，發現當中有 4 首是選家看錯名字的特殊個案；再有《歷代詩餘》和《詞繫》爲存詞備體，加起來誤收了 5 首；另 1 首則是李璟之作被誤歸給李煜。南唐二主之詞是歷來最常被讀者混爲一談的。李璟的四首詞：二首〈山花子〉（菡萏香銷翠葉殘）、（手捲眞珠上玉鉤）以及〈應天長〉（一鉤初月臨妝鏡）、〈望遠行〉（碧砌花光錦繡明），當中〈應天長〉和〈望遠行〉於明、清二代皆曾被歸給李煜。最嚴重的是二首〈浣溪沙〉當中，首句爲「菡萏香銷翠葉殘」的那首，於宋、明、清三代皆曾被誤歸給李煜，而另一首句爲「手捲眞珠上玉鉤」的，則在宋、明二代曾被歸給李煜。有一點不得不提出強調，因爲本論文所採信之李煜詞，係據曾昭岷等編之《全唐五代詞》爲準，其底本係呂遠本的《南唐二主詞》。照歷代選本的誤收情況看來，《南唐二主詞》所劃分的二主詞，在歷代讀者眼中，顯然不是唯一的標準。不過，二首〈浣溪沙〉的詞本事見於宋代以來許多史書、筆記載錄，應能確定爲李璟之作無疑。

值得注意的是，從歷代選本排名前五名之作觀之，這五首作品都常在詞話當中被提及，或在評點當中被探討。據此，效果史和闡釋史層面，確實存在相互呼應的關係，甚至可以說，有相輔相成、互相推

波助瀾的作用。

三、歷代「再創作」之接受

　　歷代讀者受李煜詞中的召喚結構所啓發，產生共鳴的情緒或填補空白的動力，進而因襲、效法其詞作，故再創作是一種深層次的接受，必須要讀者的生命經歷與狀態，和作品達到某種程度的契合，方能出之。這部份在接受史研究的層面上，屬於「影響史」的範圍，然而又和效果史、闡釋史脫離不了關係。因爲讀者必須先接觸作品、有了特殊印象和觀感、消化吸收之後，才會有再創作的可能。再創作和原作的關係，可用清代譚獻的一句話來概括，即「作者之用心未必然，而讀者之用心何必不然」，讀者有權用一己之體悟來解讀原作，或是借用原作部分的情感意象、形式技巧等，來抒發自己的情感。因此，任何再創作本身都是獨立、獨特的存在，而又蘊含了讀者對原作的肯定和認同。

　　歷代讀者對李煜詞的再創作，共有八種類別，即「和韻」、「仿擬」、「檃括」、「襲用成句」、「集句」、「題畫詞」、「論詞絕句」和「論詞長短句」。就種類來說，可謂豐富多姿。宋代和韻之作有 4 首、仿擬之作有 1 首、檃括之作有 2 首、襲用成句有 16 句；元代檃括之作有 1 首；明代和韻之作有 2 首、集句有 2 句；清代和韻之作有 17 首、仿擬之作有 2 首、檃括之作有 2 首、集句有 32 句、題畫詞有 2 首、論詞絕句有 20 首、論詞長短句有 4 首。歷代總計：和韻之作 23 首、仿擬之作 3 首、檃括之作 5 首、襲用成句 16 句、集句 34 句、題畫詞 2 首、論詞絕句 20 首、論詞長短句 4 首。

　　歷代再創作當中，以「和韻」、「集句」和「論詞絕句」此三類的數量最多。再細究「和韻」和「集句」二類裡面，最受歷代讀者青睞之李煜詞爲何，則知受到「和韻」最多的詞調爲〈虞美人〉（春花秋月何時了），共 5 次；而被「集句」最多的詞調爲〈烏夜啼〉（無言獨上西樓），共 7 次。

　　至於個別詞調於再創作方面，受到歷代讀者喜愛之前三名為——名列第一之〈浪淘沙〉（簾外雨潺潺）：被和韻 3 次、被襲用成句 6 次、被集句 4 次，共 13 次；名列第二之〈烏夜啼〉（無言獨上西樓）：被和韻 1 次、被仿擬 1 次、被集句 7 次，共 9 次；名列第三之〈虞美人〉（春花秋月何時了）：被和韻 5 次、被集句 1 次，共 6 次。非常巧合的是，這三首詞作同時也是李煜詞見錄於歷代選本之前三名者，明顯可見影響史和效果史、闡釋史層面之間的相互呼應。

　　綜上所述，李煜詞自宋代至清代，效果史層面的接受程度，均保持在一定的高度，代表李煜詞傳播廣泛，這個現象從宋人大量關注其人、其詞本事，即代代傳承下來。闡釋史層面的接受程度則是由低而高，以李煜的詞史地位為例，宋人雖未給予李煜明確之詞史定位，但是透過「王安石、黃庭堅作小詞皆曾看李煜詞」的記載，可知他們對李煜詞的態度是肯定、欣賞的；明代推李煜為「宋人一代開山祖」，已然做出確實之評判；到晚清譽為「詞中之帝」，臻於巔峰。今人對李煜詞整體的崇高印象，可謂是從晚清延續而來。影響史層面之接受程度，則以清代居冠，宋代次之，明代相對薄弱。

　　在效果史、闡釋史、影響史三個層面的接受上，均可見歷史的延展性與積澱性，而且這三個層面之間，也常見互相呼應的狀況，扣連緊密。此外，金、元二代雖不青睞唐五代詞，然而這段時期仍有零星的對李煜詞之接受跡象，如元代白樸的檃括之作，以及元代劉壎評論〈臨江仙〉（櫻桃落盡春歸去）之記載，所以並非全然空白。如此，經過一代又一代的讀者接受，從各種不同角度讓李煜詞不斷地重生、再現，其詞的藝術生命呈現在文學史上的樣貌，方能具有眾多層次的風采、神韻，而越發渾厚、深刻、飽滿。

參考文獻

一、專　書

（一）李煜詞集、研究專著

【詞集】

1. 詹安泰校注：《李璟李煜詞》，北京：人民文學出版社，1958 年 3 月。

2. 唐圭璋編註：《南唐二主詞彙箋》，臺北：正中書局，1970 年 5 月。

3. 李璟、李煜著，王仲聞校訂：《南唐二主詞校訂》，臺北：河洛圖書出版社，1975 年 10 月。

4. 劉孝嚴注譯：《南唐二主詞詩文集譯注》，長春：吉林文史出版社，1997 年 1 月。

5. 楊敏如：《南唐二主詞新釋輯評》，北京：中國書店，2003 年 1 月。

【專著】

1. 章崇義：《李後主詩詞年譜》，臺北：文海出版社有限公司，1974 年 11 月。

2. 劉維崇：《李後主評傳》，臺北：黎明文化事業股份有限公司，1978 年 4 月。

3. 龍沐勛等：《李後主和他的詞》上下二冊，臺北：臺灣學生書局，1978 年 11 月。

4. 詹幼馨：《南唐二主詞研究》，武漢：武漢出版社，1992 年 6 月。

5. 謝世涯：《南唐李後主詞研究》，上海：學林出版社，1994 年 4 月。

6. 李中華：《李後主的人生哲學：浪漫人生》，臺北：揚智文化事業股份有限公司，1996 年 5 月。

（二）其他詞集

【總集】

1. 張璋、黃畬編：《全唐五代詞》，臺北：文史哲出版社，1986 年 10 月。

2. 曾昭岷、曹濟平、王兆鵬、劉尊明編著：《全唐五代詞》，北京：中華書局，1999 年 12 月。

3. 唐圭璋編：《全宋詞》，臺北：文光出版社，1983 年 1 月

4. 唐圭璋編：《全金元詞》，臺北：洪氏出版社，1980 年 11 月。

5. 饒宗頤初纂、張璋總纂：《全明詞》，北京：中華書局，2004 年 1 月。

6. 周明初、葉曄編：《全明詞補編》，杭州：浙江大學出版社，2007 年 1 月。

7. 南京大學中國語言文學系《全清詞》編纂研究室編：《全清詞·順康卷》，北京：中華書局，2002 年 5 月。

8. 張宏生主編：《全清詞·順康卷補編》，南京：南京大學出版社，2008 年 5 月。

9. 楊家駱主編：《清詞別集百三十四種》，臺北：鼎文書局，1975 年 8 月。

【選集】

1. 宋·佚名：《尊前集》，上海：上海古籍出版社，2004 年 10 月（唐圭璋、蔣哲倫、王兆鵬等校點：《唐宋人選唐宋詞》本）。

2. 宋·佚名：《金奩集》，上海：上海古籍出版社，2004 年 10 月（《唐宋人選唐宋詞》本）。

3. 宋·孔夷：《蘭畹曲會》，見錄於周泳先編並撰解題：《唐宋金元詞鉤沈》，民國 26 年（1937 年）商務印書館排印本，現藏於國家圖書館。

4. 宋·書坊原編，何士信增修：《增修箋注妙選群英草堂詩餘》，上海：上海古籍出版社，2004 年 10 月（《唐宋人選唐宋詞》本）。

5. 宋·黃昇輯：《花庵詞選·唐宋諸賢絕妙詞選》，上海：上海古籍出版社，2004 年 10 月（《唐宋人選唐宋詞》本）。

6. 明·顧從敬輯：《類選箋釋草堂詩餘》，上海：上海古籍出版社，

2002 年 3 月（《續修四庫全書》）。

7. 明·錢允治、陳仁錫箋釋：《類選箋釋續選草堂詩餘》，上海：上海古籍出版社，2002 年 3 月（《續修四庫全書》）。

8. 明·顧從敬選、沈際飛評：《古香岑草堂詩餘四集》（臺北：國家圖書館藏，明崇禎間太末翁少麓刊本）。

9. 明·佚名：《天機餘錦》，民國 20 年（1931 年）國立中央研究院歷史語言研究所排印本。

10. 明·楊慎：《詞林萬選》，成都：天地出版社，2002 年（《楊升庵叢書》）。

11. 明·楊慎：《百琲明珠》，成都：天地出版社，2002 年（《楊升庵叢書》）。

12. 明·溫博：《花間集補》，瀋陽：遼寧教育出版社，1998 年 12 月。

13. 明·陳耀文：《花草粹編》，臺北：臺灣商務印書館，1983 年 6 月（《景印文淵閣四庫全書》）。

14. 明·董逢元：《唐詞紀》，臺南：莊嚴文化出版公司，1997 年 6 月（《四庫全書存目叢書》）。

15. 明·卓人月、徐士俊輯：《古今詞統》，上海：上海古籍出版社，2002 年 3 月（《續修四庫全書》）。

16. 明·茅暎：《詞的》，北京：北京出版社，2000 年 1 月（《四庫未收書輯刊》）。

17. 明·陸雲龍輯：《詞菁》（明刻本），現藏於中國國家圖書館。

18. 明·潘游龍輯：《精選古今詩餘醉》，明崇禎丁丑（10 年）海陽胡氏十竹齋刊本，現藏於國家圖書館。

19. 清·朱彝尊、汪森編：《詞綜》，上海：上海古籍出版社，2008 年 3 月。

20. 清·沈辰垣、王奕清等：《御選歷代詩餘》，臺北：廣文書局，1972 年 5 月。

21. 清·沈時棟輯：《古今詞選》，臺北：東方書局，1956 年 5 月。

22. 清·夏秉衡輯：《清綺軒詞選》（道光間刊本），現藏於國家圖書館。

23. 清·許寶善輯：《自怡軒詞選》（清嘉慶元年許氏刊本），現藏於國家圖書館。

24. 清·黃蘇輯：《蓼園詞選》，收入清·黃蘇、周濟、譚獻選評，尹志騰校點：《清人選評詞集三種》，濟南：齊魯書社，1988 年 9 月。

25. 清·張惠言輯：《詞選》，上海：上海古籍出版社，2002 年 3 月（《續

修四庫全書》)。

26. 清‧董毅輯:《續詞選》,上海:上海古籍出版社,2002 年 3 月(《續修四庫全書》)。

27. 清‧周濟輯:《詞辨》,上海:上海古籍出版社,2002 年 3 月(《續修四庫全書》)。

28. 清‧陳廷焯輯:《詞則》,上海:上海古籍出版社,1984 年 5 月。

29. 清‧王闓運輯:《湘綺樓詞選》,民國 6 年(1917 年)王氏湘綺樓刊本。

30. 清‧梁令嫻輯:《藝蘅館詞選》,臺北:中華書局,1970 年 10 月。

31. 清‧成肇麐:《唐五代詞選》,臺北:臺灣商務印書館,2006 年 5 月。

【別集】

1. 宋‧劉辰翁撰,吳企明校注:《須溪詞》,上海:上海古籍出版社,1998 年 11 月。

2. 清‧汪懋麟:《錦瑟詞》,上海:上海古籍出版社,2002 年 3 月(《續修四庫全書》本)。

3. 清‧魏學渠:《青城詞》,南京:鳳凰出版社,2007 年 12 月(《清詞珍本叢刊》)。

4. 清‧項廷紀:《憶雲詞》,臺北:鼎文書局,1975 年 8 月(《清詞別集百三十四種》)。

5. 清‧蔣敦復:《芬陀利室詞六種》,臺北:鼎文書局,1975 年 8 月(《清詞別集百三十四種》)。

【詞譜】

1. 明‧周瑛:《詞學筌蹄》,上海:上海古籍出版社,2002 年 3 月(《續修四庫全書》)。

2. 明‧張綖、謝天瑞:《詩餘圖譜》(含《詩餘圖譜‧補遺》),上海:上海古籍出版社,2002 年 3 月(《續修四庫全書》)。

3. 明‧徐師曾:《詩餘》,收入《文體明辯‧附錄》,臺南:莊嚴文化出版公司,1997 年 6 月(《四庫全書存目叢書》)。

4. 明‧程明善:《嘯餘譜》,上海:上海古籍出版社,2002 年 3 月(《續修四庫全書》)。

5. 清‧賴以邠:《填詞圖譜》,臺南:莊嚴文化出版公司,1997 年 6 月(《四庫全書存目叢書》)。

6. 清・萬樹：《詞律》、徐本立：《詞律拾遺》、杜文瀾：《詞律補遺》，見《索引本詞律》，臺北：廣文書局，1989 年 10 月。

7. 清・王奕清等奉敕輯：《御定詞譜》，臺北：臺灣商務印書館，1983 年 6 月（《景印文淵閣四庫全書》本）。

8. 清・王奕清等奉敕輯：《御定詞譜》，臺北：世界書局，1986 年 2 月（《景印摛藻堂四庫全書薈要》本）。

9. 清・王奕清等奉敕輯：《御定詞譜》，北京：商務印書館，2005 年（《文津閣四庫全書》本）。

10. 清・秦巘：《詞繫》，北京：北京師範大學出版社，1996 年 9 月。

11. 清・葉申薌：《天籟軒詞譜》（清道光間刊本），現藏於國家圖書館。

12. 清・舒夢蘭編，謝朝徵箋：《白香詞譜箋》，臺北：世界書局，2006 年 5 月。

13. 清・謝元淮：《碎金詞譜》，上海：上海古籍出版社，2002 年 3 月（《續修四庫全書》）。

（三）詩文集、全集

【總集】

1. 清・清聖祖御定：《全唐詩》，北京：中華書局，1960 年 4 月。

2. 北京大學古文獻研究所編：《全宋詩》，北京：北京大學出版社，1991 年 8 月。

【選集】

1. 隋樹森編著：《古詩十九首集釋》，香港：中華書局有限公司，1958 年 12 月。

【別集】

1. 先秦・宋玉：《宋大夫集》，西安：陝西人民出版社，2007 年 8 月（《四部文明・商周文明卷》）。

2. 宋・范仲淹：《范文正集》，北京：商務印書館，2005 年（《文津閣四庫全書》本）。

3. 宋・蘇軾：《東坡志林》，北京：中華書局，1981 年 9 月。

4. 宋・蘇軾撰，孔凡禮點校：《蘇軾文集》，北京：中華書局，1986 年 2 月。

5. 宋・李清照著，徐北文主編：《李清照全集評注》，濟南：濟南出版社，1990 年 12 月。

6. 明‧楊基：《眉庵集》，北京：商務印書館，2005 年（《文津閣四庫全書》本）。

7. 明‧楊慎著，王文才、萬光治等編注：《楊升庵叢書》，成都：天地出版社，2002 年 12 月。

8. 明‧王守仁：《王陽明全集》，上海：上海古籍出版社，1992 年 12 月。

9. 明‧陳子龍：《安雅堂稿》，臺北：偉文圖書出版社，1977 年 9 月。

10. 明‧余懷著，方寶川主編：《余懷集》，揚州：廣陵書社，2005 年 12 月。

11. 清‧全祖望：《鮚埼亭集》，臺北：華世出版社，1977 年 3 月。

12. 清‧顧炎武：《原抄本顧亭林日知錄》，臺北：文史哲出版社，1979 年 4 月。

13. 清‧沈謙：《東江集鈔》，臺南：莊嚴文化出版公司，1997 年 6 月（《四庫全書存目叢書》本）。

14. 清‧汪沆《槐塘文稿》，上海：上海古籍出版社，2010 年（《清代詩文集彙編》）。

15. 清‧尤侗：《尤西堂雜組》，臺北：河洛圖書出版，1978 年 5 月。

16. 清‧彭孫遹：《松桂堂全集》北京：商務印書館，2005 年（《文津閣四庫全書》本）。

17. 清‧陳維崧：《陳檢討四六》，北京：商務印書館，2005 年（《文津閣四庫全書》本）。

18. 清‧陳維崧著，陳振鵬標點，李學穎校補：《陳維崧集》，上海：上海古籍出版社，2010 年 12 月。

19. 清‧朱彝尊：《曝書亭集》，北京：商務印書館，2005 年（《文津閣四庫全書》本）。

20. 清‧吳鎮：《松花庵集》，上海：上海古籍出版社，2010 年（《清代詩文集彙編》）。

21. 清‧王時翔：《小山詩文全稿》，臺南：莊嚴文化出版公司，1997 年 6 月（《四庫全書存目叢書》本）。

22. 清‧樊增祥：《樊山集》，臺北：文海出版社有限公司，1978 年 12 月。

（四）筆記雜錄

1. 宋‧鄭文寶：《南唐近事》，南京：鳳凰出版社，2008 年 12 月（《宋金元詞話全編》）。

2. 宋・陳彭年：《江南別錄》，鄭州：大象出版社，2003 年 10 月（《全宋筆記》）。

3. 宋・邵思：《雁門野說》，南京：鳳凰出版社，2008 年 12 月（《宋金元詞話全編》）。

4. 宋・吳處厚：《青箱雜記》，北京：商務印書館，2005 年（《文津閣四庫全書》本）。

5. 宋・張舜民：《畫墁錄》，南京：鳳凰出版社，2008 年 12 月（《宋金元詞話全編》）。

6. 宋・趙令畤：《侯鯖錄》，南京：鳳凰出版社，2008 年 12 月（《宋金元詞話全編》）。

7. 宋・張邦基：《墨莊漫錄》，南京：鳳凰出版社，2008 年 12 月（《宋金元詞話全編》）。

8. 宋・曾慥：《類說》，南京：鳳凰出版社，2008 年 12 月（《宋金元詞話全編》）。

9. 宋・王銍撰，朱杰人點校：《默記》，北京：中華書局，1997 年 12 月。

10. 宋・王銍：《侍兒小名錄》，南京：鳳凰出版社，2008 年 12 月（《宋金元詞話全編》）。

11. 宋・陳善：《捫蝨新話》，南京：鳳凰出版社，2008 年 12 月（《宋金元詞話全編》）。

12. 宋・洪邁：《容齋隨筆》，北京：中華書局，2005 年 11 月。

13. 宋・陸游：《避暑漫鈔》，南京：鳳凰出版社，2008 年 12 月（《宋金元詞話全編》）。

14. 宋・周必大：《二老堂雜志》，北京：中華書局《叢書集成初編》本，1985 年。

15. 宋・袁文：《甕牖閒評》，臺北：臺灣商務印書館，1984 年 8 月（《景印文淵閣四庫全書》本）。

16. 宋・陳郁：《藏一話腴》，北京：商務印書館，2005 年（《文津閣四庫全書》本）。

17. 宋・陳郁：《藏一話腴》，南京：鳳凰出版社，2008 年 12 月（《宋金元詞話全編》）。

18. 宋・俞成：《螢雪叢說》，南京：鳳凰出版社，2008 年 12 月（《宋金元詞話全編》）。

19. 宋・蕭參：《希通錄》，見錄於明・陶宗儀：《說郛》，臺北：臺灣商務印書館，1986 年 8 月（《景印文淵閣四庫全書》本）。

20. 宋‧陳鵠《西塘集耆舊續聞》，南京：鳳凰出版社，2008 年 12 月（《宋金元詞話全編》）。

21. 宋‧羅大經：《鶴林玉露》，南京：鳳凰出版社，2008 年 12 月（《宋金元詞話全編》）。

22. 宋‧俞文豹：《吹劍錄》，南京：鳳凰出版社，2008 年 12 月（《宋金元詞話全編》）。

23. 宋‧佚名：《朝野遺記》，南京：鳳凰出版社，2008 年 12 月（《宋金元詞話全編》）。

24. 宋‧佚名：《江南錄》，南京：鳳凰出版社，2008 年 12 月（《宋金元詞話全編》）。

25. 元‧劉壎：《隱居通議》，南京：鳳凰出版社，2008 年 12 月（《宋金元詞話全編》）。

26. 明‧陳霆：《唐餘紀傳》，上海：上海古籍出版社，2002 年 3 月（《續修四庫全書》）。

27. 明‧顧起元：《客座贅語》，上海：上海古籍出版社，2002 年 3 月（《續修四庫全書》）。

28. 明‧鄭瑗：《蜩笑偶言》，北京：中華書局，1985 年（《叢書集成初編》本）。

29. 清‧王士禎：《香祖筆記》，揚州：廣陵書社，2007 年 12 月（《筆記小說大觀》）。

30. 清‧毛先舒：《南唐拾遺記》，北京：中華書局，1985 年（《叢書集成初編》本）。

31. 清‧納蘭性德：《淥水亭雜識》，揚州：廣陵書社，2007 年 12 月（《筆記小說大觀》）。

32. 清‧張宗橚編，楊寶霖補正：《詞林紀事　詞林紀事補正　合編》，上海：上海古籍出版社，1998 年 11 月。

33. 清‧梁紹壬：《兩般秋雨盦隨筆》，臺北：文海出版社，1975 年（《近代中國史料叢刊‧續編》）。

34. 清‧梁紹壬撰，范春三編譯：《兩般秋雨庵隨筆》，烏魯木齊：新疆人民出版社，1995 年 9 月。

35. 清‧李慈銘：《越縵堂讀書記》，臺北：世界書局，1975 年 7 月。

（五）經部、史部、子部、方志諸集

【經】

1. 粹芬閣輯：《景印古本五經讀本‧詩經集傳》，臺北：臺灣啓明書

局，1952 年 11 月。

2. 漢・許慎：《說文解字》，北京：商務印書館，2005 年（《文津閣四庫全書》本）。

【史】

1. 漢・司馬遷：《史記》，臺北：藝文印書館，出版年不詳（《二十五史》本）。

2. 唐・李延壽：《南史》，臺北：藝文印書館，出版年不詳（《二十五史》本）。

3. 唐・姚思廉：《陳書》，臺北：藝文印書館，出版年不詳（《二十五史》本）。

4. 唐・魏徵等撰：《隋書》，北京：中華書局，1973 年 8 月。

5. 宋・馬令：《南唐書》，北京：中華書局，1985 年（《叢書集成初編》本）。

6. 宋・馬令：《南唐書》，成都：巴蜀書社，1993 年 11 月（《中國野史集成》本）。

7. 宋・陸游：《南唐書》，北京：中華書局，1985 年（《叢書集成初編》本）。

8. 清・吳任臣撰，徐敏霞、周瑩點校：《十國春秋》，北京：中華書局，1983 年 12 月。

9. 清・張廷玉等：《明史》，臺北：藝文印書館，出版年不詳（《二十五史》本）。

【子】

1. 晉・郭象註：《莊子》，臺北：藝文印書館，1983 年 6 月。

【方志】

1. 宋・范成大：《吳郡志》，北京：商務印書館，2005 年（《文津閣四庫全書》本）。

（六）評論資料

1. 梁・鍾嶸撰、王叔岷箋證：《鍾嶸詩品箋證稿》，臺北：中央研究院中國文哲研究所，1992 年 3 月。

2. 宋・胡仔《苕溪漁隱叢話》，臺北：臺灣中華書局，1981 年 6 月（《四部備要》本）。

3. 宋・胡仔：《苕溪漁隱叢話》，南京：鳳凰出版社，2008 年 12 月（《宋金元詞話全編》）。

4. 宋・蔡絛:《西清詩話》,南京:鳳凰出版社,2008 年 12 月(《宋金元詞話全編》)。

5. 宋・王灼:《碧雞漫志》,南京:鳳凰出版社,2008 年 12 月(《宋金元詞話全編》)。

6. 明・胡應麟:《少室山房筆叢》,北京:中華書局,1958 年 10 月。

7. 明・胡應麟:《詩藪》,上海:上海古籍出版社,2002 年 3 月(《續修四庫全書》)。

8. 明・徐渭:《南詞敘錄》,上海:上海古籍出版社,2002 年 3 月(《續修四庫全書》)。

9. 清・王士禛原編,鄭方坤補編:《五代詩話》,臺北:廣文書局,1970 年 1 月。

10. 清・徐釚編著,王百里校箋:《詞苑叢談校箋》,臺北:文史哲出版社,1989 年 6 月。

11. 清・袁枚:《足本隨園詩話及補遺》,臺北:長安出版社,1978 年 6 月。

12. 清・郭麐:《靈芬館雜著續編》,上海:上海古籍出版社,2010 年(《清代詩文集彙編》)。

13. 王國維:《校注人間詞話》,臺北:臺灣開明書店,1989 年 1 月。

14. 王國維撰,施議對譯注:《人間詞話譯注》,臺北:貫雅文化事業有限公司,1991 年 5 月。

15. 郭紹虞輯:《宋詩話輯佚》,北京:中華書局,1980 年 9 月:
宋・蔡居厚:《詩史》。

16. 唐圭璋編:《詞話叢編》,北京:中華書局,2005 年 10 月:
宋・王灼:《碧雞漫志》。
宋・張炎:《詞源》。
宋・沈義父:《樂府指迷》。
明・陳霆:《渚山堂詞話》。
明・王世貞:《藝苑卮言》。
明・楊慎:《詞品》。
清・李漁:《窺詞管見》。
清・王又華:《古今詞論》。
清・沈謙:《填詞雜說》。
清・鄒祗謨:《遠志齋詞衷》。
清・王士禛:《花草蒙拾》。
清・賀裳:《皺水軒詞筌》。
清・沈雄:《古今詞話》。

清・李調元：《雨村詞話》。

清・田同之：《西圃詞說》。

清・郭麐：《靈芬館詞話》。

清・許昂霄《詞綜偶評》。

清・張惠言：《詞選》。

清・周濟：《介存齋論詞雜著》。

清・孫兆溎：《片玉山房詞話》。

清・馮金伯：《詞苑萃編》。

清・吳衡照：《蓮子居詞話》。

清・宋翔鳳：《樂府餘論》。

清・李佳：《左庵詞話》。

清・江順詒：《詞學集成》。

清・謝章鋌：《賭棋山莊詞話》。

清・馮煦：《蒿庵論詞》。

清・陳廷焯：《詞壇叢話》。

清・陳廷焯：《白雨齋詞話》。

清・譚獻：《復堂詞話》。

清・張德瀛：《詞徵》。

清・陳銳：《襄碧齋詞話》。

清・張祥齡：《詞論》。

清・況周頤：《蕙風詞話》。

清・況周頤：《蕙風詞話續編》。

蔡嵩雲：《柯亭詞論》。

17. 史雙元編：《唐五代詞紀事會評》，合肥：黃山書社，1995 年 12月。

18. 張璋等編纂：《歷代詞話》，鄭州：大象出版社，2002 年 3 月。

19. 王兆鵬主編：《唐宋詞匯評・唐五代卷》，杭州：浙江教育出版社，2004 年 1 月。

20. 吳熊和主編：《唐宋詞匯評・兩宋卷》，杭州：浙江教育出版社，2004 年 12 月。

21. 鄧子勉編：《宋金元詞話全編》，南京：鳳凰出版社，2008 年 12月。

（七）詞學專著

1. 清・況周頤撰，劉承幹輯，全國公共圖書館古籍文獻編委會編：《歷代詞人考略》，北京：全國圖書館文獻縮微復制中心出版，2003年。

2. 唐圭璋：《宋詞四考》，臺北：明倫出版社，1971 年 4 月。

3. 張夢機：《詞律探原》，臺北：文史哲出版社，1981 年 11 月。

4. 吳熊和：《唐宋詞通論》，杭州：浙江古籍出版社，1985 年 1 月。

5. 施議對：《詞與音樂關係研究》，北京：中國社會科學出版社，1985 年 7 月。

6. 王易：《詞曲史》，臺北：廣文書局，1988 年 8 月。

7. 唐圭璋：《詞學論叢》，臺北：宏業書局，1988 年 9 月。

8. 蕭鵬：《群體的選擇——唐宋人選詞與詞選通論》，臺北：文津出版社，1992 年 11 月。

9. 鄧喬彬：《唐宋詞美學》，濟南：齊魯書社，1993 年 12 月。

10. 龔兆吉編著、王偉勇編審：《歷代詞論新編》，臺北：祺齡出版社，1994 年 12 月。

11. 朱崇才：《詞話學》，臺北：文津出版社，1995 年 1 月。

12. 劉慶雲編著、王偉勇編審：《詞話十論》，臺北：祺齡出版社，1995 年 1 月。

13. 龍榆生：《龍榆生詞學論文集》，上海：上海古籍出版社，1997 年 7 月。

14. 詹伯慧編：《詹安泰詞學論集》，汕頭：汕頭大學出版社，1997 年 10 月。

15. 楊海明：《唐宋詞史》，天津：天津古籍出版社，1998 年 12 月。

16. 楊海明：《唐宋詞美學》，南京：江蘇教育出版社，1998 年 6 月。

17. 葉嘉瑩：《中國詞學的現代觀》，臺北：大安出版社，1999 年 7 月。

18. 趙維江：《金元詞論稿》，北京：中國社會科學出版社，2000 年 1 月。

19. 嚴迪昌：《清詞史》，南京：江蘇古籍出版社，2001 年 7 月。

20. 李康化：《明清之際江南詞學思想研究》，成都：巴蜀書社，2001 年 11 月。

21. 謝桃坊：《中國詞學史》，成都：巴蜀書社，2002 年 12 月。

22. 王偉勇：《詞學專題研究》，臺北：文史哲出版社，2003 年 4 月。

23. 陶子珍：《明代詞選研究》，臺北：秀威資訊科技股份有限公司，2003 年 7 月。

24. 王偉勇：《宋詞與唐詩之對應研究》，臺北：文史哲出版社，2004 年 3 月。

25. 王兆鵬：《詞學史料學》，北京：中華書局，2004 年 5 月。

26. 孫克強：《清代詞學》，北京：中國社會科學出版社，2004 年 7 月。

27. 陶子珍：《明代四種詞集叢編研究》，臺北：威秀資訊科技股份有限公司，2006 年 4 月。

28. 龍沐勛：《唐宋詞格律》，臺北：里仁書局，2006 年 7 月。

29. 高峰著：《唐五代詞研究史稿》，濟南：齊魯書社，2006 年 8 月。

30. 謝旻琪：《明代評點詞集研究》，臺北：花木蘭文化出版社，2007 年 3 月。

31. 徐安琪：《唐五代北宋詞思想史論》，北京：人民文學出版社，2007 年 11 月。

32. 黃雅莉：《宋代詞學批評專題探究》，臺北：文津出版社，2008 年 4 月。

33. 江合友：《明清詞譜史》，上海：上海古籍出版社，2008 年 5 月。

34. 孫克強：《清代詞學批評史論》，上海：上海古籍出版社，2008 年 11 月。

35. 余意：《明代詞學之建構》，上海：上海古籍出版社，2009 年 7 月。

36. 劉少雄：《詞學文體與史觀新論》，臺北：里仁書局，2010 年 8 月。

37. 王偉勇：《清代論詞絕句初編》，臺北：里仁書局，2010 年 9 月。

（八）文學理論

1. 明·徐師曾纂，沈芬、沈騏同箋：《詩體明辯》，臺北：廣文書局，1972 年 4 月。

2. 明·徐師曾：《文體明辨》，《四庫全書存目叢書》，臺南：莊嚴文化事業有限公司，1997 年 6 月。

3. 〔聯邦德國〕H.R.姚斯、〔美〕R.C.霍拉勃著，周寧、金元浦譯：《接受美學與接受理論》，瀋陽：遼寧人民出版社，1987 年 9 月。

4. 馬以鑫著：《接受美學新論》，上海：學林出版社，1995 年 10 月。

5. 陳文忠：《中國古典詩歌接受史研究》，合肥：安徽大學出版社，1998 年 8 月。

6. 金元浦：《接受反應文論》，濟南：山東教育出版社，1998 年 10 月。

7. 〔美〕哈羅德·布魯姆著，徐文博譯：《影響的焦慮：一種詩歌理論》，南京：江蘇教育出版社，2006 年 2 月。

8. 陳文忠：《文學美學與接受史研究》，合肥：安徽人民出版社，2008 年 4 月。

（九）接受史研究

1. 高中甫：《歌德接受史》，北京：社會科學文獻出版社，1993 年 4 月。

2. 蔡振念：《杜詩唐宋接受史》，臺北：五南圖書有限公司，2002 年 2 月。

3. 朱麗霞：《清代辛稼軒接受史》，濟南：齊魯書社，2005 年 1 月。

（十）其他專著

1. 清・曹雪芹：《紅樓夢》，臺北：大中國圖書公司，1984 年 2 月。

2. 林啟彥：《中國學術思想史》，臺北：書林出版有限公司，1994 年 1 月。

3. 沈松勤：《北宋文人與黨爭——中國士大夫群體研究之一》，北京：人民出版社，1998 年 12 月。

4. 沈松勤：《唐宋詞社會文化學研究》，杭州：浙江大學出版社，2000 年 1 月。

5. 陳寶良：《明代社會生活史》，北京：中國社會科學出版社，2004 年 3 月。

（十一）目錄、彙編

【目錄】

1. 宋・晁公武：《郡齋讀書志》，《景印文淵閣四庫全書》本，臺北：臺灣商務印書館，1983 年 6 月。

2. 宋・陳振孫：《直齋書錄解題》，南京：鳳凰出版社，2008 年 12 月（《宋金元詞話全編》）。

3. 清・永瑢、紀昀等：《四庫全書總目提要》，臺北：臺灣商務印書館，1983 年 10 月。

4. 清・永瑢、紀昀等：《四庫全書總目提要》，石家莊：河北人民出版社，2000 年 3 月。

5. 黃文吉主編：《詞學研究書目（1912～1992）》，臺北：文津出版社，1993 年 4 月。

6. 林玫儀主編：《詞學論著總目（1901～1992）》，臺北：中研院中國文哲研究所籌備處，1995 年 6 月。

【彙編】

1. 金啟華等：《唐宋詞集序跋匯編》，臺北：臺灣商務印書館，1993

年 2 月。

2. 張惠民：《宋代詞學資料匯編》，汕頭：汕頭大學出版社，1993 年 11 月。

3. 施蟄存：《詞籍序跋萃編》，北京：中國社會科學出版社，1994 年 12 月。

4. 張宏生編：《清詞珍本叢刊》，南京：鳳凰出版社，2007 年 12 月。

5. 清代詩文集彙編編纂委員會編：《清代詩文集彙編》，上海：上海古籍出版社，2010 年。

二、論　文

（一）李煜研究

【期刊論文】

1. 王秀林、劉尊明：〈「亡國之音」穿越歷史時空：李煜詞的接受史探賾〉，《江海學刊》，2004 年 04 期。

2. 張穎：〈宋代文人對李煜詞的接受〉，《唐山師範學院學報》，第 29 卷第 4 期，2007 年 7 月。

3. 秦翠翠：〈論「知音」理論與「接受」理論中的接受觀──兼談李煜詞的意境之美〉，《延邊教育學院學報》，第 24 卷第 5 期，2010 年 10 月。

【專書論文】

1. 王偉勇、林宏達：〈清代「論詞絕句」論李煜及其作品探析〉，見錄於王偉勇：《清代論詞絕句初編》，臺北：里仁書局，2010 年 9 月。

（二）其他

【學位論文】

1. 薛乃文：《馮延巳詞接受史》，臺南：成功大學碩士論文，2009 年 7 月。

2. 顏文郁：《韋莊詞之接受史》，臺南：成功大學碩士論文，2009 年 7 月。

3. 許淑惠：《秦觀詞接受史》，臺南：成功大學碩士論文，2010 年 6 月。

4. 柯瑋郁：《晏幾道《小山詞》接受史》，臺南：成功大學碩士論文，2010 年 6 月。

5. 趙福勇：《清代「論詞絕句」論北宋詞人及其作品研究》，彰化：彰化師範大學博士論文，2011 年 1 月。

6. 夏婉玲：《張先詞接受史》，臺南：成功大學碩士論文，2011 年 7 月。

7. 張巽雅：《賀鑄詞接受史》，臺南：成功大學碩士論文，2012 年 1 月。

【期刊論文】

1. 陳友康：〈和韻的產生與流變〉，《雲南民族大學學報·哲學社會科學版》，第 24 卷第 24 期，2007 年 7 月。

【專書論文】

1. 清·況周頤：〈詞學講義〉，見錄於龍沐勛編輯：《詞學季刊·創刊號》，上海：民智書局，1933 年 4 月。

2. 趙山林：〈詞的接受美學〉，見錄於唐圭璋等編：《詞學》，第 8 輯，上海：華東師範大學出版社，1990 年 10 月。

3. 王偉勇、王曉雯合撰：〈馮煦〈論詞絕句〉十六首探析〉，《近世文學國際學術研討會論文集之三·清代文學與學術》，臺北：新文豐出版公司，2007 年 3 月。

4. 王偉勇：〈兩宋詞人仿蘇辛體析論〉，《宋代文學研究叢刊》，第 14 期，高雄：麗文文化事業公司，2007 年 6 月。

5. 王偉勇：〈兩宋詞人仿擬典範作品析論〉，《人文與創意學術研討會論文集》，臺北：里仁書局，2008 年 6 月。

6. 李定廣：〈從點化唐詩看李煜詞對於北宋詞的範本意義〉，《學術界（月刊）》總第 140 期（2010 年 1 月），頁 149～154。

7. 王偉勇：〈兩宋「論詞詩」及「論詞長短句」之價值〉，嘉義大學中文系主辦「第三屆宋代學術國際研討會」會議論文，嘉義：2011 年 6 月。

三、網路資源

1. 羅鳳珠主持，元智大學中國語文學系：
「網路展書讀」http://cls.hs.yzu.edu.tw（1993～迄今）
全唐詩檢索系統：http://cls.hs.yzu.edu.tw/tang/Database/index.html
唐宋詞全文資料庫檢索系統：
http://cls.hs.yzu.edu.tw/CSP/W_DB/index.htm

2. 「教育部異體字字典」：http://dict.variants.moe.edu.tw

附　錄

附錄一：大陸 2006 年～2011 年研究李煜詞之期刊論文

（年份由近而遠排列）

1. 張麗：〈精美・深婉・自然——溫、馮、李詞中女子形象比較〉，《阜陽師範學院學報（社會科學版）》，2011 年第 6 期，頁 65～68。

2. 趙盛國：〈相同的人生際遇　不同的創作風格——曹植、李煜詩詞創作之比較〉，《鄖陽師範高等專科學校學報》，第 31 卷第 6 期（2011 年 12 月），頁 26～28。

3. 陳寧寧：〈生命的圖示——李煜詞的符號學解讀〉，《時代文學（上半月）》，2011 年 10 期，頁 193～194。

4. 鄭大鵬：〈問君能有幾多愁——淺談詞帝與詞后〉，《劍南文學（經典教苑）》，2011 年 10 期，頁 192。

5. 薛鑫：〈論李煜詞之「真性情」〉，《北方文學（下半月）》，2011 年 8 月刊，頁 51～52。

6. 沈玉梅：〈論李煜詞中的家愁國恨〉，《北方文學（下半月）》，2011 年 10 月刊，頁 49。

7. 楊眉：〈讀李煜詩詞，品味人間真情〉，《文學教育（中）》，2011 年 10 期，頁 8～9。

8. 蔡青：〈絕代詞人——說李煜〉，《思想戰線》，2011 年第 37 卷 S1 期，頁 480～486。

9. 程劍光：〈試論李煜詞的「境界」與「氣象」〉，《江蘇教育學院學報（社會科學）》，2011 年 05 期，頁 80～82。

10. 孫盼晴：〈往事只堪哀——論李煜仇恨詞〉，《北方文學（下半月）》，

2011 年 7 月刊，頁 79～80。

11. 孫睿智、任海濱：〈李煜詞作風格及其成因探析〉，《鄭州航空工業管理學院學報（社會科學版）》，第 30 卷第 5 期（2011 年 10 月），頁 55～56。

12. 龍杰：〈用血淚譜寫的人生悲歌──讀李煜〈虞美人〉〉，《湖北函授大學學報》，2011 年 08 期，頁 116～117。

13. 張澤琳：〈千古寂寞赤子心──試論蘇軾詞與李煜詞的相通之處〉，《現代語文》，2011 年 7 期，頁 18～19。

14. 趙曉因：〈解讀中國古詩詞意象并置與概念整合之關聯──以李煜〈相見歡〉爲例〉，《現代語文（語言研究版）》，2011 年 10 期，頁 58～61。

15. 馬山前：〈震撼人心的藝術力量──李煜詞創作探究〉，《金秋》，2011 年 22 期，頁 30～31。

16. 趙德銘：〈李煜〈浪淘沙〉賞析〉，《金秋》，2011 年 18 期，頁 29～30。

17. 蔡兆飛：〈李煜詞「眞」性情透析〉，《新課程學習（中）》，2011 年 7 期，頁 175～176。

18. 謝榮娟：〈論李煜詞所反應的悲劇意識與亡國的必然性〉，《中國科教創新導刊》，2011 年 24 期，頁 123。

19. 仲瑞紅：〈李煜李清照「愁」詞探析〉，《青年文學家》，2011 年 22 期，頁 10。

20. 賀麟迤：〈淺析李清照與李煜後期詞的差異〉，《青年文學家》，2011 年 22 期，頁 7。

21. 劉凌云：〈論李煜詞的文學共同美〉，《長城》，2011 年 08 期，頁 92～93。

22. 邢航：〈薄命君王絕代詞──李煜創作背景及詞作簡析〉，《青年文學家》，2011 年 08 期，頁 6。

23. 邢紅平：〈「童心」的構築：賦得眞美在人間──試論李煜詞的眞與美〉，《開封教育學院學報》，2011 年 02 期，頁 24～26。

24. 徐玲：〈淺談李煜後期詞的家國之思〉，《華章》，2011 年第 17 期，頁 95。

25. 李平：〈淺析李煜詞的藝術魅力〉，《北方文學（下半月）》，2011 年 04 期，頁 57～58。

26. 高翔宇：〈從意象圖式視角賞析李煜詞兩首〉，《邊疆經濟與文化》，2011 年第 8 期，頁 69～70。

27. 張琦：〈論天子詞人李煜的詞中情〉,《商業文化（上半月）》,2011年6期,頁375。

28. 王勳：〈化詩境入詞——淺論李煜詞的詩體特徵〉,《山花》,2011年7月14期,頁116～118。

29. 張翠：〈從個性情感看李煜詞的價值〉,《科教文匯（中旬刊）》,2011年6月,頁68～69。

30. 王天、趙淵杰、賀雨微：〈納蘭性德與李煜悲情詞風成因對比〉,《劍南文學（經典教苑）》,2011年02期,頁46。

31. 王佩琳：〈從「春花秋月」到「天上人間」——從李煜詞作看作家命運與成就的二律悖反關係〉,《劍南文學（經典教苑）》,2011年01期,頁68。

32. 關偉：〈論李煜以物喻愁詞在北宋詞家中的回響〉,《貴陽學院學報（社會科學版）》,2011年第2期,頁51～53。

33. 張鵬：〈李煜〈虞美人〉細讀〉,《安徽文學（下半月）》,2011年第6期,頁140。

34. 邱益蓮：〈亡國之音哀以思——〈虞美人〉賞析〉,《語文教學通訊》,2011年5月13期,頁35。

35. 袁和平、袁嬌萍：〈論李煜「詩化之詞」的美感特質〉,《山西財經大學學報》,第33卷第2期（2011年5月）,頁236。

36. 詩詞風雲：〈李煜：亡國之嘆一江水〉,《時代青年（哲思）》,2011年4期,頁68～69。

37. 謝華平、秦劍：〈納蘭性德與李煜詞之形式比較〉,《商品與質量》,2011年2月刊,頁175～176。

38. 徐清華：〈李煜悲劇性消解及意義〉,《神州》,2011年05期,頁82。

39. 謝華平：〈談納蘭性德對李煜詞風的繼承和發展〉,《企業家天地》,2011年第4期（中旬刊）,頁64～65。

40. 徐清華：〈李煜悲劇性成因之我見〉,《青春歲月》,2011年4月08期,頁13。

41. 張娟：〈淺析李煜的夢詞〉,《劍南文學（經典教苑）》,2011年04期,頁48～49。

42. 戴蕤娜：〈愁如高山恨似海——李煜後期詞初探〉,《長江師範學院學報》,第27卷第3期（2011年5月）,頁115～118。

43. 張易平：〈淺析李煜的思想性格與藝術成就〉,《邊疆經濟與文化》,2011年第6期,頁89～91。

44. 王力：〈悲劇人生鑄偉詞——李煜後期詞的美學特質〉，《語文教學通訊·D刊（學術刊）》，第622卷第3期（2011年3月），頁63～65。

45. 楊戈琪：〈論李後主詞〉，《語文教學通訊·D刊（學術刊）》，第622卷第3期（2011年3月），頁59～62。

46. 馮瓊：〈略論李煜的詞〉，《新課程（教育學術）》，2011年02期，頁16～18。

47. 轟俊亮：〈李煜詞作中的夢意象分析〉，《時代文學（下半月）》，2011年04期，頁166～167。

48. 朱青：〈人約黃昏後——李煜〈菩薩蠻〉、羅伯特·布朗寧〈深夜幽會〉之賞析對比〉，《時代文學（下半月)》，2011年04期，頁22～23。

49. 王健：〈試論李煜詞的抒情性特點——從時間、空間、人物說開去〉，《南陽師範學院學報》，第10卷第4期（2011年4月），頁77～81。

50. 楊雪：〈從李氏父子到晏氏父子——詞體的文人化演進初探〉，《科教導刊（中旬刊）》，2011年04期，頁190～191。

51. 韓旭：〈試談李煜詞的藝術風格〉，《大眾文藝》，2011年06期，頁115。

52. 李青春：〈論李煜詞在接受過程中的藝術價值〉，《華章》，2011年第4期，頁70～71。

53. 石堅：〈作個才人真絕代，可憐薄命作君王——論李煜詞的自我救贖與悲劇的必然〉，《當代文壇》，2011年03期，頁128～130。

54. 王巖、劉藝虹：〈「南唐詞人」李煜詞的藝術特色——李煜詞的情感與意象〉，《白城師範學院學報》，2011年01期，頁65～69。

55. 馬玉霞：〈詞中之帝與帝王之詞——李煜與趙佶詞之比較〉，《雞西大學學報》，第11卷第2期（2011年2月），頁104～106。

56. 郝麗新：〈淺論李煜詞的亡國情懷〉，《新課程學習（中）》，2011年1月，頁120。

57. 張杰：〈從「後主詞」到「六一詞」——淺談「士大夫詞」破土前的準備〉，《洛陽理工學院學報（社會科學版)》，第26卷第1期（2011年2月），頁22～26。

58. 王春花：〈李後主詞小探〉，《滄桑》，2011年01期，頁244、246。

59. 杲繼普：〈哀怨與抒情——讀後主李煜的詞〉，《散文詩世界》，2011年1期，頁26～28。

60. 高俊杰：〈李煜〈憶江南〉的時間性解讀〉,《名作欣賞》, 2011 年 02 期, 頁 34～35。

61. 高興蘭：〈論李煜詞的藝術魅力〉,《重慶科技學院學報（社會科學版)》, 2011 年第 4 期, 頁 141～142、145。

62. 李志遠、李斯慧：〈李煜後期詞作中隱喻的解讀〉,《雞西大學學報》, 第 11 卷第 1 期（2011 年 1 月）, 頁 20～121。

63. 史立群：〈李煜詞「眞」的情感特徵分析〉,《科技創新導報》, 2010 年 36 期, 頁 232。

64. 王艷坤：〈春花秋月何時了〉,《新青年（珍情)》, 2010 年 12 期, 頁 43。

65. 周振華：〈淺析李煜詞的藝術特色〉,《現代交際》, 2010 年 11 月刊, 頁 91～92。

66. 李南：〈江山「貪歡客」, 詞曲眞帝王〉,《新高考（高一語數外)》, 2010 年 12 期, 頁 5～6。

67. 肖玉芳：〈悲情李後主〉,《文學教育（下)》, 2010 年 11 期, 頁 34。

68. 李小山：〈論李煜詞的「眞」〉,《名作欣賞》, 2010 年 12 月 35 期, 頁 23～25。

69. 戴啓飛、萇乾坤：〈浮華背後的哀嘆——李煜其人其詞之捍格與融通〉,《安徽農業大學學報（社會科學版)》, 第 19 卷第 6 期（2010 年 11 月）, 頁 88～91。

70. 盛汝眞：〈試論李煜詞的語言藝術特色〉,《作家雜誌》, 2010 年 10 期, 頁 119～120。

71. 相金妮：〈試論李煜後期詞作的審美價值〉,《現代語文（文學研究)》, 2010 年 8 月, 頁 44～45。

72. 秦翠翠：〈論「知音」理論與「接受」理論中的接受觀——兼談李煜詞的意境之美〉,《延邊教育學院學報》, 第 24 卷第 5 期（2010 年 10 月）, 頁 1～4、7。

73. 高俊杰：〈品讀李煜的〈憶江南〉〉,《時代文學（上)》, 2010 年第 8 期, 頁 135～136。

74. 蘇燕平：〈以人心觀人心：李煜前期詞細節中的男女衷情——讀李煜的三首愛情詞〉,《名作欣賞》, 2010 年 9 月 27 期, 頁 90～92。

75. 王惠民：〈李煜詞穿越歷史時空的詞學張力〉,《學理論》, 2010 年 24 期, 頁 168～170。

76. 祁福鴻：〈淺議李煜詞中的「愁」〉,《科技信息》, 2010 年 28 期, 頁 700～701。

77. 舒銀霞：〈李煜：絕代才子，薄命君王〉，《高中生之友》，2010 年 11 月（下半月刊）22 期，頁 28～31。

78. 高春花：〈天上人間——淺談李煜詞〈虞美人〉〉，《文學界（理論版）》，2010 年 08 期，頁 56。

79. 高俊：〈倘非誤作人主　哪得如許風流——李煜詞風與其身份關係淺析〉，《景德鎮高專學報》，第 25 卷第 3 期（2010 年 9 月），頁 69、81。

80. 馬丕環：〈「腸回倒轉，一片淒異」——讀李煜〈相見歡・無言獨上西樓〉〉，《閱讀與寫作》，2010 年 08 期，頁 12。

81. 歐陽春勇、王林飛：〈人生長恨　血淚悲歌——論李煜「恨」之人生體驗〉，《延安職業技術學院學報》，第 24 卷第 4 期（2010 年 8 月），頁 94～96。

82. 張麗蕾：〈離恨綿綿不盡　情思纏纏不斷——李煜〈清平樂〉賞析〉，《新語文學習（教師版）》，2010 年 01 期，頁 106。

83. 李新艷、岳磊：〈獨上西樓，處處皆愁——簡析李煜〈相見歡〉〉，《文學界（理論版）》，2010 年 07 期，頁 13、52。

84. 程芳萍：〈談韋莊和李煜詞的清麗之美〉，《文教資料》，2010 年 9 月號中旬刊，頁 11～12。

85. 范國棟：〈李煜詞中情感隱喻的認知機制研究〉，《長江大學學報（社會科學版）》，2010 年 04 期，頁 256～258。

86. 李康君：〈品讀〈虞美人〉——淺析李煜的性格悲劇〉，《教師》，2010 年 6 月 14 期，頁 123。

87. 張昭媛：〈論李煜後期詞作的感情內涵〉，《淮南職業技術學院學報》，第 10 卷第 2 期（2010 年），頁 116～118。

88. 程琴：〈試論李煜詞中「愁」的表現手法〉，《現代語文（文學研究）》，2010 年 6 月，頁 39～40。

89. 鄭海濤：〈李煜、李清照後期詞藝術成就之比較〉，《文學界（理論版）》，2010 年 01 期，頁 35～37。

90. 張小平：〈亡國之音哀以思——再論李煜詞作的思想內容〉，《時代文學（下半月）》，2010 年 03 期，頁 176～177。

91. 楊聞宇：〈花明月暗籠輕霧〉，《絲綢之路》，2010 年 15 期，頁 61～62。

92. 黃萍：〈論李煜詞的抒情品格〉，《齊齊哈爾師範高等專科學校學報》，2010 年 04 期，頁 35～37。

93. 傅鈺琦：〈淺析李煜本心之真〉，《青年文學家》，2010 年 12 期，頁

187～188。

94. 雷霖：〈國家不幸詩家幸——李煜詞淺談〉，《邊疆經濟與文化》，2010 年第 9 期，頁 98～99。

95. 謝華平：〈納蘭性德與李煜的詞之形式比較〉，《作家雜誌》，2010 年第 7 期，頁 132～133。

96. 馮杰飛：〈論李煜與納蘭性德詞風之異同〉，《內蒙古民族大學學報》，2010 年 03 期，頁 31～32。

97. 周延松：〈李煜詞中的春意象〉，《忻州師範學院學報》，第 26 卷第 3 期（2010 年 6 月），頁 36～38。

98. 王輝：〈淺析〈相見歡·無言獨上西樓〉的離愁別緒〉，《文學教育（中）》，2010 年 05 期，頁 23。

99. 蔡中：〈詞裡人生——讀李煜〈相見歡·林花謝了春紅〉〉，《山花》，2010 年 7 月 14 期，頁 85～86。

100. 劉安軍：〈從李煜詞的英譯看意境美的再現〉，《湖北函授大學學報》，第 23 卷第 3 期（2010 年 6 月），頁 143～144。

101. 陳艷秋：〈興發感動真情詞——論李煜詞中之情〉，《作家雜誌》，2010 年第 5 期，頁 97～98。

102. 陳靜、李劍亮：〈〈虞美人〉五種英譯文的比較〉，《嘉興學院學報》，第 22 卷第 2 期（2010 年 3 月），頁 95～99。

103. 陳軍：〈李煜、李清照詞「夢」意象淺論〉，《時代文學（雙月上半月）》，2010 年 02 期，頁 51～52。

104. 李星：〈南唐宮廷文化對李煜前期詞創作的影響〉，《求索》，2010 年 05 期，頁 224～225、114。

105. 弓艷：〈淺談李煜後期作品〉，《太原城市職業技術學院學報》，2010 年 5 月第 5 期，頁 206～207。

106. 王璐：〈試論李煜詞之「境界」〉，《現代語文（文學研究版）》，2010 年 02 期，頁 37～39。

107. 任彥軍：〈李煜、李清照詞之淺議〉，《現代語文（文學研究版）》，2010 年 02 期，頁 29～31。

108. 黃柯亮、黃文：〈淺析李煜夢詞的藝術魅力〉，《文學教育（中）》，2010 年 03 期，頁 21～22。

109. 仲紅衛：〈人生·情思·詩境——析李煜〈相見歡〉〉，《文史知識》，2010 年 05 期，頁 43～47。

110. 王嚴峻：〈後主與易安念國懷鄉詞比較〉，《名作欣賞》，2010 年 4 月 12 期，頁 115～117。

111. 馬慶軍：〈接受理論觀照下的英譯李煜詞〈浪淘沙〉賞析〉，《科技信息》，2010 年第 9 期，頁 606～607。

112. 張超：〈李煜詞百年研究綜述〉，《燕山大學學報（哲學社會科學版）》，第 11 卷第 1 期（2010 年 3 月），頁 54～60。

113. 楊浠：〈李煜〈浪淘沙〉賞析〉，《學習月刊》，2010 年第 2 期中旬刊，頁 52。

114. 石增軍：〈「雨」中品讀李詞〉，《閱讀與鑒賞（下旬）》，2010 年 02 期，頁 9～10。

115. 心盧竹：〈別有詞味在心頭——李煜〈相見歡〉賞析〉，《養生月刊》，2010 年 03 期，頁 268～269。

116. 王美玲：〈從「閑」「空」二字試析二李後期詞中的情感差異〉，《社會科學論壇》，2010 年 03 期，頁 67～70。

117. 張佚良：〈讀「李煜」詞〉，《天津政協公報》，2010 年第 2 期，頁 54。

118. 柴彥莉：〈此愁綿綿無絕期——李煜〈虞美人〉、李清照〈聲聲慢〉之比較分析〉，《科教文匯（中旬刊）》，2010 年 03 期，頁 66～67。

119. 李毅：〈論李煜詞中夢境的虛與實〉，《安徽文學（下半月）》，2010 年第 3 期，頁 64、79。

120. 李煜、劉躍〈為南唐後主李煜詞譜曲 浪淘沙令 簾外雨潺潺〉，《詩詞月刊》，2010 年 03 期，頁 97。

121. 李定廣：〈從點化唐詩看李煜詞對於北宋詞的範本意義〉，《學術界》，2010 年 1 月 01 期，頁 149～154、288。

122. 鍾小婧：〈詞帝的眼淚〉，《意林（原創版）》，2010 年 02 期，頁 10～11。

123. 張婭妮：〈解讀李煜詞中的愛恨情愁〉，《大眾文藝》，2010 年 01 期，頁 154～155。

124. 張洪海：〈李煜、陳子龍、納蘭性德三家詞比較〉，《濱州學院學報》，第 26 卷第 1 期（2010 年 2 月），頁 85～89。

125. 胡捷：〈春花秋月何時了——試析南唐後主李煜悲劇人生的性格致因〉，《安徽文學（下半月）》，2010 年第 2 期，頁 244。

126. 鄒華：〈論李煜詞的詩化〉，《雲南民族大學學報（哲學社會科學版）》，第 27 卷第 1 期（2010 年 1 月），頁 125～128。

127. 畢玲：〈李煜，那歷史深處淒艷的長嘆〉，《五臺山》，2010 年 1 期，頁 20。

128. 李煜、劉躍：〈為南唐後主李煜詞譜曲 虞美人 風回小院庭蕪

緣〉,《詩詞月刊》,2010 年 02 期,頁 97。

129. 冀秀美、盧萌:〈馮延巳與李煜詞抒情之比較〉,《名作欣賞》,2010 年 1 月 02 期,頁 13～15。

130. 馬薈苓:〈一曲悲歌恨悠悠——讀李煜的〈烏夜啼〉有感〉,《佳木斯教育學院學報》,2009 年第 4 期,頁 40～41。

131. 舒暢:〈李煜詞對人類世界邊緣的擴展〉,《四川省幹部函授學院學報》,2009 年第 3 期,頁 48～50。

132. 王丹:〈李煜詞中「庭院」意境〉,《魅力中國》,2009 年 35 期,頁 138～139。

133. 安朝輝:〈《人間詞話》推重李煜詞的一個原因——從王國維及其詞論的「悲劇性」探討〉,《河池學院學報》,第 29 卷第 6 期(2009 年 12 月),頁 28～32。

134. 謝健:〈李煜詞女性意象探微〉,《重慶社會科學》,2009 年第 2 期,頁 101～106。

135. 趙靜:〈赤子之至情　任眞之夢詞——李煜夢詞初探〉,《現代語文(文學研究版)》,2009 年 12 期,頁 41～43。

136. 王萌:〈試析王國維對李煜過高評價的原因〉,《新西部(下半月)》,2009 年 24 期,頁 157～158。

137. 王恩全:〈李煜在中國詞史上的貢獻與地位〉,《瀋陽農業大學學報(社會科學版)》,第 11 卷第 6 期(2009 年 11 月),頁 750～752。

138. 劉健萍:〈李煜詞的美及美感〉,《山西農業大學學報(社會科學版)》,第 8 卷第 6 期(2009 年),頁 621～624。

139. 楊秀江:〈李煜詞的眞情表達三大特色〉,《文教資料》,2009 年 11 月號下旬刊,頁 6～7。

140. 王洪輝:〈李煜〈虞美人〉的審美藝術特徵〉,《長城》,2009 年 12 期,頁 55～56。

141. 劉吉美:〈亡國恨遺夢與醒——李煜後期詞作思想內容探析〉,《現代語文(文學研究版)》,2009 年 11 期,頁 51～52。

142. 周萊:〈朦朧淡月雲來去——淺論李煜詞的含蓄美〉,《現代語文(文學研究版)》,2009 年 10 期,頁 75～77。

143. 李杰虎:〈唱響「平凡」意味深——李煜詞的悲劇型美感新探〉,《魅力中國》,2009 年 10 月 30 期,頁 270～271。

144. 曹娜:〈天眞之詞——試論李煜詞的眞情性〉,《文教資料》,2009 年 11 月號上旬刊,頁 6～7。

145. 張漢林:〈一江春水帶不盡的哀愁〉,《審計月刊》,2009 年第 11

期，頁 56。

146. 史銀芳：〈心頭滋味別一般——李煜〈相見歡〉賞析〉，《考試（中考版)》，2009 年 12 期，頁 4。

147. 林小玲：〈千古詞帝的悲歌——淺析李煜後期詞作〉，《湖北成人教育學院學報》，2009 年 11 月第 15 卷第 6 期，頁 68～69、83。

148. 王兆鵬：〈悲喜人生——漫話李煜其人其詞〉，《古典文學知識》，2009 年第 6 期，頁 62～69。

149. 溫優華：〈路遙歸夢難成——李煜夢詞分析〉，《資治文摘（管理版)》，2009 年 01 期，頁 154～155。

150. 李煜、劉躍：〈為南唐後主李煜詞譜曲　臨江仙　櫻桃落盡春歸去〉，《詩詞月刊》，2009 年 11 期，頁 97。

151. 許瑞蓉：〈隨筆依情，單純明淨——李煜詞藝術特色述略〉，《山花》，2009 年 10 月 20 期，頁 130～131。

152. 許曉燕：〈淺析李煜詞中意象的運用及特點〉，《時代文學（雙月上半月)》，2009 年 04 期，頁 41～42。

153. 李俠：〈自是人生長恨水長東——淺論李煜與趙佶其人其詞〉，《內蒙古農業大學學報（社會科學版)》，第 11 卷第 5 期（2009 年），頁 388～390。

154. 杜宏春、徐進虎：〈論李煜詞的文化內蘊〉，《兵團教育學院學報》，第 19 卷第 4 期（2009 年 8 月），頁 17～19。

155. 費柏仁：〈淺論李後主詩詞中象徵手法的運用〉，《語文教學與研究》，2009 年 8 月 23 期，頁 114。

156. 范冬冬：〈李煜詞的特色分析〉，《新聞愛好者》，2009 年 10 月（上半月）第 19 期，頁 52～54。

157. 陳桂華：〈從尼采的悲劇世界觀看李煜的審美人生〉，《重慶教育學院學報》，第 22 卷第 4 期（2009 年 7 月），頁 58～61。

158. 周玉紅：〈李煜〈虞美人〉鑒賞〉，《文學教育（上)》，2009 年 07 期，頁 91～93。

159. 王愛國：〈蕭蕭落葉，漏雨蒼苔——李煜的生命體驗與〈虞美人〉〉，《文教資料》，2009 年 9 月號上旬刊，頁 8～9。

160. 景旭鋒、周龍：〈抒情主人公的出現——李煜對詞體的貢獻〉，《瓊州學院學報》，第 16 卷第 4 期（2009 年 8 月），頁 68～69。

161. 王昱入：〈文學賞析過程中的場型心理活動——以李煜的〈相見歡〉為例剖析情感、思維和表象的活動規律〉，《青年文學家》，2009 年第 19 期，頁 42。

162. 韓廣：〈悠悠歲月山河——李煜〈破陣子〉悲情帝王血淚傷懷〉，《名作欣賞》，2009 年 8 月 16 期，頁 61～63。

163. 劉偉安：〈召喚結構與李煜後期詞的魅力〉，《阜陽師範學院學報（社會科學版）》，2009 年第 4 期，頁 10～12、24。

164. 安佰英：〈淺議李煜詞中白描手法的運用〉，《大眾文藝（理論）》，2009 年 16 期，頁 147。

165. 謝健：〈論李煜詞中的女性化意識及其成因〉，《濰坊學院學報》，第 9 卷第 1 期（2009 年 2 月），頁 20～23。

166. 包紹亮：〈李煜詞意境特質的審美透視〉，《三明學院學報》，第 26 卷第 3 期（2009 年 9 月），頁 278～281。

167. 袁圓：〈詞壇二宗，異曲同工——李煜與李清照詞之比較〉，《中華活頁文選（教師版）》，2009 年 07 期，頁 22～23。

168. 王珍：〈〈浪淘沙〉三種英譯文的經驗功能分析〉，《山東省農業管理幹部學院學報》，第 23 卷第 3 期（2009 年），頁 140～142。

169. 鄧心強：〈讀者嗜愛李煜詞探秘〉，《河南工程學院學報（社會科學版）》，第 24 卷第 2 期（2009 年 6 月），頁 74～77。

170. 錢麗萍：〈淺談李煜後期詞的藝術特色〉，《中共太原市委黨校學報》，2009 年第 3 期，頁 52～53。

171. 張建偉：〈蝶戀花·詠李煜（新韻）〉，《詩刊》，2009 年 7 月上半月刊 13 期，頁 79。

172. 倪孟達：〈溫、韋、李「嚴妝」、「淡妝」和「粗服亂頭」之辨〉，《現代語文（文學研究版）》，2009 年 03 期，頁 34～35。

173. 陳季皇：〈試比較詞壇「二李」的愁恨詞〉，《開封教育學院學報》，第 29 卷第 1 期（2009 年 3 月），頁 11～13。

174. 陳默：〈薄命君王歡娛短，多情才子愁恨長——李煜〈虞美人〉品析〉，《今日南國（理論創新版）》，2009 年 01 月 01 期，頁 104～105。

175. 歐陽欽：〈試論李煜詞對中國傳統文化困境的超脫〉，《吉林省教育學院學報》，第 25 卷第 4 期（2009 年），頁 35～36。

176. 林燕：〈文化語言學視角中〈虞美人〉英譯文的得與失〉，《重慶工學院學報（社會科學版）》，第 23 卷第 2 期（2009 年 2 月），頁 149～151。

177. 康莉：〈一枝一葉總關情——李煜詞的情感特色及成因解析〉，《安徽文學（下半月）》，2009 年第 4 期，頁 121～122。

178. 官蔚成：〈也談李煜的詞〉，《詩詞月刊》，2009 年 03 期，頁 76～77。

179. 歐陽麗花：〈論李煜與柳永表達情感方式的異同〉，《南昌高專學報》，2009 年 2 月第 1 期，頁 43～45。

180. 廖德全：〈後主情懷〉，《領導文萃》，2009 年 05 期，頁 103～107。

181. 鄂曉菊：〈〈虞美人〉賞析〉，《教育前沿（綜合版）》，2009 年 Z1 期，頁 85。

182. 楊曉惠：〈試論李煜前後期詞中悲劇感情的一致性〉，《現代語文（文學研究版）》，2009 年 01 期，頁 44～45。

183. 高琛：〈論李煜的藝術成就〉，《藝術教育》，2009 年 02 期，頁 144。

184. 朱姮：〈自是人生長恨水長東〉，《安徽文學（下半月）》，2009 年 02 期，頁 62。

185. 趙洪義：〈論李煜「伶工之詞」向「士大夫之詞」的轉變〉，《山東文學》，2008 年 12 期，頁 95～96。

186. 牛海坤：〈李煜後期詞作的語言藝術探析〉，《語文學刊》，2008 年第 11 期，頁 33～34。

187. 葛劍雄：〈南唐後主之功〉，《現代交際》，2008 年 10 期，頁 10。

188. 黃云峰：〈沖破藩籬　詞象更新──論李煜後期詞作〉，《時代文學（下半月）》，2008 年 11 期，頁 95～96。

189. 劉欣：〈論李煜、李清照詞的相似性〉，《作家雜誌》，2008 年第 11 期，頁 145～146。

190. 龍鳳萍：〈李煜詞作的哀思特性〉，《文學教育（下）》，2008 年 12 期，頁 48。

191. 孫淑俠：〈李煜詞中的悲情〉，《新語文學習（教師版）》，2008 年 03 期，頁 114。

192. 張萍：〈問君能有幾多愁──李煜前後期詞風的比較〉，《網絡財富》，2008 年 11 期，頁 208。

193. 倪海權：〈李煜詞情感世界探微〉，《綏化學院學報》，第 28 卷第 5 期（2008 年 10 月），頁 87～88。

194. 黃云峰：〈攬月入詞，托月述懷──悅讀李煜詞中月之形象〉，《考試周刊》，2008 年第 45 期，頁 206～207。

195. 牛前進：〈「粗服亂頭，不掩國色」──南唐後主李煜詞風探析〉，《山西大同大學學報（社會科學版）》，第 22 卷第 5 期（2008 年 10 月），頁 64～65、82。

196. 劉欣：〈李煜詞與納蘭性德詞藝術創作比較談〉，《作家雜誌》，2008 年第 10 期，頁 118～120。

197. 徐軍新：〈試析《人間詞話》中的李煜詞〉，《現代語文（文學研究

版)》，2008 年 09 期，頁 57～58。

198. 張宏：〈字字句句總是情——讀李煜詞〈虞美人〉〉，《現代語文（文學研究版)》，2008 年 09 期，頁 34～35。

199. 白虹、高雪、王苗：〈李煜前後期詞比較〉，《延安教育學院學報》，第 22 卷第 3 期（2008 年 9 月），頁 49～52。

200. 包樹望：〈李煜〈虞美人・春花秋月何時了〉解讀〉，《文學教育（上)》，2008 年 10 期，頁 133～135。

201. 侯桂運：〈素月生輝——李煜筆下的月〉，《山東商業職業技術學院學報》，第 8 卷第 4 期（2008 年 8 月），頁 80～81、102。

202. 水覓舟：〈愁如春水——漫說李煜〈虞美人〉〉，《名作欣賞》，2008 年 09 期，頁 100～103。

203. 董振康：〈李煜詞中的春花秋月〉，《科教文匯（上旬刊)》，2008 年 08 期，頁 225。

204. 王海燕：〈異曲同工〈虞美人〉〉，《中華活頁文選（教師版)》，2008 年 08 期，頁 17～18。

205. 霍仙梅：〈小詞深情之美，異曲同工之妙——李煜、李清照詞風探究〉，《忻州師範學院學報》，第 24 卷第 4 期（2008 年 8 月），頁 27～29。

206. 秋楓、劉躍：〈渡江雲・李煜　特爲《李煜詞歌選集》而作〉，《詩詞月刊》，2008 年 09 期，頁 96～97。

207. 木齋：〈論後主體的形成過程及其詞史意義〉，《天中學刊》，第 23 卷第 4 期（2008 年 8 月），頁 70～76。

208. 宋恪震：〈悲號嗚咽　以血書者——李煜〈虞美人・春花秋月何時了〉精賞〉，《美與時代（下半月)》，2008 年 09 期，頁 129～131。

209. 于璟：〈淺析李煜詞前後期的特點〉，《焦作大學學報》，2008 年 7 月第 3 期，頁 10～12。

210. 周宏：〈李煜涉夢詞淺析〉，《今日南國（理論創新版)》，2008 年 08 期，頁 137～138。

211. 謝健、馮建國：〈李煜詞中的女性審美意象和藝術自敘性〉，《合肥師範學院學報》，第 26 卷第 4 期（2008 年 7 月），頁 102～106。

212. 范方興：〈李煜的詞〉，《中華詩詞》，2008 年 07 期，頁 63～64。

213. 周穎：〈於對比之中見眞情——試論李煜〈浪淘沙〉的抒情藝術特色〉，《現代語文（文學研究版)》，2008 年 08 期，頁 34。

214. 曾萍萍：〈國破詩幸　家亡詞工——李煜與李清照的人生與詞〉，《考試周刊》，2008 年第 30 期，頁 202～203。

215. 風清雲淡：〈浪漫詞帝幾多愁──夜讀李煜〉，《檔案管理》，2008年04期，頁96。

216. 黃生延：〈生命悲情的心靈彈唱──例析李煜詞中生命之情的審美特質〉，《語文學刊》，2008年5月10期，頁84～85。

217. 徐軍：〈李煜〈相見歡〉賞析〉，《文學教育（上）》，2008年06期，頁82～83。

218. 王慶華：〈淺談李煜詞的藝術特色〉，《遼寧師專學報（社會科學版）》，2008年第3期，頁18、101。

219. 李淑靜：〈莫道後失風格異　眞情無改是詞心〉，《時代文學（雙月上半月）》，2008年03期，頁66～67。

220. 張樹森：〈淺談李煜前期詞作的主要內容〉，《洛陽師範學院學報》，2008年第3期，頁206～208。

221. 杜宏春、胡靜：〈論李煜詞的生命意識〉，《長春師範學院學報（人文社會科學版）》，第28卷第4期（2008年7月），頁62～65。

222. 湯秀明：〈從王國維評李煜詞看其境界說之「眞」〉，《安康學院學報》，第20卷第3期（2008年6月），頁57～60。

223. 鄧霞：〈感人心者，莫先乎情──李煜詞賞析〉，《現代語文（文學研究版）》，2008年06期，頁29。

224. 張怡：〈李煜詞「情景交融」的抒情手法鑒賞〉，《現代語文（文學研究版）》，2008年06期，頁26～28。

225. 楊宛：〈一曲生命的悲歌──李煜〈虞美人〉解讀〉，《現代語文（文學研究版）》，2008年05期，頁12～13。

226. 沈輝：〈李煜對納蘭性德詞風的影響〉，《文教資料》，2008年6月號中旬刊，頁14～16。

227. 田曉榮：〈桐陰深鎖的凄婉意境──李煜〈相見歡〉賞讀〉，《時代文學（下半月）》，2008年04期，頁72。

228. 范松義：〈李後主詞中月意象的解讀〉，《南陽師範學院學報》，第7卷第5期（2008年5月），頁37～39。

229. 蘇小華：〈淺析李煜詩詞的意象處理〉，《科技信息（科學教研）》，2008年第15期，頁537。

230. 劉永山、張增林：〈擔荷人類罪惡，抒寫赤子之心──評李煜詞的情感模式〉，《山東文學》，2008年04期，頁107～108。

231. 周建華：〈自是人生長恨水長東──李煜詞作情感特徵論略〉，《赤峰學院學報（漢文哲學社會科學版）》，第29卷第2期（2008年3月），頁19～21。

232. 趙青：〈以悲為美　以境為鑒──論王國維對李煜詞的評價〉，《語文學刊》，2008 年 04 期，頁 103～105。

233. 于淼：〈李煜詞「花」意象探微〉，《現代語文（文學研究版）》，2008 年 04 期，頁 26～27。

234. 霍中粉：〈國家不幸詩家幸　賦到滄桑句便工──論李煜後期詞的情和境〉，《現代語文（文學研究版）》，2008 年 04 期，頁 24～25。

235. 張保華：〈李煜〈虞美人〉的別樣解讀〉，《文學教育（上）》，2008 年 04 期，頁 88～89。

236. 王琴：〈論李煜詞體現的主體意識〉，《時代文學（雙月上半月）》，2008 年 02 期，頁 61～62。

237. 徐思：〈李煜、李清照詞之比較〉，《考試周刊》，2008 年第 16 期，頁 168～171。

238. 王麗芳：〈論李煜的夢詞〉，《和田師範專科學校學報》，第 28 卷第 3 期（2008 年 7 月），頁 76～77。

239. 孫虎：〈試從李煜之性情及其詞作看對大學生功利心態之影響〉，《中國科教創新導刊》，2008 年 10 期，頁 227。

240. 李發亮：〈李煜詞悲劇探析〉，《安徽文學（下半月）》，2008 年第 4 期，頁 34～35。

241. 黃助昌：〈李煜：滴淚為墨者，研血為詞者〉，《高中生之友》，2008 年 06 期，頁 21～23。

242. 饒自斌：〈李煜〈虞美人〉辨〉，《湖北師範學院學報（哲學社會科學版）》，第 28 卷第 1 期（2008 年），頁 55～57。

243. 尤夢娜：〈從經驗功能角度分析李煜的〈虞美人〉及其三篇英譯文〉，《科技信息（科學教研）》，2008 年第 4 期，頁 171～172。

244. 朱純深：〈李煜詞二首〉，《中國翻譯》，2007 年第 3 期，頁 85～86。

245. 徐淑賢：〈淺析李煜後期詞作中的故國之思〉，《時代文學（雙月版）》，2007 年 04 期，頁 118～119。

246. 高曉珊：〈藝術與生命的融合──試論李煜詞的感傷情結〉，《黔西南民族師範高等專科學校學報》，2007 年 9 月第 3 期，頁 37～41、45。

247. 劉曉寧：〈論李煜後期詞作的美學意蘊〉，《現代語文（文學研究版）》，2007 年 11 期，頁 18～19。

248. 張旭：〈虛實相間的淒涼之美──再賞李煜〈浪淘沙〉〉，《商業文化（學術版）》，2007 年 9 月，頁 112。

249. 司勇：〈問君能有幾多愁？　恰似一江春水向東流——淺談李煜後期詞沉鬱悲涼的美學風格〉，《遼寧經濟職業技術學院（遼寧經濟管理幹部學院學報）》，2007 年第 4 期，頁 141～142。

250. 張在杰：〈論李煜詞之「真」〉，《滄桑》，2007 年 06 期，頁 215～216。

251. 盛汝真：〈純樸自然　天真爛漫——試論李煜詞的語言藝術特色〉，《山東文學》，2007 年 12 期，頁 80～82。

252. 顧正廣：〈李煜〈虞美人〉一詞及其三種英譯文的經驗功能分析〉，《宜賓學院學報》，2007 年 10 月第 10 期，頁 81～84。

253. 鄭麗鑫：〈試論李煜詞與晏幾道詞的共同特徵〉，《梧州學院學報》，2007 年 05 期，頁 70～74。

254. 游周倩：〈淺析納蘭性德對李煜詞風的繼承和發展〉，《文學教育（上）》，2007 年 11 期，頁 72～74。

255. 高放：〈〈虞美人〉細讀賞析〉，《文學教育（下）》，2007 年 09 期，頁 94。

256. 霍明宇：〈李煜詞生命意識研究〉，《濰坊學院學報》，第 7 卷第 3 期（2007 年 5 月），頁 22～25。

257. 任靈華：〈閒情愁緒「夢」「落花」——淺析李煜詞意象〉，《名作欣賞》，2007 年 11 月 22 期，頁 29～31。

258. 陳學富：〈李煜詞的悲劇意識及其消解〉，《文學教育（上）》，2007 年 07 期，頁 90～92。

259. 苟飛：〈〈虞美人〉悲情淺析〉，《文學教育（上）》，2007 年 04 期，頁 119。

260. 代瑞娟：〈李煜詞中的夢意象簡析〉，《文學教育（上）》，2007 年 02 期，頁 136～137。

261. 陸業龍、江瑛：〈李煜〈相見歡〉中「林花」試解〉，《文學教育（上）》，2007 年 02 期，頁 90～91。

262. 趙晶晶：〈李煜後期詞的感傷色彩〉，《文學教育（下）》，2007 年 10 期，頁 32～33。

263. 成松柳、王峰：〈試論李煜詞的現代研究〉，《長沙理工大學學報（社會科學版）》，第 22 卷第 3 期（2007 年 9 月），頁 42～46。

264. 李天樹：〈李煜詞藝術特色賞析〉，《成都大學學報（教育科學版）》，第 21 卷第 8 期（2007 年 8 月），頁 130～132。

265. 韓干校、白軍芳：〈試評「三李」詞中情感的「三步曲」〉，《理論導刊》，2007 年 09 期，頁 121～123。

266. 呂艷楓：〈李清照與李煜詞的異同〉，《希望月報（上半月）》，2007
年 07 期，頁 50～51。

267. 吳昱：〈淺論李煜詞的藝術成就〉，《遼寧教育行政學院學報》，第 24
卷第 6 期（2007 年 6 月），頁 87～88。

268. 張穎：〈宋代文人對李煜詞的接受〉，《唐山師範學院學報》，第 29
卷第 4 期（2007 年 7 月），頁 12～14。

269. 龔賢、高林：〈鍾隱冬寒泣冰雪　靜安秋晚哀霰霜──李煜與王國
維悲情詞比較〉，《寫作》，2007 年 13 期，頁 8～10。

270. 茹梓文：〈夢里不知身是客〉，《三角洲》，2007 年 04 期，頁 15。

271. 譚淑紅：〈淺析李煜詞的宗教色彩〉，《今日科苑》，2007 年 14 期，
頁 182。

272. 劉志軍：〈亡國之痛的悲悼與遣懷──李煜〈虞美人·春花秋月〉
賞析〉，《名作欣賞》，2007 年 15 期，頁 32～33。

273. 李杰虎：〈李煜詞的「新」「美」藝術特徵〉，《南都學壇》，第 27 卷
第 4 期（2007 年 7 月），頁 85～86。

274. 陳云輝：〈溫庭筠詞境界構成諸要素分析──兼與韋莊、李煜諸人
比較〉，《西華大學學報（哲學社會科學版）》，第 27 卷 3 期（2007
年 6 月），頁 22～26。

275. 陳靜、焦曉云：〈李煜、李清照詞的藝術特色探微〉，《燕山大學學
報（哲學社會科學版）》，第 8 卷第 2 期（2007 年 6 月），頁 77～
80。

276. 呂言俠、張冬梅：〈李煜〈長相思〉賞析〉，《希望月報（上半月）》，
2007 年 05 期，頁 88。

277. 李衛華：〈論李煜詞中的無奈情緒及其文化意義〉，《寧夏大學學報
（人文社會科學版）》，第 29 卷第 3 期（2007 年 5 月），頁 112～
116。

278. 楊紹恭：〈真境逼而神境生──從「境界說」窺李煜詞之美〉，《民
族藝術研究》，2007 年 02 期，頁 62～67。

279. 徐志華：〈佛教意識對李煜詩詞的影響〉，《內蒙古電大學刊》，2007
年第 5 期，頁 44～45。

280. 楊松冀：〈試論李煜詞之悲劇性〉，《社科縱橫》，第 22 卷第 4 期
（2007 年 4 月），頁 96～98。

281. 陳柏華：〈李煜不同時期的詞作風格初探〉，《江蘇教育學院學報
（社會科學版）》，第 23 卷第 2 期（2007 年 3 月），頁 77～82。

282. 王建平：〈李煜詞創作的個性心理闡釋〉，《河南師範大學學報（哲

學社會科學版)》,第 34 卷第 2 期(2007 年 3 月),頁 171～175。

283. 樂占國:〈〈虞美人〉和李煜之死〉,《現代語文(文學研究版)》,2007 年 03 期,頁 19。

284. 馮皓:〈弦外聽音,明辨深意──以「朱顏改」指代爲例兼評李煜詞〉,《佳木斯大學社會科學學報》,第 25 卷第 1 期(2007 年 1 月),頁 87～88。

285. 王德宜:〈論李煜後期詞的悲情意識〉,《樂山師範學院學報》,第 22 卷第 1 期(2007 年 1 月),頁 39～42。

286. 林燕媚:〈〈虞美人〉漢英對照分析〉,《考試周刊》,2007 年第 5 期,頁 63～64。

287. 彭知輝:〈命運與個性鑄就的偉詞──李煜〈虞美人〉賞析〉,《文史知識》,2006 年 01 期,頁 35～40。

288. 鄭曉芳:〈人生歷程與詩詞創作的契合──從幾首詞作看李煜詞情與生命的關係〉,《現代語文(文學研究版)》,2006 年 11 期,頁 21～22。

289. 郭建平:〈自是人生長恨水長東──試論李煜的憂愁人生和憂愁詞〉,《開封教育學院學報》,第 26 卷第 4 期(2006 年 12 月),頁 4～7。

290. 曹麗敏、杜振庭:〈故國夢重歸　覺來雙淚垂──淺談李煜的故國情思〉,《現代語文(文學研究版)》,2006 年 08 期,頁 46。

291. 白晶:〈李煜詞的藝術審美價值〉,《陝西師範大學繼續教育學報》,2006 年 11 月第 23 卷增刊,頁 97～100。

292. 熊開發:〈「十字架」上的李煜──關於李後主悲劇宗教意義的比較研究〉,《中國比較文學》,2006 年第 3 期,頁 85～92。

293. 劉鋒燾:〈從李煜到蘇軾──「士大夫詞」的承繼與自覺〉,《文史哲》,2006 年第 5 期,頁 82～87。

294. 徐伯鴻:〈略談李煜詞的敘事性特徵〉,《社科縱橫》,第 21 卷第 9 期(2006 年 9 月),頁 134～136。

295. 庫萬曉:〈納蘭後主詞之比較〉,《天中學刊》,第 21 卷第 4 期(2006 年 8 月),頁 83～86。

296. 胥洪泉:〈關於「爛嚼紅茸」與嚼食檳榔〉,《江海學刊》,2006 年 04 期,頁 139。

297. 呂耀森:〈李煜與詞的抒情性特徵〉,《中州學刊》,2006 年 7 月第 4 期,頁 202～204。

298. 何嫻:〈試論李煜後期詞的藝術魅力〉,《遵義師範學院學報》,第 8

卷第 2 期（2006 年 4 月），頁 28～30。

299. 鄔華：〈試析李煜詞的社會文化根源〉，《學術探索》，2006 年 6 月第 3 期，頁 117～120。

300. 范育新：〈「純情」之濃愁與「理性」之薄愁——李煜、晏殊詞比較鑒賞〉，《語文學刊》，2006 年第 6 期，頁 128～130。

301. 吳帆、李海帆：〈論李煜李清照詞相似的審美特徵及其成因〉，《吉林大學社會科學學報》，第 46 卷第 4 期（2006 年 7 月），頁 142～148。

302. 駱新泉：〈李煜的悲劇性格鑄就其詞的魅力〉，《常州工學院學報（社科版）》，第 24 卷第 3 期（2006 年 6 月），頁 50～53。

303. 沈燕紅：〈問君能有幾多愁　愁似湘江日夜潮——李煜和納蘭性德詞作相似性比較〉，《寧波職業技術學院學報》，第 10 卷第 3 期（2006 年 6 月），頁 68～70。

304. 趙戎：〈一條纏綿藤　兩朵淒婉花——試論李煜、李清照詞中愁緒的消解因素〉，《經濟與社會發展》，第 4 卷第 5 期（2006 年 5 月），頁 159～162。

305. 高立軍：〈李煜：從晚唐至宋代的橋梁詞人〉，《大學時代（B 版）》，2006 年 1 月 01 期，頁 30～31。

306. 周虹：〈淺談李煜、李清照前後期詞風變化〉，《遼寧行政學院學報》，第 8 卷第 6 期（2006 年），頁 221～222。

307. 張鴻雁：〈李商隱、李煜、晏幾道詩詞意象淺說〉，《科教文匯（上半月）》，2006 年 02 期，頁 127～128。

308. 郭平：〈問君能有幾多愁——淺談李煜後期詞風的形成〉，《山東社會科學》，2006 年第 5 期，頁 134～135。

309. 朱靜輝：〈解讀李煜〉，《當代人》，2006 年第 2 期，頁 74～75。

310. 蔡菡：〈「恰似一江春水向東流」——李煜詞的接受現象淺析〉，《名作欣賞》，2006 年 4 月 08 期，頁 107～110。

311. 陳友康：〈最絕望而不朽的詩篇——李煜〈虞美人〉解讀〉，《名作欣賞》，2006 年 4 月 07 期，頁 73～76。

312. 任立禎：〈「自是人生長恨水長東」——讀李煜〈相見歡〉一首〉，《現代語文（文學研究版）》，2006 年 01 期，頁 48。

313. 章莉：〈李煜寫夢詞淺探〉，《山西高等學校社會科學學報》，第 18 卷第 2 期（2006 年 2 月），頁 124～127。

附錄二：李煜詞 38 首

李煜詞專集，最早見於宋代尤袤《遂初堂書目》樂曲類所載《李後主詞》，可知宋時就有其詞集單行本。另外，明代洪武本《草堂詩餘》前集卷下馮延巳〈謁金門〉詞後，引《雪浪齋日記》提到的《南唐詞集》，很可能也是李煜的詞集，可惜今皆不傳，無法一覽李煜詞全貌矣。目前能夠見到實際內容的李煜詞，自宋以來，除了收入詞總集或個人所編詞選集之外，極少單獨刊行，多以《南唐二主詞》合刻本傳世。〔註1〕《南唐二主詞》今知最早刻本，爲南宋嘉定間（1208～1224）長沙書坊刻本，見《直齋書錄解題》著錄，已佚，故今傳最早之本爲明正統辛酉（1441）吳訥《唐宋名賢百家詞》本（簡稱「吳本」）。另有：

明萬曆庚申（1620）呂遠刻本（簡稱「呂本」），有譚爾進序。

清康熙二十八年（1689）侯文燦刻《十名家詞集》本（簡稱「侯本」）。

清康熙五十四年（1715）蕭江聲鈔本（簡稱「蕭本」）。

清董氏誦芬室鈔《南詞十三種》本（簡稱「南詞本」）。

以上吳、呂、侯、蕭、南詞五本，俱收詞 34 首，可信度高。龍沐勛曾謂呂本「雖所採亦頗雜他人之作，兼有訛誤，要爲現存《二主詞》之精槧。」

晚清以來，還有劉繼增據呂本校補之《南唐二主詞箋》、王國維據南詞本校補之晨風閣叢書本《南唐二主詞》等。然晚清諸輯本所收詞作，不可盡信。今人校注本有唐圭璋《南唐二主詞彙箋》、王仲聞《南唐二主詞校訂》、詹安泰校注《李璟李煜詞》、詹幼馨《南唐二主詞研究》等，而以王仲聞校訂本資料最豐富完善。〔註2〕

〔註 1〕謝世涯：《南唐李後主詞研究》（上海：學林出版社，1994 年 4 月），頁 37。

〔註 2〕有關李煜詞歷代輯錄版本，參王兆鵬：《詞學史料學》（北京：中華書局，2004 年 5 月），頁 160、謝世涯：《南唐李後主詞研究》（上海：

　　本論文所引之李煜詞底本，係以今人合力所編《全唐五代詞》爲準。因編此總集必須羅列上述歷代可見之版本與校注本，資料更爲詳實完備。今《全唐五代詞》主要有兩個版本，一爲 1986 年張璋、黃畬所編（註3），另一爲 1999 年曾昭岷等所編（註4）。經比較兩書編撰李煜詞所據底本，前者多據清代王國維《南唐二主詞》（爲王氏輯《唐五代二十一家輯》本，簡稱「王本」，係王氏據「南詞本」校補）；而後者係據《南唐二主詞》之明代呂遠刻譚爾進校本（簡稱「呂本」）錄入 34 首，另從明刊本《五代名畫補遺》輯錄二首、叢刊本《唐宋諸賢絕妙詞選》、毛本《詞林萬選》各錄存一首，又從寶顏本《江鄰幾雜志》、聚珍本《能改齋漫錄》各輯錄一殘句，計 40 首。以年代遠近觀之，後者應該較爲接近李煜詞原貌；且後出轉精，對所收詞作來源之審訂更加嚴謹，故筆者所據者爲此。詞牌名因版本不同，而有同調異名者，於詞牌後標註其異名；同一詞作，當中字句版本有異者，即附「某字詞，一作某字詞」於全詞下，以便供後人集句所據來源不同相比對。（註5）而李煜詞現存可信之數量，亦以曾昭岷等所編《全

　　　學林出版社，1994 年 4 月），頁 44～52。此外，劉維崇也説「以上
　　　這許多版本（指吳本、呂本、侯本、蕭本、南詞本，以及晚清以來
　　　各家的校注、增補本），以明萬曆呂遠墨華齋本最爲珍貴可信，以近
　　　人王次聰氏（即王仲聞）校注本最爲翔實，並收集歷代詩話，附於
　　　各詞之後，使讀者對每一詞，有深入的了解，爲他本所不及。」參
　　　劉維崇：《李後主評傳》（臺北：黎明文化事業股份有限公司，1978
　　　年 4 月），頁 307。
〔註 3〕　張璋、黃畬編：《全唐五代詞》，臺北：文史哲出版社，1986 年 10
　　　月。
〔註 4〕　曾昭岷、曹濟平、王兆鵬、劉尊明編著：《全唐五代詞》，北京：中
　　　華書局，1999 年 12 月。
〔註 5〕　關於同一詞作內「某字詞一作某字詞」的異文狀況，筆者主要參考、
　　　錄自張璋、黃畬編：《全唐五代詞》（臺北：文史哲出版社，1986 年 10
　　　月）、曾昭岷、曹濟平、王兆鵬、劉尊明編著《全唐五代詞》（北京：
　　　中華書局，1999 年 12 月）、南唐・李璟、李煜著，王仲聞校訂：《南唐
　　　二主詞校訂》（臺北：河洛圖書出版社，1975 年 10 月）、詹幼馨：《南
　　　唐二主詞研究》（武漢：武漢出版社，1992 年 6 月）以及楊敏如：《南
　　　唐二主詞新釋輯評》（北京：中國書店，2003 年 1 月）等書。

唐五代詞》爲據，因其於李煜詞後所附之「存目詞」〔註6〕表格，解說甚爲清楚明確。故存目詞列舉之作，本論文不視爲李煜詞。是以李煜詞今傳有調名且可信者，共38首。

本附錄所錄之38首李煜詞原文（包括斷句、標點、各詞排序），係以曾昭岷、曹濟平、王兆鵬、劉尊明所編《全唐五代詞》爲據，錄自此書上冊，頁741～768，並於每首詞下註明頁碼，正文中不再附註。李煜另有〈柳枝〉一首，經考辨，知其本是詩，而後人誤作詞，故入此書副編（見下冊，頁1079～1080之説明）。另外，李煜某些詞作調名之後，不少經後人加上詞題，〔註7〕如〈虞美人〉（春花秋月何時了）調下即有題「感舊」者，因鑑於後人和韻、仿擬、集句、隱括李煜詞之內容主題，或以之爲依歸，亦列出備考。然此類詞調下有後人所加之詞題者，曾昭岷等編《全唐五代詞》並未註明，故錄自張璋、黃畬所編《全唐五代詞》李煜各詞後之「校勘」條（頁444～497），並酌參詹幼馨《南唐二主詞研究》、楊敏如《南唐二主詞新

〔註6〕曾昭岷、曹濟平、王兆鵬、劉尊明所編《全唐五代詞》（北京：中華書局，1999年12月），上冊，頁770～773。

〔註7〕關於此現象，王仲聞即有云：「二主作品見於《草堂詩餘》或明人選本者，多增入『春恨』、『秋思』等題，非原詞所有，在詞後注明備考。」（見南唐・李璟、李煜著，王仲聞校訂：《南唐二主詞校訂》，頁1）蕭鵬亦有所述及：「兩宋人之詞大量存在詞題簡約和雷同的情況，如僅書節序名稱或所詠物象名稱，如僅題閨怨、避暑、湯詞、書懷、送別、懷人諸名稱，……又宋人選詞普遍存在有刪序擬題的做法，不獨商人選詞和樂工歌者選詞如此，也不獨《草堂詩餘》如此，詞人所選的《花庵詞選》、《陽春白雪》和《絕妙好詞》無不如此。」許多抒情詞遂變爲適應分類選歌體系的花詞。清代宋翔鳳即從選歌便歌的角度解釋之：「《草堂》一集，蓋以徵歌而設，故別題春景、夏景等名，使隨時即景，歌以娛客。……其中詞語，間與集本不同，其不同者恆平俗，亦以便歌。以文人觀之，適當一笑，而當時歌妓，則必需此也。」（見蕭鵬：《群體的選擇——唐宋人選詞與詞選通論》，臺北：文津出版社，1992年11月，頁39～40）可知此現象實爲宋代以來分類選歌詞選之性質功用所在。然而後人接受李煜詞的途徑，必有直接取材於詞選者，詞人於再創作之時，受到此類詞題影響之處亦不少。

釋輯評》等書。

〈虞美人〉　調下有題「感舊」

　春花秋月何時了。往事知多少。小樓昨夜又東風。故國不堪回首月明中。　　雕闌玉砌依然在。只是朱顏改。問君都有幾多愁。恰似一江春水向東流。（頁741）

春花，一作春月

秋月，一作秋葉

小樓，一作小圍

東風，一作西風

回首，一作翹首

依然，一作應猶

只是，一作只怪

問君，一作不知

都有，一作卻有、能有、還有

幾多，一作許多

恰似，一作恰是、卻似

〈烏夜啼〉（又作〈錦堂春〉）

　昨夜風兼雨，簾幃颯颯秋聲。燭殘漏斷頻依枕，起坐不能平。　　世事漫隨流水，算來夢裏浮生。醉鄉路穩宜頻到，此外不堪行。（頁742）

漏斷，一作漏滴

依枕，一作敧（音「ㄑㄧ」）枕、攲（音「ㄑㄧ」，乃敧之異體字）枕、欹（音「ㄧ」或「ㄑㄧ」。作「ㄑㄧ」時，屬「敧」之異體字）枕。〔註8〕

夢裏，一作一夢

〈一斛珠〉　調下有題「咏佳人口、咏美人口、美人口」

　曉妝初過。沈檀輕注些兒箇。向人微露丁香顆。一曲清歌，暫引櫻

〔註8〕　按：就此句句意觀之，「依」字僅有倚靠之意，而「欹」字僅有傾斜之意，故應作「敧」字較好，兼有傾斜、倚靠之意。參「教育部異體字字典」：http://140.111.1.40/main.htm。

桃破。　　羅袖裛殘殷色可。杯深旋被香醪涴。繡牀斜凭嬌無那。
爛嚼紅茸，笑向檀郎唾。（頁 742）

曉妝，一作晚妝

沈檀，一作濃檀

向人，一作見人

暫引，一作漸引

香醪涴，一作香醪污

嬌無那，一作情無那

爛嚼，一作亂嚼

唾，一作吐

〈菩薩蠻〉（又作〈子夜歌〉）

人生愁恨何能免。銷魂獨我情何限。故國夢重歸。覺來雙淚垂。
高樓誰與上。長記秋晴望。往事已成空。還如一夢中。（頁 743）

夢重歸，一作夢初歸

誰與上，一作誰與共

〈臨江仙〉

櫻桃落盡春歸去，蝶翻金粉雙飛。子規啼月小樓西。畫簾珠箔，惆
恨卷金泥。　　門巷寂寥人去後，望殘煙草低迷。爐香閒裊鳳凰兒。
空持羅帶，回首恨依依。（頁 743～744）

落盡春歸去，一作結子春歸盡

金粉，一作輕粉

啼月，一作啼恨

畫簾珠箔，一作曲欄朱箔、曲欄金箔、玉鈎羅幕、曲瓊金箔、玉鈎牽幕

卷金泥，一作暮煙垂、暮霞霏

門巷，一作別巷

寂寥，一作寂寞

人去，一作人散

煙草，一作煙柳、衰草

低迷，一作淒迷、萋迷

羅帶，一作裙帶

〈望江南〉二首（又作〈憶江南〉）

多少恨，昨夜夢魂中。還似舊時遊上苑，車如流水馬如龍。花月正春風。（頁746）

還似，一作還是

花月，一作花下

又

多少淚，斷臉復橫頤。心事莫將和淚說，鳳笙休向淚時吹。腸斷更無疑。（頁746）

斷臉，一作霑袖

和淚，一作如淚

和淚說，一作和淚滴

淚時，一作月時、月明

〈清平樂〉　調下有題「憶別」

別來春半。觸目愁腸斷。砌下落梅如雪亂。拂了一身還滿。　雁來音信無憑。路遙歸夢難成。離恨恰如春草，更行更遠還生。（頁747）

愁腸，一作柔腸

砌下，一作砌半

恰如，一作卻如

〈採桑子〉　調下有題「春思」

亭前春逐紅英盡，舞態徘徊。細雨霏微。不放雙眉時暫開。　綠窗冷靜芳音斷，香印成灰。可奈情懷，欲睡朦朧入夢來。（頁747）

亭前，一作庭前

細雨，一作零雨

芳音，一作芳春、芳英

可奈，一作可賴

〈喜遷鶯〉

曉月墜，宿雲微。無語枕頻欹。夢回芳草思依依。天遠雁聲稀。　啼鶯散，餘花亂。寂寞畫堂深院。片紅休掃盡從伊。留待舞人歸。（頁

748）

曉月，一作晚月

月墜，一作月墮

宿雲，一作宿烟

枕頻欹，一作枕憑欹

〈蝶戀花〉　調下有題「春暮」

遙夜亭皋閒信步。乍過清明，早覺傷春暮。數點雨聲風約住。朦朧淡月雲來去。　　桃李依依春暗度。誰在秋千，笑裏低低語。一片芳心千萬緒。人間沒個安排處。（頁748）

信步，一作倒步

乍過，一作纔過

早覺，一作漸覺

傷春暮，一作春將暮

桃李，一作桃杏

依依，一作依稀、無言

春暗度，一作香暗度、風暗度

誰在，一作誰上、人在

笑裏，一作影裏

低低，一作輕輕

一片，一作一寸

芳心，一作相思

千萬緒，一作千萬縷

〈烏夜啼〉（又作〈相見歡〉、〈憶眞妃〉）

林花謝了春紅。太匆匆。常恨朝來寒重晚來風。　　胭脂淚，留人醉，幾時重。自是人生長恨水長東。（頁750）

常恨，一作無奈

寒重，一作寒雨

晚來風，一作曉來風

留人醉，一作相留醉

自是，一作到了

〈長相思〉

　　雲一緺。玉一梭。淡淡衫兒薄薄羅。輕顰雙黛螺。　　秋風多。雨相和。簾外芭蕉三兩窠。夜長人奈何。（頁 751）

　　一緺，一作一窩

　　衫兒，一作春衫

　　黛螺，一作黛蛾

　　秋風，一作風聲

　　相和，一作如和、聲和、聲多

　　簾外，一作窗外

　　三兩窠，一作三四棵

　　人奈何，一作爭奈何

〈搗練子令〉（一作〈搗練子〉）　　調下有題「聞砧」、「秋閨」、「本意」

　　深院靜，小庭空。斷續寒砧斷續風。無奈夜長人不寐，數聲和月到簾櫳。（頁 752）

　　無奈，一作早是

　　不寐，一作不寢

〈浣溪沙〉

　　紅日已高三丈透。金爐次第添香獸。紅錦地衣隨步皺。　　佳人舞點金釵溜。酒惡時拈花蕊嗅。別殿遙聞簫鼓奏。（頁 753）

　　紅日，一作簾日

　　三丈，一作丈五

　　金爐，一作佳人

　　佳人，一作家人

　　舞點，一作舞徹、舞急

　　酒惡，一作酒渥

　　時拈，一作時將

　　遙聞，一作時聞、微聞

〈菩薩蠻〉（又作〈子夜歌〉）　　調下有題「幽歡」、「與周妹后」、「歸思」

　　花明月暗籠輕霧。今朝好向郎邊去。剗襪步香階。手提金縷鞋。

畫堂南畔見。一向偎人顫。奴為出來難。教君恣意憐。（頁 754）

籠輕霧，一作飛輕霧、朦朧霧

今朝好向，一作今宵好向、此時欲往

郎邊，一作儂邊

剗襪，一作祗襪

步香階，一作出香階步、下香階

香階，一作香苔

手提，一作手攜

畫堂南，一作藥闌東

一向，一作執手

奴，一作好

出來，一作去來、出家

教君，一作教郎、從君

〈望江梅〉二首（一作〈望江南〉）

閒夢遠，南國正芳春。船上管弦江面綠，滿城飛絮滾輕塵。忙殺看花人。（頁 755）

江面綠，一作江面淥

滾輕塵，一作混輕塵、輥輕塵

忙殺，一作愁殺

又

閒夢遠，南國正清秋。千里江山寒色遠，蘆花深處泊孤舟。笛在月明樓。（頁 756）

清秋，一作新秋

寒色遠，一作寒色暮

〈菩薩蠻〉二首

蓬萊院閉天臺女。畫堂晝寢人無語。拋枕翠雲光。繡衣聞異香。潛來珠鎖動。驚覺銀屏夢。臉慢笑盈盈。相看無限情。（頁 756）

人無，一作無人

珠鎖，一作珠瑣

銀屏，一作鴛鴦

臉慢，一作慢臉

又　調下有題「宮詞」

銅簧韻脆鏘寒竹。新聲慢奏移纖玉。眼色暗相鉤。秋波橫欲流。雨雲深繡戶。未便諧衷素。宴罷又成空。夢迷春雨中。（頁 756）

秋波，一作嬌波

未便，一作來便

夢迷，一作魂迷

春雨，一作春夢、春睡

〈阮郎歸〉　調下有註「呈鄭王十二弟」、「春景」

東風吹水日銜山。春來長是閒。落花狼籍酒闌珊。笙歌醉夢間。珮聲悄，晚妝殘。憑誰整翠鬟。留連光景惜朱顏。黃昏獨倚闌。（頁 757）

吹水，一作臨水

長是，一作長自

落花，一作林花

珮聲悄，一作春睡覺

憑誰，一作無人

獨倚闌，一作人倚闌

〈浪淘沙〉　調下有題「感念」、「在汴京念秣陵作」

往事只堪哀。對景難排。秋風庭院蘚侵階。一行珠簾閒不捲，終日誰來。　　金鎖已沈埋。壯氣蒿萊。晚涼天靜月華開。想得玉樓瑤殿影，空照秦淮。（頁 758）

一行，一作一桁、一任

金鎖，一作金瑣、金劍、金斂

已沈埋，一作玉沈埋

天靜，一作天淨

〈採桑子〉（又作〈采桑子〉、〈醜奴兒令〉、〈羅敷令〉、〈羅敷豔歌〉） 調下有題「秋怨」

轆轤金井梧桐晚，幾樹驚秋。晝雨新愁。百尺蝦鬚在玉鉤。　　瓊

窗春斷雙蛾皺，回首邊頭。欲寄鱗遊。九曲寒波不泝流。（頁758）

驚秋，一作經秋

畫雨，一作舊雨

新愁，一作如愁、和愁

在玉鉤，一作上玉鉤

九曲，一作九月

〈虞美人〉　調下有題「春怨」

風回小院庭蕪綠。柳眼春相續。憑闌半日獨無言。依舊竹聲新月似當年。　笙歌未散尊前在。池面冰初解。燭明香暗畫堂深。滿鬢清霜殘雪思難任。（頁759）

尊前，一作尊罍、金罍

畫堂，一作畫樓、畫闌

任，一作禁

〈玉樓春〉（一作〈木蘭花〉）　調下有題「宮詞」

晚妝初了明肌雪。春殿嬪娥魚貫列。笙簫吹斷水雲間，重按霓裳歌遍徹。　臨春誰更飄香屑。醉拍闌干情味切。歸時休照燭花紅，待放馬蹄清夜月。（頁759～760）

晚妝，一作曉妝

笙簫吹斷，一作鳳簫聲斷、笙歌吹斷

水雲間，一作水雲開、水雲閒

臨春，一作臨風

情味切，一作情未切

休照，一作休放

燭花，一作燭光

待放，一作待踏

〈子夜歌〉（又作〈菩薩蠻〉）

尋春須是先春早。看花莫待花枝老。縹色玉柔擎。醅浮盞面清。何妨頻笑粲。禁苑春歸晚。同醉與閒平。詩隨羯鼓成。（頁760）

先春，一作陽春

禁苑，一作禁院

閒平，一作閒評

羯鼓，一作疊鼓

〈謝新恩〉六首

金窗力困起還慵。餘闕（頁 761）

又

秦樓不見吹簫女，空餘上苑風光。粉英金蕊自低昂。東風惱我，纔
發一衿香。　　瓊窗夢笛殘日，當年得恨何長。碧闌干外映垂楊。
暫時相見，如夢懶思量。（頁 761）

金蕊，一作含蕊

一衿香，一作一襟香、一枝香

瓊窗夢笛殘日，一作瓊窗夢留殘日、瓊窗夢箇殘日、瓊窗□夢留殘日

又

櫻花落盡階前月，象牀愁倚薰籠。遠是去年今日恨還同。　　雙鬟
不整雲憔悴，淚沾紅抹胸。何處相思苦。紗窗醉夢中。（頁 762）

薰籠，一作熏籠

遠是，一作遠似

醉夢，一作睡夢

又

庭空客散人歸後，畫堂半掩珠簾。林風淅淅夜厭厭。小樓新月，回
首自纖纖。下闕（頁 762）

春光鎮在人空老，新愁往恨何窮。□□□□□□□。一聲羌笛，驚
起醉怡容。下闕（頁 762）

又

櫻桃落盡春將困，秋千架下歸時。漏暗斜月遲遲花在枝　闕十二
字。徹曉紗窗下，待來君不知。（頁 763）

櫻桃，一作櫻花

漏暗，一作滿階

又

冉冉秋光留不住。滿階紅葉暮。又是過重陽,臺榭登臨處。茱萸香墜紫,菊氣飄庭戶。晚煙籠細雨。離離新雁咽寒聲,愁恨年年長相似。(頁763)

相似,一作相侶

〈破陣子〉

四十年來家國,三千里地山河。鳳閣龍樓連霄漢,瓊枝玉樹作煙蘿。幾曾識干戈。　一旦歸為臣虜,沈腰潘鬢消磨。最是倉皇辭廟日,教坊猶奏離別歌。垂淚對宮娥。(頁764)

四十年來,一作三十餘年、三十年餘、二十餘年

三千,一作數千

里地,一作里外

鳳閣,一作鳳闕

瓊枝玉樹,一作玉樹瓊枝

識干戈,一作慣干戈、慣見干戈

臣虜,一作臣僕

教坊猶奏離別歌,一作教坊獨奏離別歌、不堪重聽教坊歌

垂淚,一作揮淚

〈浪淘沙〉(又作〈浪淘沙令〉)　調下有題「春暮懷舊」、「懷舊」

簾外雨潺潺。春意將闌。羅衾不暖五更寒。夢裏不知身是客,一晌貪歡。　獨自莫憑欄,無限關山。別時容易見時難。流水落花歸去也,天上人間。(頁765)

將闌,一作闌珊

不暖,一作不耐

身是客,一作身似客

莫憑欄,一作暮憑欄

關山,一作江山

歸去,一作春去、何處

〈漁父〉二首(一作〈漁歌子〉)　調下有題「題供奉衛賢春江釣叟圖」

閬苑有情千里雪,桃李無言一隊春。一壺酒,一竿身。快活如儂有

幾人。（頁 766）

閬苑有情，一作浪花有意

千里雪，一作千重雪

一竿身，一作一竿綸、一竿鱗

快活，一作世上

又

一棹春風一葉舟。一綸繭縷一輕鉤。花滿渚，酒盈甌。萬頃波中得
自由。（頁 766）

一綸，一作一輪

酒盈甌，一作酒滿甌

〈烏夜啼〉（又作〈相見歡〉）

無言獨上西樓。月如鉤。寂寞梧桐深院鎖清秋。　　剪不斷。理還
亂。是離愁。別是一番滋味在心頭。（頁 767）

別是，一作別有

一番，一作一般

〈搗練子〉　調下有題「春恨」、「閨情」

雲鬟亂。晚妝殘。帶恨眉兒遠岫攢。斜托香腮春筍嫩，爲誰和淚倚
闌干。（頁 768）

香腮，一作杏腮

春筍嫩，一作春筍爛、春筍懶

附錄三：李煜詞存疑詞考辨表

序號	詞牌（首句）	歸諸李煜詞之出處	考　　辨	作者應係何人
1	〈更漏子〉（金雀釵）	北宋·《尊前集》	此爲《花間集》收溫庭筠六首〈更漏子〉之一，《花間集》成書時李煜年僅四歲，故《尊前集》顯係誤收。	溫庭筠
2	〈更漏子〉（柳絲長）	北宋·《尊前集》	同上	溫庭筠
3	〈蝶戀花〉（遙夜亭皋閒信步）	北宋·《尊前集》	《南唐二主詞》從《尊前集》收入，卻注云：「《本事曲》以爲山東李冠作。」按《尊前集》成書早於《本事曲》，應較爲可信，然而，《尊前集》亦有誤收溫庭筠〈更漏子〉二首爲李煜詞之例，故此詞究屬誰作，尚難斷定。	李煜、李冠兩存
4	〈浣溪沙〉（手捲真珠上玉鉤）	北宋·《尊前集》	馬令《南唐書》〈王感化傳〉：「元宗（李璟）嘗作〈浣溪沙〉二闋，手寫賜感化」；又陳振孫《直摘書錄解題》：「《南唐二主詞》一卷，中主李璟、後主李煜撰。卷首四闋，〈應天長〉、〈望遠行〉各一，〈浣溪沙〉〔註1〕二，中主所作，重光嘗書之。……餘詞皆重光作。」可證之。	李璟

〔註1〕李璟這兩首〈浣溪沙〉於宋代黃昇《唐宋諸賢絕妙詞選》內題作〈山花子〉，清代亦有部分詞選、評點或再創作題作〈山花子〉，然而李璟此詞，其實應作〈浣溪沙〉爲是，故除了引用古人原典、原作字句之外，本論文一律題爲〈浣溪沙〉。敦煌詞的發現，解決了〈浣溪沙〉和〈山花子〉二詞調受到混淆的問題：這兩個詞調在唐朝時，原是各自爲調的，故《教坊記》中二名並列。二調句法雖同爲「七七七三」兩片之雜言體，但是〈山花子〉叶仄韻，〈浣溪沙〉叶平韻，後來才減字爲「七七七」兩片之齊言體。五代以後，二名已混，遂指雜言體之〈浣溪沙〉爲〈山花子〉，指齊言之〈山花子〉爲〈浣溪沙〉。因李璟此二首〈浣溪沙〉頗爲著名，又是雜言體，後人卻不知此體先於齊言，而顛倒先後，遂稱李璟之〈浣溪沙〉爲〈南唐浣溪沙〉，認作〈浣溪沙〉之別體，又稱〈攤破浣溪沙〉、〈添字浣溪沙〉。任二北從敦煌曲勘定、考辨〈浣溪沙〉和〈山花子〉二詞調體異同：「十三首〈浣溪沙〉乃平韻，普通所常見；而一首〈山花子〉，獨叶仄韻，爲過去傳辭中所未有者。其所屬之宮調，彼此必然不同——一也。〈浣溪沙〉無論齊雜言，前後片句法雖同，而平仄不同。此首〈山花子〉，前後片不但句法同，平仄亦同，所謂『雙疊』之調是也

5	〈浣溪沙〉（菡萏香銷翠葉殘）	北宋・《尊前集》	同上	李璟
6	〈浣溪沙〉（轉燭飄蓬一夢歸）	清・《全唐詩》、《歷代詩餘》	各本《南唐二主詞》均無此闋，王仲聞從《陽春集》，斷作馮延巳詞。	馮延巳
7	〈浣溪沙〉（風壓輕雲貼水飛）	明・毛晉《宋六十名家詞》本《東坡詞》	毛晉《宋六十名家詞》本《東坡詞》〈浣溪沙〉調名下注云：「『風壓輕雲貼水飛』乃李後主作，刪去」引發誤會。按傅幹注坡詞、《東坡全集》均有此詞。蓋因《草堂詩餘》收有此詞，與李璟〈浣溪沙〉（手捲真珠上玉鉤）一首相銜接，無撰人姓名，《類編草堂詩餘》等遂誤爲李璟之作，毛晉再誤爲李煜作。	蘇軾
8	〈應天長〉（一鉤初月臨妝鏡）	明・《續選草堂詩餘》	陳振孫《直摘書錄解題》卷二十一：「《南唐二主詞》一卷，中主李璟、後主李煜撰。卷首四闋，〈應天長〉、〈望遠行〉各一，〈浣溪沙〉二，中主所作，重光嘗書之。……餘詞皆重光作。」可證之。	李璟
9	〈望遠行〉（碧砌花光錦繡明）	明・《古今詞統》	同上	李璟
10	〈鷓鴣天〉（節候雖佳景漸闌）按：此詞後半闋爲〈搗練子〉（雲鬢亂）	清・《皺水軒詞筌》、《詞苑叢談》	賀裳《皺水軒詞筌》云：「李重光〈深院靜〉小令，升庵（楊慎）曰『詞名搗練子，即詠搗練也』。復有雲鬢亂一篇，其調亦同，眾刻無異。嘗見一舊本，則俱係〈鷓鴣天〉。二詞之前，各有半闋。……增前四語，覺神采加倍。」王仲聞謂「徐釚《詞苑叢談》等竝從其說。況周頤《蕙風詞話》以爲此二詞出自楊慎，而不知出自賀裳，失考。」又謂「此二首襲用成句如是之多，幾成集句，非後主所宜爲，顯是僞作。」	前半闋非李煜詞，乃後人增改僞託

　　——二也。此首〈山花子〉，凡七字句，全以平起，以仄收；〈浣溪沙〉不然——三也。準此，此二名不僅異體，甚至異調，絕不得謂之同。可能在初期時，〈山花子〉即專指此種仄韻之辭而言；後來始平仄不分，成爲〈攤破浣溪沙〉之普遍別名。」參曾昭岷等編：《全唐五代詞》（北京：中華書局，1999 年 12 月），上冊，頁 470～471、537、下冊，頁 810、866；張夢機：《詞律探原》（臺北：文史哲出版社，1981 年 11 月），頁 211～214、298～299。

11	〈鷓鴣天〉（塘水初澄似玉容）按：此詞後半闋爲〈搗練子令〉（深院靜）	清・《皺水軒詞筌》、《詞苑叢談》	同上	前半闋非李煜詞，乃後人增改僞托
12	〈長相思〉（一重山）	明・《類編草堂詩餘》	見於鄧肅《栟櫚先生文集》、《栟櫚詞》。又此首原見《草堂詩餘》前集卷下，不著撰人姓名。《類編草堂詩餘》等以爲李煜作，無據。	鄧肅
13	〈長相思〉（雲一緺）	南宋・《樂府雅詞》拾遺	此詞於《樂府雅詞》中列於孫肖之〈點絳唇〉之後，無作者姓名，《南唐二主詞》注云：「曾端伯集《雅詞》，以爲孫肖之作，非也。」按《樂府雅詞》所收前後相接而無撰人姓名之詞，並非皆爲同一人之作，故依《南唐二主詞》，歸爲李煜作。	李煜
14	〈憶王孫〉（萋萋芳草憶王孫）	清・《清綺軒詞選》	《唐宋諸賢絕妙詞選》、《花草粹編》俱作李重元。《清綺軒詞選》殆因「重元」與「重光」字形相近致誤。《古今詞話・詞辨》：「李甲字景元，即訛爲中主之作。一如李重元〈憶王孫〉四首，便推爲後主詞矣」。可知此四首詞，明人或清初人即已誤作李煜。	李重元
15	〈憶王孫〉（風蒲獵獵小池塘）	清・《清綺軒詞選》	同上	李重元
16	〈憶王孫〉（颼颼風冷荻花秋）	清・《清綺軒詞選》	同上	李重元
17	〈憶王孫〉（同雲風掃雪初晴）	清・《清綺軒詞選》	同上	李重元
18	〈阮郎歸〉（東風吹水日銜山）	南宋・《草堂詩餘》	此詞作者眾說紛紜：《草堂詩餘》作李煜詞、《陽春詞》作馮延巳詞，他本如《樂府雅詞》作歐陽脩詞，《蘭畹曲會》又誤作晏殊詞。王仲聞校訂此詞應屬馮延巳，然而《南唐二主詞》既已收錄，又無確證可知其非李詞，姑兩存之。	李煜、馮延巳兩存
19	〈搗練子〉（雲鬢亂）	明・《詞林萬選》	呂本《南唐二主詞》據《詞林萬選》輯入卷末，然未詳《詞林萬選》何據。按	李煜或田中行

			《花草粹編》亦錄此首，卻未署作者姓名，又石孝友《金谷遺音》集句詞〈浣溪沙〉末句「爲誰和淚倚闌干」注「中行」，王仲聞以爲「中行殆北宋之田中行」，王仲聞認爲石孝友既如是注，此詞當非李煜所作；而謝世涯辨之曰：「又如石孝友〈浣溪沙〉一首，集前人詞句，雖以『爲誰和淚倚闌干』爲中行作，但中行不可考，或作北宋的田中行，也不見有此詞句，故仍應歸後主作」。姑兩存之。	
20	〈搗練子令〉（深院靜）	南宋·《南唐二主詞》據北宋·《蘭畹曲會》輯入	《尊前集》作馮延巳，而《陽春集》未載。《蘭畹曲會》與《尊前集》俱爲北宋人所輯，未知孰是。	李煜、馮延巳兩存
21	〈烏夜啼〉（無言獨上西樓）	南宋·《唐宋諸賢絕妙詞選》	《花草粹編》引《古今詞話》作孟昶詞，就風格言，此詞較近於李煜，卻仍難斷定究屬誰作，姑兩存之。	李煜、孟昶兩存
22	〈清平樂〉（別來春半）	北宋·《尊前集》	《松隱文集》收作曹勛詞，非。此詞首見於《尊前集》，曹勛生當北宋末年，其詞自無收入成書在五代末宋初之《尊前集》之理。	李煜
23	〈南歌子〉（雲鬢裁新綠）	清·楊文斌《三李詞》	見於《東坡全集》並見毛晉《宋六十名家詞》本《東坡詞》。此詞風格亦不類李煜，不知楊文斌據何本收入，疑係誤載。	蘇軾
24	〈青玉案〉（梵宮百尺同雲護）	明·《古今詩餘醉》	王仲聞謂「此首筆意淺近，風格全不似後主，其僞處人所共見。」僅《古今詩餘醉》題作李煜，別本均無，未知何據。	後人僞托或誤題，非李煜詞
25	〈秋霽〉（虹影侵階）	明·《類選箋釋草堂詩餘》	此首見《草堂詩餘》後集卷上，題作陳後主。萬樹《詞律》已指出其誤。明代陳仁錫本《類選箋釋草堂詩餘》誤以傳誤，以陳後主爲李後主，更不可據。	無名氏
26	〈後庭花破子〉（玉樹後庭前）	清·《古今詞話·詞辨》	見《遺山樂府》卷下。元好問作〈後庭花破子〉兩首，第一首即此首。	元好問
27	〈虞美人〉（春花秋月何時了）	北宋·《尊前集》	《尊前集》收作李王詞。清平山堂話本《柳耆卿詩酒翫江樓記》附會作柳永詞，非。	李煜
28	〈一斛珠〉（曉妝初過）	北宋·《尊前集》	《尊前集》與各本《南唐二主詞》俱屬李煜。《醉翁琴趣外篇》收作歐陽脩詞，非。	李煜

29	〈菩薩蠻〉（花明月暗籠輕霧）	北宋·《尊前集》	此首《杜壽域詞》收作杜安世詞。按《杜壽域詞》收詞頗濫，誤收者不少。又馬令《南唐書》載有此詞本事，亦證爲李煜作。	李煜
30	〈採桑子〉（轆轤金井梧桐晚）	南宋·《南唐二主詞》	《詞林萬選》作牛希濟詞，又《古今詞統》注云：「一刻晏小山」，然各本《小山詞》未收，俱未詳所據。按此詞《南唐二主詞》係據李煜墨跡輯入，應屬李煜詞。	李煜
31	〈玉樓春〉（晚妝初了明肌雪）	南宋·《南唐二主詞》	《松隱文集》誤作曹勛詞，按《南唐二主詞》原注謂此詞「傳自曹功顯（曹勛）節度家」，有後主墨跡，應是李煜詞。	李煜
32	〈開元樂〉（心事數莖白髮）	清·劉毓盤本《南唐二主詞》	見明銅活字本《顧況集》、《全唐詩》，原題〈歸山作〉。《東坡題跋》載此首謂是李煜所書神仙隱遁之詞，後人遂誤作李煜詞。	顧況
33	〈三臺令〉（不寐倦長更）	清·《古今詞話·詞辨》引唐·《教坊記》	《古今詞話》云「相傳爲李後主詞」，無據。此首見郭茂倩《樂府詩集》，題作〈上皇三臺〉，又見《全唐詩》作韋應物，而韋集不載。殆因《樂府詩集》此首前爲韋應物〈三臺〉兩首，遂誤爲韋作。	韋應物或無名氏

此表乃參考王仲聞校訂：《南唐二主詞校訂》（臺北：河洛圖書出版社，1975 年 10 月），頁 1～69 與曾昭岷、曹濟平、王兆鵬、劉尊明編著：《全唐五代詞》（北京：中華書局，1999 年 12 月），頁 697、701、712、724～728、733、741～773 以及謝世涯：《南唐李後主詞研究》（上海：學林出版社，1994 年 4 月），頁 56～72、252～253 製成。「出處」與「考辨」二欄僅擇要（出處擇其成書較早者或影響較大者，考辨擇其關鍵點）述之，前輩學者相關文章書目所論甚詳，故不贅述。然而〈應天長〉（一鉤初月臨妝鏡）、〈望遠行〉（碧砌花光錦繡明）與〈浣溪沙〉二首（手捲真珠上玉鉤）、（菡萏香銷翠葉殘）此四首，學者多據南宋陳振孫《直齋書錄解題》所述：「南唐二主詞一卷，中主李璟、後主李煜撰。卷首四闋，應天長、望遠行各一，浣溪沙二，中主所作，重光嘗書之。……餘詞皆重光作。」歸之於李璟。可是針對陳振孫所見之二主詞版本，是否即爲傳於今日之樣貌，學界有兩種

看法：

　　一、相信者，如徐安琪：「南宋陳振孫《直齋書錄解題》載長沙劉氏書坊所刻《百家詞》，首爲《南唐二主詞》一卷。明清以後，乃至今日所見之《南唐二主詞》，大槪都是從南宋輯本衍刻下來的。」然徐安琪亦批評曰：「然南唐二主詞所收者，眞贋雜陳，極爲紛雜。」（見徐安琪：《唐五代北宋詞思想史論》，北京：人民文學出版社，2007年11月，頁66）

　　二、強烈質疑者，如謝世涯：「我們由《南唐二主詞》編次的雜亂，以及沒有依一定的體例看來，該書是由書肆輯錄而成，是可以相信的。不過，現在所能見到的《南唐二主詞》的版本，如吳訥《唐宋名賢百家詞》本、呂遠墨華齋本等，是否保存了《遂初堂書目》著錄的《李後主詞》或《直齋書錄解題》著錄的《南唐二主詞》的全貌，卻大有問題。因後世各家各本所輯錄的二主詞，文字多有出入，篇次和闋數也有不同，而在後人的詩話、總集等書中，尚收有《南唐二主詞》以外的後主詞，如《五代名畫補遺》、《詩話總龜》、《花草粹編》錄有〈漁父〉二首，由這些事實看來，相信陳振孫所見的《南唐二主詞》，與後主所流傳的，面貌殆不盡相同。」（見謝世涯：《南唐李後主詞研究》，上海：學林出版社，1994年4月，頁39）

　　謝氏之言，洵爲灼見，值得深思。此外，謝氏認爲從元代白樸〈水調歌頭・感南唐故宮檃括後主詞〉當中存有的許多今日未見的詞句，可推知後主詞自宋至今，散佚者頗多！（謝世涯：《南唐李後主詞研究》，頁56）不過，由於考辨李煜詞眞僞與互見情況，並非本文重心所在，故也只能舉而備之。何況，若對任何傳世文本均採取強烈懷疑態度，那麼研究的基準恐怕無從建立，更遑論展開後續探析的工作了，茲從多數前人說法，以《直齋書錄解題》爲準。

　　還有關於文體爭議的〈柳枝〉（風情漸老見春羞），其記載最早見於宋代，如姚寬《西溪叢話》、張邦基《墨莊漫錄》等，都是將〈柳枝〉當作「詩」看待。直到清代沈雄《古今詞話》才將其視爲「詞」，

使後人沿誤下來（見曾昭岷等編著：《全唐五代詞》，北京：中華書局，1999 年 12 月，下冊，頁 1079～1080），故此處不列入作計算。

附上二首前半闋偽作之〈鷓鴣天〉：

其一：

節候雖佳景漸闌。吳綾已暖越羅寒。朱扉日暮隨風掩，一樹藤花獨自看。　　雲鬢亂。晚妝殘。帶恨眉兒遠岫攢。斜托香腮春筍嫩，爲誰和淚倚闌干。

其二：

塘水初澄似玉容。所思還在別離中。誰知九月初三夜，露似珍珠月似弓。　　深院靜，小庭空。斷續寒砧斷續風。無奈夜長人不寐，數聲和月到簾櫳。（二詞見曾昭岷等編著：《全唐五代詞》，頁 774～775）

最後，因《草堂詩餘》於明代後響繁多，茲簡介表內提及之三部草堂後續作品如次：

一、《續選草堂詩餘》，又名《續草堂詩餘》、《草堂詩餘續集》，明代長湖外史所編，二卷，以小令、中調、長調分選。（蕭鵬：《群體的選擇——唐宋人選詞與詞選通論》，臺北：文津出版社，1992 年 11 月，頁 248）

二、《類編草堂詩餘》，明代顧從敬編選，四卷，首次在選詞形式上打破宋代《草堂詩餘》應歌編排的傳統，改以詞調篇幅之長短，劃分爲小令、中調、長調三大類別。此種編法，反映了唐宋詞樂失傳之後，詞家對詞體聲律的尋找和補救心理，亦反映了選家欲合訂譜與選詞爲一體之構想。此三分詞調法，始於明代張綖《詩餘圖譜》。然而張綖僅以之訂譜，至顧從敬以之選詞，引起廣大迴響，影響深遠。（蕭鵬：《群體的選擇——唐宋人選詞與詞選通論》，頁 245～246）

三、《類選箋釋草堂詩餘》，明代陳仁錫編撰、翁少麓校刊《類選箋釋草堂詩餘》正集六卷，按小令、中調、長調編排。（見王兆鵬：《詞學史料學》，北京：中華書局，2004 年 5 月，頁 316）

附錄四：「表 2-1　李煜詞見錄宋代選本統計表」

序號	詞調	首句	排名	次數總計	尊前集	金奩集	蘭畹曲會	草堂詩餘	唐宋諸賢絕妙詞選
	李煜詞見錄宋代選本統計表				宋編詞選				
1	虞美人	春花秋月何時了	1	3	∨			∨	∨
2	浪淘沙	簾外雨潺潺	2	2				∨	∨
3	清平樂	別來春半	2	2	∨				∨
4	浣溪沙	菡萏香銷翠葉殘	2	2	◆				◆
5	浣溪沙	手捲真珠上玉鉤	2	2	◆				◆
6	烏夜啼	無言獨上西樓	3	1					∨
7	一斛珠	曉妝初過	3	1	∨				
8	玉樓春	晚妝初了明肌雪	3	1				∨	
9	搗練子令	深院靜	3	1			∨		
10	阮郎歸	東風吹水日銜山	3	1				∨	
11	望江南	多少恨	3	1	∨				
12	望江南	多少淚	3	1	∨				
13	菩薩蠻	花明月暗籠輕霧	3	1	∨				
14	採桑子	亭前春逐紅英盡	3	1	∨				
15	喜遷鶯	曉月墜	3	1	∨				
16	蝶戀花	遙夜亭皋閒信步	3	1	∨				
17	菩薩蠻	人生愁恨何能免	3	1	∨				
18	更漏子	金雀釵	3	1	◆				
19	更漏子	柳絲長	3	1	◆				
李煜詞共38首，見錄於宋代選本有15首，非李詞而誤收者4首。				25	14	0	1	4	6
						計**25**首			

備註：標◆者爲存目詞或選本誤收作品。然爲尊重編選者之接受觀點，仍列入計數。

附錄五：「表 3-1　李煜詞見錄明代選本統計表」

表3-1　李煜詞見錄明代選本統計表

明編詞選欄包含：類選草堂詩餘、續選草堂詩餘、天機餘錦、詞林萬選、百琲明珠、花間集補、花草粹編、唐詞紀、古今詞統、詞的、詞菁、精選古今詩餘醉（計177首）

明編詞譜欄包含：詞學筌蹄、詩餘圖譜·補遺、文體明辯附錄·詩餘、嘯餘譜·詩餘譜（計24首）

序號	詞調	首句	排名	統計	類選草堂詩餘	續選草堂詩餘	天機餘錦	詞林萬選	百琲明珠	花間集補	花草粹編	唐詞紀	古今詞統	詞的	詞菁	精選古今詩餘醉	詞學筌蹄	詩餘圖譜·補遺	文體明辯附錄·詩餘	嘯餘譜·詩餘譜
1	浪淘沙	簾外雨潺潺	1	11	∨					∨	∨	∨	∨	∨		∨	∨	∨	∨	∨
2	虞美人	春花秋月何時了	1	11	∨					∨	∨	∨	∨	∨		∨	∨	∨	∨	∨
3	搗練子令	深院靜	2	9		∨	∨	∨		∨		∨	∨	∨	∨	∨				
4	採桑子	轆轆金井梧桐晚	2	9	∨		∨			∨	∨	∨		∨		∨		∨		∨
5	玉樓春	晚妝初了明肌雪	2	9			∨			∨	∨	∨	∨	∨	∨	∨				∨
6	搗練子	雲鬢亂	3	8		∨		∨		∨	∨	∨	∨	∨	∨					
7	菩薩蠻	銅簧韻脆鏘寒竹	3	8		∨		∨		∨	∨	∨	∨	∨	∨					
8	一斛珠	晚妝初過	3	8						∨	∨	∨	∨	∨		∨		∨	∨	
9	長相思	雲一緺	4	7		∨				∨	∨	∨	∨		∨	∨				
10	阮郎歸	東風吹水日銜山	4	7	∨					∨	∨	∨	∨	∨		∨				
11	望江南	多少恨	4	7						∨	∨	∨	∨					∨	∨	∨
12	望江南	多少淚	4	7						∨	∨	∨	∨					∨	∨	∨
13	浣溪沙	菡萏香銷翠葉殘	4	7	◆						◆	◆		◆		◆			◆	◆
14	長相思	一重山	4	7	◆					◆	◆	◆				◆			◆	◆
15	菩薩蠻	花明月暗籠輕霧	5	6		∨				∨	∨	∨	∨			∨				
16	浣溪沙	紅日已高三丈透	6	5						∨	∨	∨	∨					∨		
17	烏夜啼	無言獨上西樓	6	5		∨					∨	∨		∨	∨					
18	清平樂	別來春半	6	5		∨					∨	∨	∨			∨				
19	虞美人	風回小院庭蕪綠	6	5		∨					∨	∨	∨			∨				
20	採桑子	亭前春逐紅英盡	7	4		∨					∨	∨	∨							
21	浪淘沙	往事只堪哀	7	4		∨					∨	∨	∨							
22	蝶戀花	遙夜亭皋閒信步	8	3							∨	∨	∨							
23	烏夜啼	林花謝了春紅	8	3			∨				∨	∨								
24	應天長	一鈎初月臨妝鏡	8	3	◆									◆		◆				
25	漁父	閬苑有情千里雪	9	2							∨	∨								
26	漁父	一棹春風一葉舟	9	2							∨	∨								
27	菩薩蠻	蓬萊院閉天臺女	9	2							∨	∨								
28	菩薩蠻	人生愁恨何能免	9	2							∨	∨								
29	喜遷鶯	曉月墜	9	2							∨	∨								
30	望江梅	閒夢遠，南國正芳春	9	2							∨	∨								
31	望江梅	閒夢遠，南國正清秋	9	2							∨	∨								
32	烏夜啼	昨夜風兼雨	9	2							∨	∨								
33	臨江仙	櫻桃落盡春歸去	9	2							∨	∨								
34	破陣子	四十年來家國	9	2							∨	∨								
35	謝新恩	金窗力困起還慵	9	2							∨	∨								
36	謝新恩	庭空客散人歸後	9	2							∨	∨								
37	秋鶯	虹影侵階	9	2	◆											◆				
38	子夜歌	尋春須是先春早	10	1								∨								
39	謝新恩	櫻花落盡階前月	10	1								∨								
40	謝新恩	秦樓不見吹簫女	10	1								∨								
41	謝新恩	櫻桃落盡春將困	10	1								∨								
42	謝新恩	冉冉秋光留不住	10	1								∨								
43	浣溪沙	手捲真珠上玉鈎	10	1							◆									
44	望遠行	碧砌花光錦繡明	10	1										◆						
45	青玉案	梵宮百尺同雲護	10	1															◆	
46	三臺令	不寐倦長更	10	1											◆					
47	憶王孫	萋萋芳草憶王孫	10	1							◆									
48	憶王孫	風蒲獵獵小池塘	10	1							◆									
49	憶王孫	颼颼風冷荻花秋	10	1							◆									
50	憶王孫	同雲風掃雪初晴	10	1							◆									
51	阮郎歸	烹茶留客駐金鞍	10	1			◆													
52	阮郎歸	南園春半踏青時	10	1							◆									
53	阮郎歸	角聲吹斷隴梅枝	10	1							◆									
54	搗練子	心耿耿	10	1												◆				
李煜詞共38首，見錄於明代選本有38首，非李詞而誤收者16首				201	8	11	6	2	3	15	39	39	18	10	6	20	3	8	6	7

備註：標◆者為存目詞或選本誤收作品。然為尊重編選者之接受觀點，仍列入計數。

附錄六：「表4-1　李煜詞見錄清代選本統計表」

表4-1 李煜詞見錄清代選本統計表					清編詞選																清編詞譜										
序號	詞調	首句	排名	統計	詞綜	歷代詩餘	古今詞選	清綺軒詞選	自怡軒詞選	蓼園詞選	詞選	續詞選	詞辨	詞則·別調集	詞則·閒情集	詞則·大雅集	湘綺樓詞選·前編	藝蘅館詞選	唐五代詞選	填詞圖譜	填詞圖譜·續集	詞律	詞律拾遺	詞律補遺	御定詞譜	詞繫	天籟軒詞譜	白香詞譜	碎金詞譜	碎金詞譜·續譜
1	浪淘沙	簾外雨潺潺	1	17	✓	✓	✓	✓	✓	✓				✓		✓	✓		✓	✓					✓		✓	✓	✓	✓
2	烏夜啼	無言獨上西樓	2	14	✓	✓	✓	✓	✓					✓		✓	✓	✓	✓								✓	✓		✓
3	虞美人	春花秋月何時了	2	14	✓	✓	✓	✓					✓	✓		✓	✓	✓	✓	✓							✓		✓	✓
4	一斛珠	曉妝初過	3	10		✓		✓	✓				✓					✓							✓		✓		✓	✓
5	清平樂	別來春半	3	10	✓	✓	✓	✓						✓				✓									✓			✓
6	臨江仙	櫻桃落盡春歸去	3	10	✓	✓	✓											✓									✓			
7	烏夜啼	林花謝了春紅	4	9	✓	✓		✓		✓				✓				✓												
8	阮郎歸	東風吹水日銜山	5	8	✓	✓												✓												
9	玉樓春	晚妝初了明肌雪	5	8	✓	✓												✓									✓	✓		
10	搗練子令	深院靜	6	7	✓	✓	✓											✓									✓		✓	
11	浪淘沙	往事只堪哀	6	7	✓	✓			✓					✓				✓												
12	虞美人	風回小院庭蕪綠	6	7	✓	✓								✓													✓		✓	
13	浣溪沙	紅日已高三丈透	7	6	✓													✓												
14	喜遷鶯	曉月墜	8	5	✓																									
15	望江南	多少恨	8	5	✓								✓					✓		✓								✓		
16	長相思	雲一緺	9	4	✓		✓						✓																	
17	採桑子	亭前春逐紅英盡	9	4	✓		✓						✓																	
18	菩薩蠻	人生愁恨何能免	9	4	✓											✓		✓												
19	蝶戀花	遙夜亭皋閒信步	9	4	✓											✓			✓											
20	望江梅	閒夢遠，南國正清秋	9	4	✓											✓														
21	望江南	多少淚	9	4	✓								✓					✓		✓										
22	烏夜啼	昨夜風兼雨	9	4																		✓			✓		✓			
23	謝新恩	冉冉秋光留不住	9	4																		✓			✓		✓			
24	望遠行	碧砌花光錦繡明	9	4	◆											◆		◆		◆					◆		◆			
25	菩薩蠻	花明月暗籠輕霧	10	3	✓									✓				✓												✓
26	望江梅	閒夢遠，南國正芳春	10	3	✓											✓		✓												
27	謝新恩	金窗力困起還慵	10	3	✓																						✓	✓		
28	謝新恩	庭空客散人歸後	10	3	✓																						✓	✓		
29	應天長	一鉤初月臨妝鏡	10	3	◆												◆	◆												
30	搗練子	雲鬢亂	11	2	✓		✓																							
31	漁父	閬苑有情千里雪	11	2	✓																						✓			
32	採桑子	轆轤金井梧桐晚	11	2	✓													✓												
33	破陣子	四十年來家國	11	2	✓													✓									✓			
34	謝新恩	秦樓不見吹簫女	11	2	✓																						✓			
35	浣溪沙	菡萏香銷翠葉殘	11	2				◆		◆																				
36	長相思	一重山	11	2	◆													◆												
37	浣溪沙	轉燭飄蓬一夢歸	11	2	◆													◆												
38	漁父	一棹春風一葉舟	12	1	✓																									
39	子夜歌	尋春須是先春早	12	1	✓																									
40	菩薩蠻	蓬萊院閉天臺女	12	1	✓																									
41	憶王孫	萋萋芳草憶王孫	12	1				◆																						
42	憶王孫	風蒲獵獵小池塘	12	1				◆																						
43	憶王孫	颼颼風冷荻花秋	12	1				◆																						
44	憶王孫	同雲風掃雪初晴	12	1				◆																						
45	嵇康曲	薛九三十侍中郎	12	1																									◆	
李煜詞共38首，見錄於清代選本有35首，非李詞而誤收者10首。				**212**	11	35	5	12	6	1	2	0	9	8	3	2	5	3	14	27	3	7	1	0	11	19	11	6	8
					計**146**首																	計**66**首									

備註：標◆者為存目詞或選本誤收作品。然為尊重編選者之接受觀點，仍列入計數。

附錄七：「表 5-1　李煜詞見錄歷代選本一覽表」

表 5-1　李煜詞見錄歷代選本一覽表

序號	詞調	首句	排名	次數總計	宋編詞選（尊前集／金奩集／蘭畹曲會／草堂詩餘／唐宋諸賢絕妙詞選）	明編詞選（類選草堂詩餘／續選草堂詩餘／天機餘錦／詞林萬選／百琲明珠／花間集補／花草粹編／唐詞紀／古今詞統／詞的／詞菁／精選古今詩餘醉）	明編詞譜（詞學筌蹄／詩餘圖譜／文體明辨附錄·詩餘／嘯餘譜·詩餘譜·補遺）	清編詞選（歷代詩餘／詞綜／古今詞選／清綺軒詞選／自怡軒詞選／蓼園詞選／詞選／續詞選／詞則·別調集／詞則·閑情集／詞則·大雅集／湘綺樓詞選·前編／藝蘅館詞選／唐五代詞選）	清編詞譜（填詞圖譜·續集／詞律／詞律拾遺／詞律補遺／御定詞譜／天籟軒詞譜／白香詞譜／碎金詞譜·續譜）
1	浪淘沙	簾外雨潺潺	1	30					
2	虞美人	春花秋月何時了	2	28					
3	烏夜啼	無言獨上西樓	3	20					
4	一斛珠	晚妝初過	4	19					
5	玉樓春	晚妝初了明肌雪	5	18					
6	擣練子令	深院靜	6	17					
7	清平樂	別來春半	6	17					
8	阮郎歸	東風吹水日街山	7	16					
9	望江南	多少恨	8	13					
10	烏夜啼	林花謝了春紅	9	12					
11	虞美人	風回小院庭蕪綠	9	12					
12	臨江仙	櫻桃落盡春歸去	9	12					
13	望江南	多少淚	9	12					
14	長相思	雲一緺	10	11					
15	浪淘沙	往事只堪哀	10	11					
16	浣溪沙	紅日已高三丈透	10	11					
17	採桑子	轆轤金井梧桐晚	10	11					
18	菩薩蠻	花明月暗籠輕霧	11	10					
19	擣練子	雲鬢亂	11	10					
20	採桑子	亭前春逐紅英盡	12	9					
21	喜遷鶯	曉月墜	13	8					
22	蝶戀花	遙夜亭臯閒信步	13	8					
23	菩薩蠻	銅簧韻脆鏘寒竹	13	8					
24	菩薩蠻	人生愁恨何能免	14	7					
25	望江梅	閒夢遠，南國正清秋	15	6					
26	烏夜啼	昨夜風兼雨	15	6					
27	望江梅	閒夢遠，南國正芳春	16	5					
28	謝新恩	金窗力困起還慵	16	5					
29	謝新恩	庭空客散人歸後	16	5					
30	謝新恩	冉冉秋光留不住	16	5					
31	漁父	閬苑有情千里雪	17	4					
32	破陣子	四十年來家國	17	4					
33	漁父	一棹春風一葉舟	18	3					
34	菩薩蠻	蓬萊院閉天臺女	18	3					
35	謝新恩	秦樓不見吹簫女	18	3					
36	子夜歌	尋春須是先春早	19	2					
37	謝新恩	櫻花落盡階前月	20	1					
38	謝新恩	櫻桃落盡春將困	20	1					

存目詞（指《全唐五代詞》列入存目詞，不作李煜詞；而他本誤作李詞者）

序號	詞調	首句	排名	次數總計
1	浣溪沙	菡萏香銷翠葉殘	10	11
2	長相思	一重山	12	9
3	應天長	一鈎初月臨妝鏡	15	6
4	望遠行	碧砌花光錦繡明	16	5
5	浣溪沙	手捲真珠上玉鈎	18	3
6	秋鶯	虹影侵階	19	2
7	浣溪沙	轉燭飄蓬一夢歸	19	2
8	憶王孫	萋萋芳草憶王孫	19	2
9	憶王孫	風蒲獵獵小池塘	19	2
10	憶王孫	颼颼風冷荻花秋	19	2
11	憶王孫	同雲風掃雪初晴	19	2
12	更漏子	金雀釵	20	1
13	更漏子	柳絲長	20	1
14	青玉案	梵宮百尺同雲纈	20	1
15	三臺令	不寐倦長更	20	1
16	鷓鴣天	節候雖佳景漸闌	21	0
17	鷓鴣天	塘水初澄似玉容	21	0
18	後庭花破子	玉樹後庭前	21	0
19	南歌子	雲鬢裁新綠	21	0
20	開元樂	心事數莖白髮	21	0

選本誤收作品（指連存目詞亦未列者）

序號	詞調	首句	排名	次數總計
1	阮郎歸	烹茶留客駐金鞍	20	1
2	阮郎歸	南園春半踏青時	20	1
3	阮郎歸	角聲吹斷隴梅枝	20	1
4	擣練子	心耿耿	20	1
5	稽康曲	薛九三十侍中郎	20	1

李煜詞38首，見錄於歷代選本有38首；非李詞而誤收者20首。　總計 438

各欄次數（宋編詞選至清編詞譜）：14 0 1 4 6 ｜ 8 11 5 4 3 1 39 39 18 10 6 20 ｜ 3 8 7 11 ｜ 35 12 6 1 7 0 9 3 5 3 14 27 ｜ 3 7 1 0 11 19 11 6 8

計25首　　　計177首　　　計24首　　　計146首　　　計66首

備註：

一、本表據以統計之李煜詞，係依曾昭岷等編之《全唐五代詞》（北京：中華書局，1999年12月），該書據《南唐二主詞》之明代呂遠刻譚爾進校本錄入34首爲底本，另從明刊本《五代名畫補遺》輯錄二首、叢刊本《宋詞諸賢絕妙詞選》，毛晉本《詞林萬選》各錄存一首，又從寶顏本《江鄰幾雜志》、聚珍本《能改齋漫錄》各輯錄一殘句，計40首。則今傳李詞有調且可信者（兩殘句無調名者不計），共38首。另有《柳枝》一首，雖爲李煜所作，然最初見於詞話中，未曾斷言其爲詩或詞，後人轉引時，方加上一己判斷，故《全唐五代詞》列在下冊，表明不視爲詞作，本表遂不列入討論。

二、存目詞20首，係《全唐五代詞》進行多方考辨後，認爲非李煜詞，本表姑且錄之，以示選本之接受全貌。

三、選本誤收作品5首：〈阮郎歸〉（烹茶留客駐金鞍）乃黃庭堅所作，見《全宋詞》；另二首〈阮郎歸〉（南園春半踏青時）、〈角聲吹斷隴梅枝）乃馮延巳所作，或歸於晏殊、歐陽脩，而《全宋詞》均列爲馮延巳作；〈擣練子〉（心耿耿）乃宋無名氏所作，見《全宋詞》；〈稽康曲〉（薛九三十侍中郎）獨《詞繫》有選，最早見於宋代王銍《侍兒小名錄》記載，僅錄曲名，明代顧起元《客座贅語》乃至清代沈雄《古今詞話》皆延續其說又益加詞文內容，而謂曲爲李煜所製，後易爲稽康曲舞詞之時，已在南唐亡後，故詞文不確定是否李煜所作，且《南唐二主詞》與諸選本皆無，本表亦不視爲李煜詞。

四、本表詞調名與首句，悉依曾昭岷等編之《全唐五代詞》，歷代選本或有異文或有異字，本表統之一。

五、〈望江南〉（多少恨）、〈多少淚）兩闋均選者，除了《尊前集》和《歷代詩餘》作單調，分成兩闋，餘皆視作雙調一闋，然唐五代詞多無雙調，本表從《尊前集》作單調；另〈望江南〉（閒夢遠，南國正芳春）、〈閒夢遠，南國正清秋〉兩闋均選者，《歷代詩餘》作單調，然情況、理由同上，本表以單調兩闋計數。再有〈謝新恩〉（庭空客散人歸後）與殘句「金窗力困起還慵」，歷來選本多將之合爲一闋，而本表從《南唐二主詞》謂〈謝新恩〉共六闋，而將之視爲兩闋計數。

六、本表之統計數據，是以選家所題詞人爲主。蓋歷代選家所錄，代表歷代讀者之眼光，凡視李煜詞而選本歸屬有誤者，均視爲讀者接受現象，而不列入計數。

七、金、元兩代詞選均未收南唐詞，故不列入討論範圍。

附：歷代選本版本

1. 宋·佚名：《尊前集》，上海：上海古籍出版社，2004 年 10 月（唐圭璋、蔣哲倫、王兆鵬等校點：《唐宋人選唐宋詞》本）。

2. 宋·佚名：《金奩集》，上海：上海古籍出版社，2004 年 10 月（《唐宋人選唐宋詞》本）。

3. 宋·孔夷：《蘭畹曲會》，見錄於周泳先編並撰解題：《唐宋金元詞鉤沈》，民國 26 年（1937 年）商務印書館排印本，現藏於國家圖書館。

4. 宋·書坊原編，何士信增修：《增修箋注妙選群英草堂詩餘》，上海：上海古籍出版社，2004 年 10 月（《唐宋人選唐宋詞》本）。

5. 宋·黃昇輯：《花庵詞選·唐宋諸賢絕妙詞選》，上海：上海古籍出版社，2004 年 10 月（《唐宋人選唐宋詞》本）。

6. 明·顧從敬輯：《類選箋釋草堂詩餘》，上海：上海古籍出版社，2002 年 3 月（《續修四庫全書》）。

7. 明·錢允治、陳仁錫箋釋：《類選箋釋續選草堂詩餘》，上海：上海古籍出版社，2002 年 3 月（《續修四庫全書》）。

8. 明·佚名：《天機餘錦》，民國 20 年（1931 年）國立中央研究院歷史語言研究所排印本。

9. 明·楊慎：《詞林萬選》，成都：天地出版社，2002 年（《楊升庵叢書》）。

10. 明·楊慎：《百琲明珠》，成都：天地出版社，2002 年（《楊升庵叢書》）。

11. 明·溫博：《花間集補》，瀋陽：遼寧教育出版社，1998 年 12 月。

12. 明·陳耀文：《花草粹編》，臺北：臺灣商務印書館，1983 年 6 月（《景印文淵閣四庫全書》）。

13. 明·董逢元：《唐詞紀》，臺南：莊嚴文化出版公司，1997 年 6 月（《四庫全書存目叢書》）。

14. 明·卓人月、徐士俊輯：《古今詞統》，上海：上海古籍出版社，2002 年 3 月（《續修四庫全書》）。

15. 明·茅暎：《詞的》，北京：北京出版社，2000 年 1 月（《四庫未收書輯刊》）。

16. 明·陸雲龍輯：《詞菁》（明刻本），現藏於中國國家圖書館。

17. 明·潘游龍輯：《精選古今詩餘醉》，明崇禎丁丑（10 年）海陽胡氏十竹齋刊本，現藏於國家圖書館。

18. 明・周瑛：《詞學筌蹄》，上海：上海古籍出版社，2002 年 3 月（《續修四庫全書》）。

19. 明・張綖、謝天瑞：《詩餘圖譜》（含《詩餘圖譜・補遺》），上海：上海古籍出版社，2002 年 3 月（《續修四庫全書》）。

20. 明・徐師曾：《詩餘》，收入《文體明辯・附錄》，臺南：莊嚴文化出版公司，1997 年 6 月（《四庫全書存目叢書》）。

21. 明・程明善：《嘯餘譜》，上海：上海古籍出版社，2002 年 3 月（《續修四庫全書》）。

22. 清・朱彝尊、汪森編：《詞綜》，上海：上海古籍出版社，2008 年 3 月。

23. 清・沈辰垣、王奕清等：《御選歷代詩餘》，臺北：廣文書局，1972 年 5 月。

24. 清・沈時棟輯：《古今詞選》，臺北：東方書局，1956 年 5 月。

25. 清・夏秉衡輯：《清綺軒詞選》（道光間刊本），現藏於國家圖書館。

26. 清・許寶善輯：《自怡軒詞選》（清嘉慶元年許氏刊本），現藏於國家圖書館。

27. 清・黃蘇輯：《蓼園詞選》，收入清・黃蘇、周濟、譚獻選評，尹志騰校點：《清人選評詞集三種》，濟南：齊魯書社，1988 年 9 月。

28. 清・張惠言輯：《詞選》，上海：上海古籍出版社，2002 年 3 月（《續修四庫全書》）。

29. 清・董毅輯：《續詞選》，上海：上海古籍出版社，2002 年 3 月（《續修四庫全書》）。

30. 清・周濟輯：《詞辨》，上海：上海古籍出版社，2002 年 3 月（《續修四庫全書》）。

31. 清・陳廷焯輯：《詞則》，上海：上海古籍出版社，1984 年 5 月。

32. 清・王闓運輯：《湘綺樓詞選》，民國 6 年（1917 年）王氏湘綺樓刊本。

33. 清・梁令嫻輯：《藝蘅館詞選》，臺北：中華書局，1970 年 10 月。

34. 清・成肇麐：《唐五代詞選》，臺北：臺灣商務印書館，2006 年 5 月。

35. 清・賴以邠：《填詞圖譜》，臺南：莊嚴文化出版公司，1997 年 6 月（《四庫全書存目叢書》）。

36. 清・萬樹：《詞律》、徐本立：《詞律拾遺》、杜文瀾《詞律補遺》，見《索引本詞律》，臺北：廣文書局，1989 年 10 月。

37. 清・王奕清等奉敕輯：《御定詞譜》，臺北：臺灣商務印書館，1983年6月（《景印文淵閣四庫全書》本）。

38. 清・秦巘：《詞繫》，北京：北京師範大學出版社，1996年9月。

39. 清・葉申薌：《天籟軒詞譜》（清道光間刊本），現藏於國家圖書館。

40. 清・舒夢蘭編，謝朝徵箋：《白香詞譜箋》，臺北：世界書局，2006年5月。

41. 清・謝元淮：《碎金詞譜》，上海：上海古籍出版社，2002年3月（《續修四庫全書》）。